LE BARRAGE

GILBERT BORDES

LE BARRAGE

ÉDITIONS FRANCE LOISIRS

Édition du Club France Loisirs,
avec l'autorisation des Éditions Belfond

Éditions France Loisirs
123, boulevard de Grenelle, Paris
www.franceloisirs.com

ISBN : 978-2-298-06318-9

Midi sonne au clocher de Saint-Geniez. Fabienne Marquet arrive chez ses parents, une ferme rénovée près de la Corrèze. Comme tous les jours, Louise et Valentin mangent à la cantine de leur école à Tulle, distante de six kilomètres, qu'ils rejoignent chaque matin avec le car. Après l'accident de Julien, la jeune femme n'a pas eu le courage de vivre seule dans l'appartement qu'ils avaient acheté. Cinq ans plus tard, elle ne se sent toujours pas la force de s'occuper seule de ses enfants, c'est pourquoi elle vit chez ses parents. Sa mère, Marie, une grande femme au corps osseux, et son père, Jean, un petit homme taciturne qui ne prononce pas dix mots par jour, font leur possible pour l'aider. Mais cela n'est pas simple pour eux et il faudra un jour que Fabienne se décide à se débrouiller seule. Elle y songe, mais n'arrive pas à se décider.

Elle gare sa voiture dans la rue près de l'entrée de la cour et du portail de fer toujours ouvert. Sur la petite place de l'église règne une agitation inhabituelle : des gens bavardent en faisant de grands gestes. Fabienne reconnaît Franck Leyrel, le maire, qui agite un journal, Juste Dubout, le garagiste de la route de Tulle, Maurice Magnant, le tenancier du bistrot-tabac, et Pierre Fournel, dont la tête aux cheveux blancs hirsutes dépasse toutes les autres. Ici, on surnomme le Parisien ce jeune retraité qui a acheté un manoir en ruine au bord de la Corrèze. C'est un original. Il vient au village sur un tilbury attelé à un cheval alezan d'une rare beauté. Sa façon à lui de faire de la publicité à sa fille, qui possède un centre équestre.

Fabienne s'étonne de voir aussi son père. D'ordinaire, Jean n'échange jamais une parole avec les autres, et baisse les yeux quand il les croise. On dit de lui qu'il est un ours, mais tout le monde sait qu'il cache un grand cœur. Il ne se déride qu'avec Valentin. Seul son petit-fils de huit ans parvient à lui arracher quelques mots, lorsqu'il sarcle ses rangées de laitues ou répare son vieux tracteur de plus en plus capricieux. Mais c'est surtout à la pêche qu'ils sont complices, quand ils parcourent ensemble les berges de la rivière où le vieil homme réussit encore à prendre des truites.

Fabienne s'approche du petit groupe rassemblé autour du grand Fournel.

— Qu'est-ce qui se passe ? demande-t-elle à son père, qui lui jette une œillade distraite.

— Eh bien, ça y est, répond-il. C'est dans *La Montagne* !

— Quoi donc ?

— Mais le barrage !

— Je ne comprends pas que vous ayez cautionné cette monstruosité ! s'écrie Fournel à l'intention du maire, qui travaille dans une banque à Tulle et a conservé la petite propriété de ses parents. Parce qu'on vous a demandé votre avis, hein, ce n'est pas possible autrement !

— Oui, on m'a demandé mon avis. Et il a été favorable car il est temps pour nous de nous occuper de cette région qui bientôt ne sera plus peuplée que de sangliers, de cerfs, de chevreuils et peut-être de loups !

— Et c'est en noyant la vallée que vous comptez repeupler la région ? Ça ne tient pas debout !

— Si, ça tient tout à fait debout ! Quelle meilleure activité que le tourisme peut-on promouvoir dans notre vallée ? Dites-moi, je vous écoute. J'attends vos propositions. Alors ?

Les hommes du village demeurent silencieux.

— Avec le nouveau lac qui s'étendra sur huit cents hectares, reprend Franck Leyrel, nous pourrons créer des centres de loisirs, construire des hôtels qui recevront hors saison des séminaires et des touristes l'été. Nous produirons de l'électricité, qui sera fournie à bas prix aux industries et entreprises qui viendront générer de l'emploi en s'installant chez nous. Que voulez-vous de plus ?

— Mais mon cher Leyrel, s'insurge Fournel, vous lâchez la proie pour l'ombre ! Pour un hypothétique développement vous noyez sans scrupule toutes les fermes de la vallée et la moitié de notre village ? Sans consulter personne, en plus ? Je suis outré ! Nous le sommes tous, d'ailleurs.

Le maire n'aura pas le dernier mot, il le sait. Les villageois sont butés ; pour eux, l'avenir de la région n'a aucune importance, ils vivent dans le passé. Il bat donc en retraite en direction de sa voiture, garée près de la fontaine.

— Venez voir de quoi il retourne, au lieu de rester campés sur vos positions. J'organise une réunion ce soir dans la salle polyvalente. François Belmas, l'auteur du projet et ingénieur des Ponts et Chaussées sera là, lance-t-il à la cantonade avant de claquer sa portière et de s'en aller.

Les gens du bourg sont atterrés. Jamais ils n'auraient cru que ce petit homme énergique, au visage maigre, aux yeux bleus et au menton saillant était si peu attaché à Saint-Geniez. Comment peut-il prendre parti pour un projet consistant à noyer la moitié de la commune ? Ce barrage sur la Corrèze, à quelques kilomètres en amont de Tulle, il en est question depuis 1911, mais l'importance des travaux et leur coût démesuré ont toujours fait reculer l'administration. On s'en croyait définitivement débarrassé, et voilà qu'il revient, en pleine crise, alors qu'on cherche à faire des économies par tous les moyens !

— Nous allons nous battre ! conclut Fournel. Il faudra qu'ils nous noient avec nos maisons !

Lorsque Fabienne rentre chez elle, son père est en train de se laver les mains dans la salle de bains du bas ; Marie a mis le couvert.

— Cette fois, dit Jean en revenant vers la cuisine et en s'asseyant à sa place, c'est pour de bon !

Marie apporte la soupière. Ici, on ne déroge pas à la tradition : c'est soupe de légumes midi et soir ; Jean ne peut pas s'en passer. Lorsqu'il travaillait à la ville de Tulle et n'avait pas le temps de rentrer déjeuner chez lui, sa soupe lui manquait terriblement.

— Qu'est-ce qu'on va devenir ? marmonne-t-il.

Il faut que la nouvelle le tracasse beaucoup pour le faire parler de la sorte. D'ordinaire, il mange sans un mot avant de retourner à ses occupations, sauf si le temps est mauvais. Dans ce cas, il s'accorde un moment pour fumer sa cigarette en regardant les informations à la télévision.

— On dit que le bas de Saint-Geniez sera noyé, enchaîne Marie. Ici, on sera déjà sous vingt mètres d'eau. Par contre, le haut du village sera bien placé. Au bord du lac pour profiter des vacanciers... J'ai l'impression que le maire l'a bien compris, puisque ses terrains se trouvent justement à cet endroit.

Fabienne s'assoit à sa place, celle qu'elle occupait autrefois lorsque, fille unique, elle fréquentait le lycée de Tulle. La pendule indique qu'il lui reste dix minutes pour manger. Cela lui permet d'échapper à la soupe.

— Il faut que je fasse vite. Je vais à Brive pour ma formation.

Sa mère s'empresse de la servir. Marie ne trouve pas que le barrage soit une si mauvaise idée, même si elle redoute de devoir quitter sa maison : son mari et elle sont arrivés au bout de leur vie, ils peuvent toujours entrer à la maison de retraite ou partir s'installer ailleurs. Si les jeunes y trouvent leur avantage, les vieux n'ont rien à redire. Et puis, s'ils partent d'ici, Fabienne sera bien obligée de couper les ponts avec son passé, de se détacher de Julien et de refaire sa vie. Regarder l'avenir au lieu de s'accrocher à des souvenirs lui serait salutaire...

Avant de partir, Fabienne avale rapidement son poulet et ses haricots verts, puis une pomme du verger au goût incomparable.

C'est l'heure où passe le facteur, Lionel Boismandé, dont la voiture jaune est stationnée sur la place. Il sort de chez sa mère, à qui il rend visite chaque jour. Apercevant Fabienne, il vient l'embrasser. Lionel est un bel homme aux cheveux presque blonds, ce qui est rare dans le pays, et il a les yeux clairs, changeants, pleins de lumière.

— Il y a de l'animation, ce matin, lui dit la jeune femme. Moi, ça me fait bien rire, quand même. Combien de fois on nous en a rebattu les oreilles de ce projet de barrage ? Combien de fois les journaux en ont parlé et combien de fois les gens se sont révoltés ? Résultat : le barrage ne s'est jamais fait, alors...

Elle meuble le silence pour cacher son malaise : Lionel a été le grand amour de son adolescence, et elle a rompu avec lui lorsqu'elle a rencontré Julien. Depuis la mort accidentelle de son mari, elle se sent gênée auprès du facteur.

— Oui, objecte Lionel, mais cette fois les crédits sont débloqués. Et il paraît que le maire de Tulle a donné son appui pour que ça se fasse. Les avis d'expropriation sont prêts. Il n'y a plus qu'à les envoyer et à noyer la moitié du village... Tout le bas, en fait, donc la maison de tes parents, et aussi toute la vallée sur une dizaine de kilomètres en amont. Pour que la production électrique soit plus importante, des conduites forcées emporteront l'eau jusqu'en aval de Tulle, après Laguenne, où sera construite l'usine. Il faut reconnaître que ce serait un atout pour attirer les entreprises. Car depuis que la manufacture d'armes est fermée, ce n'est pas le plein-emploi dans le pays !

Un lourd silence s'installe. Lionel lit les pensées de Fabienne sur son visage qu'il connaît si bien.

— Tu devras aller habiter ailleurs, lui conseille-t-il. Ce ne sera pas plus mal pour toi, et surtout pour tes enfants !

— Non mais de quoi tu te mêles ? s'indigne la jeune femme. J'irai où je voudrai !

Elle monte vivement dans sa voiture, Lionel la regarde s'éloigner. Il a toujours été maladroit avec Fabienne. Elle a raison, sa remarque était superflue. Mais il n'y peut rien. Chacune des paroles qu'il lui adresse est chargée de cet amour qu'il n'est pas parvenu à oublier et qui fait de lui un homme seul, un fonctionnaire terne alors qu'il aurait aimé tout autre chose.

Après Tulle, Fabienne a pris la route de Brive afin de se rendre à l'hôpital pour une formation qu'elle fait dans le service de pédiatrie. La route de Brive est la pire de toutes. Celle où sa vie a basculé. C'était en 2006. Julien se rendait à la gare pour prendre le train vers Paris. Le choc avec un poids lourd lancé à vive allure a brisé le cours du temps. Les secouristes ont extrait des tôles enchevêtrées un cadavre méconnaissable. Fabienne ne s'est raccrochée à la vie que pour ses deux enfants, qui ne comprenaient pas. Depuis, elle accomplit son travail d'infirmière comme une automate, et n'attend plus rien de l'avenir. Elle s'est façonné un masque pour dissimuler ses larmes. L'amour de ses parents, la bienveillance des voisins l'aident à vivre. Lionel a tenté de se rapprocher d'elle, mais la seule pensée qu'un autre homme pourrait prendre la place de Julien lui est insupportable.

Aux environs de cinq heures, tandis qu'elle revient vers Saint-Geniez, le soleil couchant passe entre les nuages et il fait anormalement doux pour la saison. Fabienne quitte la départementale pour bifurquer vers le hameau du Bos, où elle doit changer le pansement d'une vieille femme récemment opérée d'un kyste au sein. Ayant atteint la croix de pierre marquant le point culminant de la colline, elle aperçoit en contrebas son village, le clocher qui le domine, les maisons environnantes et, dans la vallée, le long de la rivière, le bas du bourg avec son antique cimetière, où des tombes vieilles de plusieurs siècles côtoient de récentes concessions aux pierres lustrées.

Une camionnette des Ponts et Chaussées arrive et s'arrête à côté de la voiture de Fabienne. Des hommes en descendent, ajustant des trépieds télescopiques sur lesquels ils fixent des lunettes de visée. Une autre voiture vient se garer près de la camionnette. L'homme qui en sort a quarante ans environ. Très brun, les épaules larges, le visage carré, les joues bleuies par une barbe épaisse, il donne une impression de solidité, de force. Il parle un moment avec ses collègues avant d'apercevoir Fabienne.

— Bonjour, madame, lui dit-il d'une voix retenue tout en braquant sur elle son regard brillant.

Fabienne lui sourit, ses cheveux châtain clair agités par le vent qui fait rouler sur ses joues de grosses larmes.

— Bonjour, je suis François Belmas, l'ingénieur en charge de la construction du barrage. Dans quelque temps, d'ici, vous verrez un immense lac qui remontera la vallée de la Vimbelle et de la Menaude. Le barrage fera cent cinquante mètres de haut sur trois cents mètres de large. Il faut dire que l'endroit se prête aux ouvrages démesurés, regardez le viaduc de l'autoroute A 89...

Le bras tendu vers la vallée en un geste conquérant, l'homme parle d'une voix sûre. Au-dessous, le village paraît minuscule, semblable à un jouet d'enfant livré à un géant tout-puissant.

— Le développement de cette région passe par ce barrage dont on parle depuis cent ans, et enfin on déploie tous les moyens nécessaires à sa réalisation !

— La maison de mes parents va se retrouver sous l'eau, lui annonce Fabienne d'une voix triste.

— Peut-être, répond l'ingénieur sans se démonter. Mais rassurez-vous, les propriétaires seront indemnisés correctement, et ils pourront reconstruire ailleurs.

— On ne reconstruit pas les souvenirs, objecte la jeune femme.

— Si on passe sa vie à ressasser le passé, on n'avance pas. Mes ancêtres ont vécu ici, du côté d'Aubazine. Je connais bien la misère de cette région oubliée de tous. Regardez, maintenant, il y a les autoroutes, l'A 20 et l'A 89, deux atouts majeurs ; il ne manque plus qu'un centre d'intérêt, et comme on ne peut pas compter sur l'industrie il faut faire le forcing sur le tourisme.

— Vous voulez faire venir des touristes et pour cela vous détruisez les maisons des gens, vous noyez des fermes isolées ?

— Tout ça ne pèse pas très lourd à côté du développement économique qui apportera de la richesse et fixera des jeunes dans ce désert !

Fabienne tourne les talons. François Belmas regarde la voiture s'éloigner et passer derrière les arbres du premier virage, puis observe la vallée de la Corrèze qui se déploie en contrebas. Un vent frais s'est levé. Il est fier de son projet, qui comptera dans sa vie. C'est son grand-père, né à Aubazine dans une petite famille d'agriculteurs, qui a émigré vers Paris le premier. Son père, lui, déjà ingénieur des Ponts et Chaussées, a été un spécialiste des barrages dans les Alpes et les Pyrénées. Et François a suivi le même chemin : l'école des Travaux publics et les Mines. C'est lui qui a préparé le dossier du barrage et l'a présenté aux administrations.

La nuit de décembre est tombée depuis longtemps et le vent frais s'est renforcé, un vent d'ouest annonciateur de pluie. Sur la place de Saint-Geniez, les derniers arrivés claquent la portière de leur voiture en rouspétant contre ceux qui se garent sans se préoccuper des autres. Il y a foule au bistrot Magnant. Un peu en retrait, la mairie est illuminée, et devant les portes grandes ouvertes des groupes bavardent, surtout des retraités venus des fermes isolées au creux de la vallée. Quelques jeunes se sont rassemblés à côté du 8 à Huit. Un peu plus bas, les battants de la salle polyvalente sont ouverts. Le maire arrive accompagné de plusieurs personnes, dont François Belmas, armé d'une lourde sacoche.

Pierre Fournel a attaché son cheval au tronc du tilleul, juste sous le lampadaire pour qu'on le voie bien. Les gens rient de lui car c'est un original, mais ils l'écoutent. Car Fournel a l'autorité naturelle de ceux qui ont des relations. Journaliste économique à Paris, il a été décoré récemment de la Légion d'honneur, et tous les journaux locaux ont parlé de lui. Le barrage le concerne tout particulièrement, puisque la propriété qu'il a achetée (beaucoup trop cher selon les gens du coin) sera entièrement engloutie. Il n'est donc pas étonnant qu'il ait pris la tête de l'association Vallées de Corrèze constituée au début de l'automne, lorsque les premières rumeurs à propos du barrage ont commencé à circuler.

Le maire, les ingénieurs et les responsables locaux entrent enfin dans la salle envahie par une foule bruyante. Comme il n'y a pas assez de chaises pour tout le monde, les derniers arrivés s'entassent debout dans le fond de la pièce. Fabienne est assise à côté de son père. Lionel Boismandé est là lui aussi. Le facteur vit dans un appartement à Tulle, mais il s'occupe beaucoup de sa mère depuis qu'elle est devenue veuve, en 2009. C'est un beau jeune homme très apprécié, et tout le monde s'étonne qu'il ne se soit pas marié. Bien sûr, personne n'a oublié ses amours avec Fabienne et son immense désespoir après leur rupture, mais c'est la vie, et il faudrait qu'il parvienne à tourner la page.

Franck Leyrel prend place sur l'estrade près de François Belmas, qui ouvre son porte-documents pour en sortir plusieurs dossiers, avant de parcourir du regard l'assistance : « Moyenne d'âge : soixante-dix ans ! pense-t-il. On ne construit pas avec des vieux ! » Il repère cependant quelques jeunes dans la masse des retraités. C'est eux qu'il doit convaincre, eux qu'il doit rallier à son projet.

Il est déterminé, Belmas, il a la certitude que son action est indispensable pour la région. Il a de moins en moins confiance dans les politiciens qui sont tout miel pour obtenir des voix et ne contrarient jamais personne. Le barrage redonnera vie au pays. Et puis, la construction de l'ouvrage, l'un des plus grands de la région sur un sol à roche poreuse et tendre, est un défi. Ayant participé à la construction du viaduc de

Millau, l'homme mesure l'ampleur des difficultés, mais cela lui plaît.

Le maire demande le silence. Dans l'assistance, les têtes blanches cessent de s'agiter ; des regards curieux et méfiants se lèvent vers les hommes installés à la tribune.

— Mes amis, commence Franck Leyrel, je vous ai réunis ce soir de décembre 2011 pour vous parler de ce projet enfin adopté : la construction d'un barrage sur la Corrèze au lieu-dit Le Pont-des-Angles, là où la vallée se resserre. Ce projet, vous le savez, n'est pas d'aujourd'hui. Les premiers rapports sur la nécessité de cette retenue remontent à 1912, mais à cette époque, et aussi plus tard, après la Seconde Guerre mondiale, l'ampleur des travaux et les difficultés techniques à surmonter en ont empêché la réalisation. Mais tout cela est à présent possible, et je suis heureux de vous présenter M. François Belmas, ingénieur des Travaux publics, concepteur du projet, qui supervisera le chantier. Je dois préciser que M. Belmas a des attaches corréziennes, puisque la famille de son père est originaire d'Aubazine !

Les protestations fusent, un brouhaha recouvre très vite la voix du maire, qui tend les mains pour réclamer le silence.

— On ne veut pas donner nos maisons aux grenouilles et aux crapauds ! s'insurge un homme.

— On nous chasse de chez nous ! crie une voix stridente. Comme les Indiens d'Amérique on va nous parquer un peu plus loin pour que les bons Parisiens viennent faire trempette là où on avait nos maisons, nos jardins, notre vie !

— Nous, les vieux, on est juste bons pour la casse ! enchaîne une autre tête blanche.

Leyrel frappe du poing sur la table, comme un prof pour faire taire des élèves révoltés. Il savait que la partie serait dure, mais pas à ce point. Le fait que la salle soit trop petite pour accueillir tout le monde en est l'indice. Le barrage n'intéresse pas seulement ceux dont les maisons et les terres sont menacées, mais toute la région. Franck connaît l'immobilisme borné des gens d'ici ; il joue sa place aux prochaines élections, mais cela n'a pas d'importance, car l'avenir local doit en passer par cette réalisation.

— Mes amis, pensez à demain ! Si comme moi vous aimez nos collines, si vous voulez les sauver de la désertification, acceptez enfin le barrage qui permettra la création d'un vaste complexe de loisirs. On construira des hôtels alors que notre département en manque tant. L'électricité produite sera fournie à des tarifs très intéressants pour vous et pour les industriels qui viendront s'implanter ici. Avec les autoroutes, notre département s'est déjà désenclavé ; il peut donc espérer voir augmenter sa population active. Ce sont des centaines, pour ne pas dire des milliers d'emplois que le barrage va générer. Au lieu de quitter le pays, nos jeunes pourront enfin travailler ici et y vivre heureux !

— Tout ça, c'est bien beau, dit une voix à l'accent local très marqué, mais ce n'est pas sûr. Tout ce dont on est certains, c'est que nos champs, nos prés, nos bois et nos maisons vont être noyés !

— La moitié de Saint-Geniez sera sous les eaux, même notre église, la plus vieille de la région ! vocifère un autre villageois.

La tête aux longs cheveux hirsutes de Fournel se contente d'opiner. Le Parisien préfère des actions coup de poing très spectaculaires, qu'il réalisera en compagnie des membres de son association. Près de lui, Olympe, une grande brune aux cheveux filasse attachés en chignon par des épingles, pense à ses chevaux, qui trouvent dans la vallée de très bonnes prairies.

— M. Belmas, ingénieur des Ponts et Chaussées et grand spécialiste de l'hydraulique, va tout vous expliquer, ajoute Leyrel en désignant l'intéressé.

L'ingénieur se racle la gorge. Il a remarqué dans l'assistance la jeune femme rencontrée l'après-midi et ne peut en détacher son regard. Il la trouve belle dans la pénombre de la salle mal éclairée et lui sourit discrètement.

— Le premier projet de barrage, commence-t-il, remonte à 1912 et a été rapidement abandonné. Le dernier, le plus sérieux, date de 1946. Il était question à l'époque de fournir de l'électricité à la ville de Tulle, où se trouvaient la manufacture d'armes et d'autres usines. Ce projet a été abandonné par manque de financement. Depuis, l'idée est ressortie de temps en temps, mais n'est jamais allée très loin. Le moment est venu de passer à l'acte. Tout le monde sait combien est décriée l'énergie nucléaire, et tout le monde sait combien la politique actuelle est favorable aux énergies renouvelables. On peut compter sur des subventions de l'Europe ; il ne faut pas manquer cette formidable opportunité.

Les gens se regardent. Que leur importent les énergies renouvelables ? Ils veulent vivre chez eux et qu'on leur foute la paix, rien de plus !

— Ma famille est d'ici, insiste Belmas, et c'est pour cette raison, pour mon attachement à ce pays que j'ai conçu ce projet et dépensé toute mon énergie afin qu'il aboutisse.

Dans la salle, hormis les bruits de chaises, le silence est total. Le grand Fournel secoue la tête. On ne voit que lui.

— Donc, le barrage sera situé au Pont-des-Angles, et si tout va bien sa construction prendra un peu plus d'une année. Ce sera un chantier énorme, qui emploiera beaucoup de gens. L'usine hydroélectrique, elle, sera construite en aval de Tulle, où l'eau sera acheminée par conduite forcée. Là aussi, cela créera des emplois…

La présentation du projet se poursuit. Les gens écoutent, échangent des regards entendus et s'ennuient lorsque l'ingénieur évoque la géologie locale, formée de schistes de mauvaise qualité, de poches de grès poreux, de granite en décomposition. Mais les visages se crispent dès qu'il indique quel sera le niveau des eaux dans la vallée où ils ont vécu et où ont vécu leurs ancêtres. A-t-on le droit de détruire ainsi ce qui a été fait par Dieu lui-même ?

— Ce qu'on veut, s'écrie quelqu'un, c'est nous rayer de la carte, nous pousser vers la tombe parce qu'on gêne ! Oui, c'est ça, il n'y a plus de place pour nous ! L'année dernière, on a commencé par nous supprimer l'école, ça fait dix ans qu'on n'a plus de poste, et maintenant on engloutit nos maisons et nos champs. Vous voulez faire revivre la région et vous commencez par la noyer ? C'est un comble !

Un tonnerre d'applaudissements éclate ; François Belmas se tourne vers le maire qui, dans un geste brutal, frappe son pupitre. Il se rappelle quel tollé avait suscité la fermeture de l'établissement scolaire. Des manifestations avaient conduit jeunes et vieux à faire le siège de la préfecture. Ils étaient même allés à Paris, au ministère de l'Éducation nationale, où un sous-chef de service les avait reçus et leur avait fait de vagues promesses. Depuis, un car de ramassage financé par le conseil général emmène les enfants à Tulle. Il n'en reste plus que sept.

— Mais enfin ! s'emporte Leyrel. C'est bien parce qu'on ne fait rien de novateur pour la région depuis plus de cinquante ans que toute la jeunesse est partie ! Qu'est-ce qu'il reste, ici ? Des retraités ! Il faut inverser la tendance, c'est vital pour Saint-Geniez et les communes environnantes.

— Ouais ! Dites que vous voulez vous débarrasser des vieux ! Allez-y ! Enfermez-nous dans des maisons de retraite et droguez-nous pour qu'on se taise !

— Les vieux ont leur place dans la société comme les autres, mais une société sans jeunes est condamnée, reprend Belmas. Si vous voulez que l'école et la poste reviennent à Saint-Geniez, il vous faut des familles avec des enfants. Bon. Soyons concrets : chaque personne qui verra noyer l'un de ses biens recevra une indemnité substantielle, équivalant à deux fois sa valeur.

— On s'en fout de vos promesses ! On veut rester chez nous, un point c'est tout ! Et puis, vous oubliez de parler du climat qui va changer avec le barrage, des orages de plus en plus fréquents et de la pluie, puisque l'eau attire l'eau !

Dans le brouhaha général, Pierre Fournel se lève. Leyrel s'étonne de le trouver si grand, si élancé, si mince. À côté de sa fille, il ne fait pas son âge. Son visage carré, son regard direct et profond, ses cheveux libres lui donnent une prestance peu ordinaire. Toutes les têtes se tournent vers lui. On le dit sauvage, peu causant, on rit de sa carriole et de son cheval mais on le respecte. Il ne parle pas comme les gens d'ici. La carrière qu'il a eue à Paris le place au-dessus des autres.

— Vous évoquez des indemnités égales au double de la valeur du bien, commence-t-il de sa voix calme et grave, c'est donc que vous ne vous sentez pas vraiment dans votre droit ! Et puis comment pouvez-vous prétendre mesurer la valeur d'un bien ? Une maison, ce n'est pas seulement des murs et un toit ! C'est une somme de souvenirs, des hommes qui y sont nés, qui y ont vécu, qui y sont morts. Un pays ne se résume pas à des landes, des terres abandonnées. Et puis, sans vouloir me mettre en avant, comment comptez-vous évaluer la valeur de ma propre demeure, vieille de cinq siècles ?

— Et de la mienne ? hurle Georges Merpillat, assis à côté de Jean. Trente ans que j'ai mis pour la construire de mes propres mains ! Comment vous pouvez dire qu'elle ne vaut que le prix de la pierre, ou à peine plus ? Une maison comme celle-là n'a pas de prix !

Tout le monde applaudit. Georges Merpillat a toujours été un exemple de ténacité et de courage. Il a travaillé jour et nuit pour édifier l'une des plus belles et des plus originales habitations du pays.

— C'est un bijou, ma maison, une œuvre d'art, monsieur, oui, une œuvre d'art !

— Bien sûr, reprend l'ingénieur sans se démonter, je vous comprends. Mais essayez de voir un peu plus loin : comment comptez-vous lutter contre la désertification de la région si vous ne laissez aucune chance aux moyens modernes ?

Les gens se taisent. Le regard de Fabienne va de Fournel, âgé d'une soixantaine d'années, à l'ingénieur, qui fait face. Deux manières opposées de concevoir l'avenir. Malgré elle, la jeune femme se sent impressionnée par le visage volontaire de Belmas, ses yeux noirs très brillants et ses joues assombries par la barbe. Cela lui confère une force virile qui ne la laisse pas indifférente.

— Ce n'est pas avec un barrage que vous ferez revenir les gens ! Et puis il n'y a pas que les humains, monsieur l'ingénieur. Vous allez noyer des hectares et des hectares de terrains peuplés d'oiseaux, d'insectes, de chevreuils, de sangliers, et même de loups, qui ont tous des droits sur ces terres. Ces espèces cohabitent depuis toujours, elles ont trouvé ici de quoi survivre dans une nature dont vous oubliez la richesse. La terre n'appartient à personne, monsieur !

— Le barrage favorisera l'arrivée de bien d'autres espèces animales, réplique François Belmas à court d'arguments.

— Mais celles que la nature y avait placées mourront, tranche sèchement Fournel. Et puis parlons un peu de ce que vous évitez soigneusement d'évoquer : le cimetière va être noyé, n'est-ce pas ?

Une exclamation de surprise s'élève de l'assistance. Personne n'y avait pensé. Les poings se lèvent. Quel sacrilège ! Quel manque de respect pour les morts qui s'y trouvent, autant de bons Geniésiens qui pour la plupart se méfiaient de l'eau et n'ont jamais pris un seul bain tout au long de leur vie ! Fabienne ferme les yeux et pense à Julien.

— Votre barrage, on n'en veut pas ! crie Georges, rouge de colère.

— Et vous n'êtes pas près de commencer les travaux ! renchérit un autre.

L'homme, un retraité de la manufacture d'armes de Tulle qui a fini sa carrière à Bordeaux, prend son chapeau, se lève et sort, suivi aussitôt par toute l'assemblée. Sur leur estrade, le maire, l'ingénieur et ses collaborateurs demeurent un instant indécis, puis Leyrel se lève à son tour.

— Parfois, il faut faire violence aux gens pour leur bien ! dit-il. On a eu tort de faire cette réunion d'information. Continuons comme s'il ne s'était rien passé. Je connais les gens d'ici, ils sont forts en gueule mais s'écrasent dès qu'on crie plus fort qu'eux !

Sur la place, le maire et ses comparses sont accueillis par des huées. Belmas demande à chacun de garder son calme, mais un groupe l'encercle et en profite pour le menacer. Un certain Bertault, habitant d'un hameau sur le bord de la Corrèze, le regarde bien en face et lui lance :

— Qu'est-ce qu'il en pense, ton père ? Tu vas pas me dire qu'il s'en fout ? Parce qu'il m'en a parlé, à moi, et même qu'il s'est disputé avec toi !

Franck Leyrel hésite. Son père est contre le projet, comme tout le monde ici. Il n'est pas venu à la réunion parce qu'il ne parle plus à son fils depuis deux mois.

— De toute façon, on ne laissera pas des rigolos casser notre pays !

— Combien ils te donnent les entrepreneurs pour appuyer leur projet ?

— Et les truites ? crie encore quelqu'un, vous avez pensé aux truites de la Corrèze, aux saumons qui vont bientôt remonter pondre leurs œufs ? La rivière appartient aussi aux poissons !

Tous applaudissent. Leyrel recule, monte dans sa voiture et démarre. De son côté, François Belmas s'est approché du groupe où se trouve Fabienne. Il se place en face d'elle et tente d'expliquer sa démarche, en insistant encore une fois sur le fait qu'il est originaire des environs, que ses ancêtres ont vécu dans ces collines abruptes et qu'il n'agit que pour le plus grand intérêt de la collectivité. La pénombre souligne son visage viril, ses yeux emplis de paillettes de lumière et sa silhouette trapue qui inspire confiance. Fabienne répond à son sourire. Ce regard noir posé sur elle lui fait du bien. Non loin, Lionel Boismandé ne perd rien de la scène et serre les poings. Puis Belmas salue l'assemblée, lance une dernière œillade à la jeune femme et s'éloigne dans sa voiture.

Près de son cheval, Pierre Fournel réfléchit. Ceux que l'on n'a pas consultés avant d'investir des sommes considérables dans le projet auront le dernier mot, il se le promet. L'étude dure depuis trois ans, les géologues ont sondé le sol, déterminé la dureté et la perméabilité de la roche, étudié les terrains voisins, l'impact sur l'environnement, ils ont multiplié les réunions avec les pouvoirs locaux, les associations de protection de la nature, qu'il a fallu convaincre et auxquelles il a fallu montrer combien le bénéfice de l'opération serait supérieur aux nuisances. Mais ils ont tout bonnement oublié d'interroger les premiers concernés, les habitants, comme si leur déplacement n'était qu'une formalité qui se réglerait avec de l'argent. Fournel donne la main à sa fille pour l'aider à monter sur le tilbury, s'assoit à côté d'elle et déclare :

— Il ne faut pas se laisser faire. Les technocrates dans leurs beaux bureaux ont des théories à eux. Des barrages on en a construit un peu partout, sur la haute Vézère, sur la Dordogne, et ça n'a rien changé ! Réunion de l'association demain à onze heures chez moi. Faites-le savoir !

Le bruit régulier des sabots du cheval s'éloigne dans la nuit fraîche. Jean Chameyrac reste auprès de son ami Georges, très perturbé à la pensée que son « chef-d'œuvre » va disparaître sous les eaux.

— Tu comprends, Jean, c'est pas possible !

— Ils se moquent bien que tu aies tant travaillé.

— Mais enfin, ma maison, tu sais qu'il n'y en a pas une autre identique en France ni dans le monde ? Elle devrait même être classée monument historique, c'est moi qui te le dis !

Fabienne rentre chez elle. Lionel la rattrape et lui souffle à l'oreille :

— Ce Belmas me paraît être un sacré zigoto !

La jeune femme sursaute. Pourquoi Lionel lui dit-il ça ? A-t-il vu les sourires qu'elle a échangés avec l'ingénieur ? Toutefois, il est vrai que cela a pu paraître surprenant : Fabienne ne sourit jamais, et surtout pas aux hommes.

— Qu'est-ce que tu veux que ça me fasse ? répond-elle au facteur.

— Rien, sûrement, je disais ça comme ça, pour que tu connaisses mon opinion.

Louise pose le pied droit sur la descente de lit. Dans la chambre voisine, Valentin parle à sa mère. C'est un bambin plutôt petit pour son âge. La tête ronde, les cheveux très noirs avec des épis, il a de grands yeux qui passent de la naïveté à la malice dont peut faire preuve un enfant plein de vie et d'exubérance retenue. Rêveur, distrait, il connaît par cœur les jeux de sa Nintendo et pianote sur l'ordinateur de sa mère avec une aisance étonnante. Il préfère l'écran aux livres, raffole des dessins animés. Cette nuit, il a encore rêvé de son papa. Et, comme il n'en garde aucun souvenir, il a fait de lui une sorte de héros de lumière, invincible et merveilleusement beau. Il en parle avec emphase, ce qui a pour effet d'agacer Louise. Car, pour elle, la réalité est beaucoup plus crue. Elle l'a vécue de plein fouet et n'a rien oublié : pas la moindre larme de sa mère, et encore moins l'enterrement, qui a marqué la fin d'une période heureuse. Chaque fois que Valentin raconte ses rêves, Louise le rabroue vivement, tandis que Fabienne part se cacher dans la salle de bains pour sécher ses larmes. Ce matin, pourtant, l'infirmière se sent différente ; elle a dormi d'une traite, ce qui ne lui était pas arrivé depuis plusieurs années, puis elle s'est levée avec le sentiment très agréable que cette journée serait porteuse d'une bonne surprise.

Cinq ans déjà. Il y a cinq ans que Julien l'a quittée, et de la pire manière. Une éternité de solitude, dont la tendre sollicitation de Lionel n'a pas réussi à la sortir. Marie, qui approche les quatre-vingts ans, ne cesse de lui dire qu'elle doit reprendre goût à la vie : rester attachée à un souvenir ne peut que l'enfoncer dans la dépression et le désespoir dont elle ne parvient pas à se débarrasser. Son père qui parle peu, mais toujours bien, lui a conseillé un jour de reprendre un appartement et de tout recommencer de zéro. Ce jour-là, il cherchait ses mots et multipliait les périphrases pour exprimer sa pensée. Fabienne sait que Jean a raison, mais ne se sent pas encore prête pour un nouveau départ. Comment trouver la force, l'élan d'affronter la réalité et de s'aventurer dans la vie sans que ses enfants en pâtissent ? Jean et Marie sont des rocs auxquels la fragile Louise peut s'accrocher afin de garder la tête hors de ses cauchemars. Valentin, lui, trouve chez son grand-père la présence masculine dont il a besoin, cette complicité au bord de la Corrèze pour une partie de pêche, ce savoir fondamental sur les animaux, les plantes, les saisons.

Louise est grande pour ses douze ans. Avec son corps élancé, ses cheveux châtains comme sa mère qui se déversent en grosses boucles sur ses épaules, c'est une enfant studieuse et appliquée. Ses professeurs reconnaissent en elle une élève travailleuse mais peu loquace, qui reste souvent seule dans la cour. Les psychologues scolaires, ayant constaté les dégâts causés par l'accident de son père, lui trouvent une tendance dépressive qu'ils conseillent de surveiller.

Ses préoccupations morbides se retrouvent d'ailleurs dans les textes qu'elle écrit avec beaucoup de finesse.

Une fois le petit déjeuner avalé, les deux écoliers prennent leur cartable et rejoignent les autres sur la place, près de l'église, pour attendre le car qui les conduira à Tulle. Ils sont sept, les derniers enfants de Saint-Geniez. Tanguy, un grand scolarisé en seconde, fils de Frédéric Dubord, le patron du 8 à Huit, Pauline, Marine et Sophie Bertault, les filles du dernier agriculteur du village, et enfin Benjamin Magnan, le copain de Valentin et fils des gérants du bar-tabac.

Lorsque le car arrive, les enfants y montent en se bousculant, puis le véhicule se dirige vers la route de la vallée. D'ordinaire, après le départ des écoliers, la place du village reste déserte, mais ce matin des voitures se garent près du monument aux morts, des hommes se rassemblent devant la mairie. Maurice Magnan va avoir des clients, mais ce n'est pas ce qu'il attend ; le temps n'est pas aux bavardages.

Une trentaine de personnes se sont rassemblées autour de Baptiste Bertault, qui a travaillé un peu à Tulle mais n'a pas pu s'adapter à la vie réglée des salariés. Alors il a repris la ferme de ses parents, mais comme ses terres sont particulièrement accidentées, il a construit une porcherie et, malgré les protestations et les pétitions des écologistes, il produit quatre mille cochons par an. Pour les Parisiens, car ici personne ne mangerait de ce porc insipide.

Baptiste s'est fait une réputation de cabochard, d'obstiné. Il dit ce qu'il pense sans détour. Lorsqu'il a voulu installer son affaire, les contestations des villageois, des pêcheurs qui redoutaient l'impact du purin dans la rivière, des écologistes, n'ont eu pour effet que de renforcer sa détermination. On lui reproche de ne pas écouter les autres, mais il s'en moque. C'est un homme de taille très moyenne. L'abondante barbe qui couvre en partie son visage augmente la force de son regard souvent dur, sérieux. Les gens de la Chambre d'agriculture voient en lui un homme des bois qui se laisse aller. Mais cela lui convient ; il n'est heureux que dans sa ferme près de la rivière, et dans la forêt qui l'entoure.

— J'ai pas pu venir hier à la réunion, dit-il, mais on m'a raconté !

Depuis sa brouille avec le maire, en effet, Baptiste garde pour Leyrel une haine sans mesure. Il n'a pas pardonné à son ancien copain d'école d'avoir tout fait pour empêcher la mise en place de sa porcherie.

— On a compris ce qu'ils veulent. On ne les laissera pas faire ! ajoute-t-il de sa voix grave d'homme peu habitué à parler en public.

— Ah bon ? Et qu'est-ce qu'on peut faire, d'après toi ? Ils ont tout et on n'a rien à part nos mains, réplique un vieil homme au beau visage clair encadré par des cheveux blancs.

— On se battra, on sortira les flingues s'il le faut ! On crèvera attachés à nos maisons, mais ils n'auront pas le dernier mot, c'est moi qui vous le dis.

Les gens se taisent, rassurés par les propos de cette « grande gueule » qui sait se faire entendre. Sa détermination les aidera à agir pour tenter de gagner, même si la plupart n'y croient pas, résignés, rappelés à la réalité par leurs douleurs aux articulations, leur manque de forces. Mais tant qu'il est avec eux, ils oublient leur âge.

— Allez, tout le monde chez Fournel ! Avec lui, on est forts, il connaît du monde et il parle bien. Son association Vallées de Corrèze est une arme dont il saura se servir.

Jean, le père de Fabienne, arrive enfin avec Georges Merpillat. Les deux hommes ont grandi ensemble et fréquenté le même collège. Après le service militaire, Georges est entré à la SNCF et Jean aux services municipaux de la ville de Tulle.

Tous se dirigent à pied vers la ferme de Fournel en contrebas, tout près de la rivière. Ses chevaux bénéficient des bonnes prairies bien abritées du vent du nord, arrosées par un système d'irrigation élaboré par les paysans d'autrefois et rénové par le Parisien.

Après avoir suivi une route en pente jusqu'à une vaste cour, ils arrivent devant une grande maison bourgeoise du XVIIe siècle aux murs épais, aux ouvertures étroites. Flanqué d'une tour beaucoup plus ancienne, un corps de bâtiment d'une vingtaine de mètres a été transformé en écuries pour les bêtes d'Olympe. Un manège est aménagé à côté de la cour. Fournel a dépensé une fortune pour rénover cet ensemble qui tombait en ruine lorsqu'il l'a acheté en 1999.

La fille de Fournel accueille le groupe. Malgré ses bottes de cheval, Olympe, vêtue de manière très ordinaire, présente un aspect négligé. On ne sait pas grand-chose sur cette femme grande et maigre d'une quarantaine d'années. Elle a travaillé dans l'édition avant de s'installer là avec son père pour se consacrer à sa passion. Elle n'a toutefois pas coupé les ponts avec son ancienne vie et fait de nombreux séjours à Paris. Lorsqu'elle part pour la capitale, le facteur, pourtant très discret, raconte qu'elle est méconnaissable : vêtue avec soin, maquillée, Olympe est presque belle, et très différente de la souillon de Saint-Geniez.

Elle conduit les hôtes jusqu'à une vaste salle au rez-de-chaussée du vieux château. On y accède par une porte assez basse à côté de la tour. Là, Fournel les accueille.

— Nous voici fixés, commence-t-il. Tous les crédits sont votés, mais avant de commencer la construction ils doivent nous exproprier et affiner l'étude des sols. Nous allons recevoir une lettre recommandée dans les prochains jours. Un prix sera proposé pour chaque bien. Évidemment, il faudra le refuser, mais ça ne changera rien.

— Qu'est-ce qu'on fait, alors ? demande un vieil homme.

— Ils veulent qu'on parte tous. On va donc organiser notre résistance grâce à des actions spectaculaires et attirer la presse nationale sur notre cas. Il faut intéresser les politiques. N'oubliez pas que l'élection présidentielle a lieu dans moins d'un an. C'est un atout qu'il ne faut pas négliger.

— J'y crois pas, réplique un autre retraité. On s'y est pris trop tard. Il y a eu des études, des tas de réunions où on aurait dû être !

— Non, assure Pierre Fournel, ils se sont arrangés pour faire tout ça sans que personne ne le sache. Ils ont agi d'une manière déloyale, ce qui nous autorise à faire la même chose. Il faut frapper fort. J'ai une idée. Baptiste, tu as toujours ta pelleteuse ?

— Oui, pour sortir le fumier de la stabulation.

— Alors on va l'utiliser. Venez tous ce soir chez moi avec votre tracteur et votre épandeur de fumier.

On ne dormira pas de la nuit, mais ils vont comprendre qu'on n'est pas décidés à se laisser faire.

Fabienne consulte son agenda pour organiser sa tournée. Avant le centre médical de Naves où elle travaille avec deux autres infirmières et le Dr Marchelin, elle doit passer chez la vieille Marguerite qui, depuis la mort de son mari, vit seule dans un ancien moulin près de Vimbelle. Marguerite souffre d'une insuffisance rénale, elle a besoin d'une piqûre tous les matins. Les visites quotidiennes de Fabienne ont rapproché les deux femmes, la jeune portant son fardeau de désespoir quand la vieille n'espère plus rien et se demande même s'il est raisonnable de poursuivre les soins alors qu'elle aura bientôt quatre-vingt-dix ans. La vie lui pèse, depuis que Charles est mort, l'année dernière. Elle a hâte de le rejoindre. Pourtant, chaque jour, avec une application d'élève studieuse, elle prend ses comprimés et fait revenir le médecin dès que sa réserve s'épuise.

— Tu comprends, se justifie-t-elle auprès de Fabienne, qu'elle a connue petite fille, je veux bien mourir, mais pas souffrir !

L'infirmière est accueillie par la petite chienne de la vieille dame, qui aboie en lui faisant la fête. Dans la maison, elle trouve Marguerite assise près de sa cuisinière éteinte, les yeux rougis.

— Eh bien, qu'est-ce qui se passe ce matin ? Ce n'est pas dans vos habitudes de rester ainsi…

La vieille dame se mouche, essuie son visage ridé et lève sur l'infirmière un regard désespéré.

— Ce que je viens d'apprendre me fait trop mal.

— Quoi donc ?

— Le barrage. Ce n'est pas possible que des étrangers viennent fermer la Corrèze pour nous noyer. Cette maison qui a trois siècles va se retrouver sous l'eau, ce n'est pas possible !

— Ce n'est pas encore fait, Marguerite. Ils n'en sont qu'au projet. Vous savez bien qu'on en parle depuis cent ans et que ça ne s'est jamais fait.

— Mais cette fois c'est pour de bon. Le journal le dit !

— Tout le monde est contre, comment voulez-vous qu'ils décident sans l'accord des gens ?

— C'est pas pour moi, répète Marguerite en s'essuyant de nouveau les yeux, c'est pour mon Charles. Lui qui aimait si peu l'eau !

Fabienne ouvre sa trousse et va se laver les mains à l'évier, comme elle le fait tous les jours, mais ce matin c'est pour cacher sa propre émotion.

— Tu y as pensé, toi, aux nôtres qui vont être noyés dans le cimetière ? poursuit la vieille.

L'infirmière ne peut chasser de son esprit cette vision de l'eau qui monte entre les tombes, pénètre dans les caveaux, couvre de boue ceux à qui on doit un repos paisible. Julien, fauché par un chauffard qui avait trois grammes d'alcool dans le sang, ne mérite pas un tel mépris.

Une fois la piqûre faite, la jeune femme poursuit sa tournée et passe à Vimbelle, carrefour de cinq routes et rencontre de trois rivières. L'eau montera à une dizaine de mètres au-dessus des maisons. Les vallées seront englouties avec les fermes ou ce qu'il en reste…

Arrivée à Naves, Fabienne gare sa voiture sur le petit parking devant le centre médical. Que fait là l'homme qui la regarde ? Sa silhouette a quelque chose de rustique et de rassurant qui le rattache à la région. Il lui sourit et s'approche d'elle. La jeune femme sort de son véhicule.

— Bonjour, dit-il en lui tendant la main.

Fabienne murmure un bonjour puis marche en direction du centre médical. François Belmas la rattrape et lui propose de prendre un café en sa compagnie.

— Je n'ai pas le temps, je suis désolée. J'ai une journée très chargée.

— Oui, réplique Belmas, une journée à soigner des vieillards, ça ne doit pas être très amusant !

— Je fais avec.

— Je vous en prie, acceptez de prendre un café avec moi. J'ai à vous parler. Je vous ai observée hier, lors de la réunion des têtes blanches. Nous pouvons collaborer.

— J'en doute. Vous dérangez les gens paisibles. Vous noyez une belle vallée sous des mètres cubes d'eau et vous voulez que je collabore à votre entreprise de destruction ?

— Acceptez. J'en serai vraiment très heureux !

Elle change de direction et marche en compagnie de l'ingénieur vers le café situé en face du centre médical. Ils s'assoient à une table. Les rares clients ne quittent pas des yeux l'infirmière qu'ils connaissent tous, « la Fabienne » comme ils l'appellent, ni l'ingénieur du barrage, dont ils se méfient. Le rapprochement de ces deux personnes est inattendu pour eux. C'est la première fois qu'ils voient la jeune veuve en compagnie d'un homme.

— Je ne peux pas me résoudre à penser que vous vous opposez au barrage, vous, une jeune femme qui n'ignore sans doute pas que ce pays a besoin de changer de visage pour renaître.

— S'il était si facile de renaître, personne ne s'en priverait.

— Comprenez que la retenue va donner un nouvel élan à ce pays qui ne peut plus compter sur l'agriculture pour survivre.

— Je sais cela, je sais que la région est condamnée à retourner à la forêt, aux bêtes sauvages, mais ce n'est pas si mal, il faut de la place pour tout le monde. Il n'est pas indispensable qu'il y ait des hommes partout.

Fabienne observe sa tasse. Les yeux noirs de Belmas se plantent en elle, comme pour y chercher des secrets inavouables. Elle voudrait s'enfuir et pourtant elle reste là, agitée par des sentiments contraires.

— Je dois partir, finit-elle par dire comme pour se donner du courage. Mes « têtes blanches » comptent sur moi.

— Attendez. On m'a raconté beaucoup de choses sur vous. Les gens d'ici sont très bavards. Je sais ce qui vous est arrivé !

La jeune femme observe l'ingénieur. De près, son visage perd de sa dureté. Et inspire confiance. Son cou robuste témoigne d'une force rassurante.

— Ah, alors que savez-vous sur moi ?

Elle regrette cette question propre à relancer la conversation, mais les mots lui ont échappé avant qu'elle n'ait pu en mesurer la portée. Contre toute attente, il lui parle de lui.

— J'ai grandi à Paris, poursuit Belmas. Mon père me parlait souvent de la Corrèze, même si nous y venions rarement, parce que nous n'avions conservé aucune terre, rien. Quand j'ai été ingénieur, je me suis marié. J'ai deux filles. Et puis ma femme est partie.

— Cela ne m'intéresse pas, réplique Fabienne en se levant. Je dois passer au centre médical ; mes collègues m'attendent pour la réunion du matin.

— Je comprends, mais ça me fait du bien de vous parler. Quand ma femme est partie, le monde s'est écroulé autour de moi. Ma mère a récupéré Agathe et Léa, et moi je me suis abruti dans le travail. Et j'ai pensé si fort à la Corrèze, au retour aux sources, que je me suis investi totalement dans le projet de barrage. Pour redonner vie au pays.

Pourquoi Fabienne pense-t-elle qu'il ment, qu'il arrange la réalité pour se présenter en victime ? La vague impression que ces belles paroles ne correspondent pas au personnage devrait la pousser à couper court, pourtant elle reste là, retenue par une curiosité soudaine.

— C'est votre mère qui élève vos filles ? demande-t-elle en pensant à Louise et Valentin, qu'elle n'a jamais voulu confier à ses beaux-parents, commerçants à Brive.

— Non, c'est mon ex-femme, mais ma mère les prend de temps en temps. Laissons cela. Je voudrais tant vous rallier à mon projet, qui sera l'œuvre de ma vie… Vous connaissez tout le monde ici, vous allez dans toutes les maisons et les gens vous écoutent. Vous pouvez les convaincre, vous devez leur parler.

Fabienne se lève vivement.

— Ne comptez pas sur moi !

Elle se dirige vers la porte. Belmas la rejoint.

— Je vous attendrai ce soir au vieux moulin du Bos.

— Qu'est-ce qui vous prend ? s'indigne Fabienne. Vous n'y pensez pas ?

Elle traverse la place, entre dans le centre médical, très mal à l'aise. Ses deux collègues sont arrivées. Nathalie Lebrun, une petite rousse peu distinguée, lui envoie un regard triste : la voiture lui cause des maux de dos que le Dr Marchelin n'arrive pas à soigner. Elle devrait se faire opérer, mais attend les prochaines vacances d'été pour confier ses deux enfants à sa mère dans le Béarn. Encore de longs mois de supplice ! Virginie, au contraire, est très élégante, fardée, toujours vêtue avec soin. Fabienne aime beaucoup sa désinvolture, sa manière de prendre la vie du bon côté malgré un fils quasi délinquant et un mari porté sur la bouteille.

— Dis donc, voilà que tu te places avec l'ingénieur ! s'exclame-t-elle avec un sourire complice.

— Sûrement pas, répond Fabienne, je ne me place avec personne.

Fabienne s'arrête d'abord chez Marcel Bénichet, qui vit dans une petite ferme au lieu-dit les Pradaux. Autrefois, cinq maisons s'accrochaient à la colline qui plonge vers la Corrèze. Désormais, il n'en reste que deux, habitées en été par des Parisiens dont on sait peu de chose. L'endroit était fertile, les anciens tiraient de cette terre rouge du blé de bonne qualité, des légumes qu'ils allaient vendre au marché à Tulle, des châtaignes réputées, des fruits à la saveur particulière et recherchée. Marcel, quatre-vingt-six ans, et sa femme, Marthe, quatre-vingt-cinq ans, n'ont pas eu d'enfants et ne veulent pas entendre parler de la maison de retraite. Fabienne passe tous les matins piquer la vieille dame, qui souffre d'un diabète assez sévère. Marthe aurait certainement pu apprendre à faire elle-même sa piqûre, elle n'est pas douillette, mais les visites de l'infirmière, du facteur et du boulanger sont pour elle et son mari des occasions de bavarder un peu. Elle passe ses journées à lire son journal et des livres empruntés au bibliobus, car la télévision lui donne la migraine.

Marcel s'occupe dans son potager. Un champ de deux hectares. Été comme hiver, il trouve toujours quelque chose à y faire. C'est sa fierté, sa joie de vivre et sûrement le secret de sa bonne santé. Il conduit encore sa voiture pour aller faire ses courses.

Ce matin, comme tous les jours, Fabienne trouve Marthe en train de lire les avis de décès dans *La Montagne*, que le facteur vient d'apporter. « À quatre-vingt-cinq ans, il n'y a que ça d'important ! » aime répéter la vieille femme sur un ton désabusé. Sur la cuisinière, la soupe de poireaux cuit lentement, répandant une agréable odeur. L'intérieur du logis est minuscule, à la taille des deux vieillards, et l'on aperçoit en premier lieu les deux fauteuils disposés près de la cheminée en face d'un antique poste de télévision. Ce matin, pourtant, Marthe tourne un regard triste vers l'infirmière :

— Ce pauvre Marcel, je crois bien qu'il s'est encore enrhumé ! dit-elle sur un ton affligé. À son âge, ce n'est pas bon, mais s'il n'y avait que ça ce serait peu de chose !

— Vous voulez que j'appelle le Dr Mi Chui ?

Fabienne connaît la réponse. Le Dr Mi Chui a très peu de patients. Son nom, son accent n'inspirent pas confiance. Les gens préfèrent le Dr Marchelin, fils d'un maçon de Saint-Augustin, mais il est tellement demandé qu'il faut attendre plusieurs jours pour avoir un rendez-vous.

— Aucun médecin ne pourra le guérir. Depuis qu'il a appris que le barrage allait se faire, il pleure.

— Il pleure ? s'étonne Fabienne, qui connaît la dureté des hommes du pays, cette dureté qui fait dire qu'ils n'ont pas de larmes. Je vais aller le voir.

C'est aussi ça, le travail de Fabienne : aux soins du corps vient souvent s'ajouter un rôle de confidente et de conseillère. Les vieux se sentent réconfortés dès qu'ils peuvent parler de leurs soucis, souvent imaginaires.

L'infirmière trouve Marcel assis sur une grosse pierre en bordure de son champ. Ses mains pendent de chaque côté de son corps, son visage est penché. Cet homme si dur d'oreille lorsqu'on lui parle entend pourtant les moindres frémissements dans les taillis ou tout autour de lui. Son visage osseux exprime une peine résignée ; des larmes ont roulé dans les rides de ses joues.

— Eh bien, Marcel, qu'est-ce qui vous arrive ? demande la jeune femme en s'accroupissant auprès du vieux.

— Ce qui m'arrive, vous le savez. Tout ça sous l'eau ! Il fallait que je vive aussi longtemps pour le voir ?

Ses lèvres fines se tordent entre les rides et les poils blancs d'une barbe clairsemée et mal rasée. Il poursuit de sa voix hachée :

— Ils ne peuvent pas faire ça ! Regardez, les bois, les champs, les chemins se souviennent des hommes qui étaient là avant nous. Ils ont fait le pays de leurs mains, comme on fait un tricot avec des aiguilles et de la laine ! Pas un centimètre carré qui ne porte la trace de leur volonté. Ils ont travaillé cette terre parce qu'elle voulait être travaillée, elle devait l'être. Sans les hommes, elle n'a pas de sens.

— Voyons, Marcel, le barrage n'est pas encore construit. Les gens sont contre. Pierre Fournel va se battre avec son association. Il connaît beaucoup de monde.

— Le Parisien ? Comment un Parisien pourrait-il défendre ce qu'il ne connaît même pas ?

— Et puis, tout peut changer du jour au lendemain. L'argent manque, rien ne se décidera avant les élections...

— On trouve toujours de l'argent pour détruire. Et là, ils vont détruire l'œuvre du bon Dieu. Avant, on vivait bien, ici, on produisait nos légumes, notre blé, juste ce qu'il fallait pour vivre, et c'était bien. De nos jours, les gens ne veulent plus se retrousser les manches. On leur a dit que manger à sa faim était devenu un droit !

— Voyons, Marcel, il ne faut pas parler comme ça. Les gens vivent mieux aujourd'hui qu'autrefois !

— Sûr, mais on n'a pas su garder ce qui était bon. En arrachant les hommes aux campagnes, à leurs villages, on a fait des déracinés qui ne savent plus où ils sont ni où ils vont. Bientôt, il n'y aura plus que des villes et des citadins incapables de se nourrir eux-mêmes, le reste du pays retournera aux friches et aux loups. Je ne comprends pas qu'on s'entasse tous aux mêmes endroits alors qu'il y a tant de place ailleurs. Un jour, les hommes comprendront leur erreur, mais il sera trop tard.

Fabienne doit repartir. Elle conseille à Marcel de ne pas rester assis en plein vent.

— Regardez, poursuit le vieil homme, la preuve que tout va mal : les cochons de Baptiste Bertault... Quand le vent passe par là-bas, ça empeste la merde à ne plus pouvoir respirer. Vous pensez que c'est normal de faire de la merde ? De produire des cochons immangeables ? On ne pense qu'aux gros sous, mais plus au travail bien fait ! Moi, j'aurais honte.

— C'est vrai, Marcel, acquiesce Fabienne à bout d'arguments.

Elle pourrait bavarder longtemps avec ce vieillard hors du temps, hors de la vie, et qui ne manque pas de bon sens. Sa faiblesse, sa résignation apparente semblent faire de son opinion une évidence. Pourtant, tout le temps qu'elle est restée près de lui, l'infirmière a pensé à François Belmas assis face à elle au café.

Elle rentre à Saint-Geniez vers midi, déjeune rapidement d'une pomme et d'une tasse de café. Sa mère ne cesse de lui reprocher de ne pas prendre le temps de manger.

— Manger, c'est penser à soi, tu comprends ? lui dit-elle cette fois encore.

Marie passe ses matinées à cuisiner, et cela lui plaît. Ces petites choses lui permettent de se sentir encore vivante, et de se dire qu'elle n'a besoin de personne.

Fabienne repart très vite, pressée d'avaler les kilomètres, comme pour fuir quelque chose qui la gêne et qu'elle ne peut pas chasser de ses pensées. Malgré cela, l'après-midi passe assez rapidement. Elle s'arrange, comme tous les soirs, pour rentrer assez tôt afin de s'occuper de ses enfants.

Elle arrive au village en même temps que le car, embrasse Louise et Valentin. Dans la maison, les deux enfants posent leur cartable et entrent dans la cuisine, où leur grand-mère a préparé le goûter. Louise observe Fabienne avec insistance. Elle ne saurait dire pourquoi, mais il lui semble que le regard de sa mère est différent, comme tourné vers une préoccupation connue d'elle seule.

— Ça ne va pas, maman ?

— Mais si, ma chérie. Pourquoi tu me poses cette question ?

— Je ne sais pas. Je trouve que tu as un drôle d'air.

— Je te rassure, tout va bien.

La question de sa fille contribue à accentuer le rictus indéfinissable qui contracte les lèvres de Fabienne.

Ayant bu leur bol de lait et mangé leur tartine à la confiture d'airelles, les enfants passent chacun dans leur chambre pour faire leurs devoirs. Fabienne s'occupe surtout de Louise, appliquée mais à qui il faut longuement expliquer les leçons. De son côté, Valentin place ses cahiers devant lui et profite de l'absence de sa mère pour jouer avec sa Nintendo, qu'il cache vivement dans le tiroir de son bureau dès qu'il entend des pas se rapprocher. En un éclair, le gamin se compose l'attitude studieuse et concentrée de l'élève absorbé par sa lecture ou le poème à apprendre.

— Les enfants, vous allez commencer vos devoirs seuls, j'ai une piqûre à aller faire au Planchet. J'en ai pour une demi-heure tout au plus, et je reviens de suite pour vous faire réciter. Mamie s'occupera de vous en attendant.

Cette absence imprévue et rare à l'heure des devoirs étonne Louise. Valentin, lui, s'en réjouit, car il va pouvoir terminer son jeu. Fabienne saisit son imperméable et sort, tandis que sa fille entre dans la chambre de son frère.

— Tu ne trouves pas que maman n'est pas comme d'habitude ?

Le gamin lève vers sa sœur son visage rond aux grands yeux noirs emplis d'étonnement. Non, il n'a rien remarqué. Louise va toujours chercher des complications là où il ne devrait pas y en avoir.

— Tu veux que je te dise ? poursuit Louise sur un ton assuré. Maman a un gros souci, et je crois savoir ce que c'est.

— Ah bon ? s'étonne Valentin qui s'est de nouveau penché sur son jeu.

— C'est à cause du barrage. Il y aura de l'eau partout, ici, dans ta chambre, jusque par-dessus le toit de la maison.

Valentin n'avait pas pensé à cela. Il avait seulement imaginé le lac, la plage dans la cour et la baignade ; il voit alors son lit noyé sous des mètres et des mètres d'eau, son bureau flottant comme une épave et lui perdu dans un océan en furie.

— Qu'est-ce que tu me racontes ? proteste-t-il. Ce n'est pas possible que l'eau monte jusqu'ici !

— Eh bien si ! C'est maman qui me l'a dit.

— N'importe quoi, conclut Valentin, qui ne veut pas entrer dans la discussion. Laisse-moi faire mes devoirs, quand maman va revenir elle se fâchera parce qu'on n'a pas travaillé.

Louise repart dans sa chambre. Valentin se concentre de nouveau sur son jeu, mais il n'est plus aussi attentif et il perd la partie. Il guette les bruits des voitures, espérant que sa mère va arriver. Il ne croit pas aux délires de sa sœur, mais se tient sur ses gardes. Et puis maman n'a peut-être pas sa tête habituelle, mais il n'y peut rien et ce n'est pas une raison pour qu'il se tracasse.

Fabienne se rend au Planchet, ce hameau perché à flanc de colline dans un des endroits les plus escarpés de la région qui surplombe toute la vallée. La nuit est tombée, mais une lumière diffuse permet de suivre le cours de la rivière et, tout au bout, l'endroit resserré où le barrage sera construit. Depuis la veille, et surtout depuis qu'elle a bu un café en compagnie de François Belmas, la jeune femme ne peut détacher ses pensées de ce chantier gigantesque voulu et entrepris par un seul homme.

En revenant, elle passe par la route de Tulle et arrête sa voiture à l'entrée du village. Le portail du cimetière est ouvert. Elle marche sur l'allée gravillonnée jusqu'à un caveau tout neuf. Une stèle en granite noir lustré tranche à côté des autres que le temps a ternies, comme un contretemps, un choc, quelque chose d'anormal. En lettres d'or on peut lire : *Julien Marquet 1967-2006.*

Le bouquet de fleurs que Fabienne a apporté la semaine dernière n'a pas souffert de la pluie. La jeune femme reste longtemps immobile, les yeux fermés, les bras croisés. D'ordinaire, la présence de Julien la réconforte, lui donne une raison de continuer à vivre de ce côté de la pierre noire. Son mari n'est pas mort, il vit en elle et, là, près de la tombe, il lui réchauffe le cœur. Mais, pourtant, ce soir, quelque chose ne va pas. Ses pensées sont ailleurs et la voix du défunt demeure lointaine, voilée par une autre présence qu'elle aimerait rejeter et qui lui fait mal. Comme si le défunt se retirait sur la pointe des pieds afin de ne pas gêner les vivants. « Je t'en supplie, murmure-t-elle. Ne me laisse pas. J'ai tant besoin de toi. » Pourquoi parle-t-elle ainsi ? Elle s'éloigne, en proie à ce malaise qui ne l'a pas quittée de la journée. Le bruit de ses pas sur le gravier résonne en elle, étrange, impersonnel et lointain. Ces cailloux froissés, roulés les uns contre les autres lui donnent le sentiment de n'être de nulle part, ni d'un côté du portail ni de l'autre, en dehors des tombes et pourtant enterrée vivante.

De retour à la maison, Fabienne passe directement dans la chambre de sa fille.

— Mais tu n'as rien fait ! constate-t-elle. Tu as regardé voler les mouches ?

Le ton est vif, un peu agressif, et se plante comme la pointe acérée d'une lance dans le plus sensible de la chair de Louise.

— Allez, récite. Ne me dis pas que tu n'as pas eu le temps d'apprendre ta leçon, j'ai été absente presque une heure.

La petite fond en larmes. Fabienne réagit elle aussi avec impulsivité.

— Ne cherche pas à te faire plaindre. Tu as encore passé ton temps à rêvasser au lieu de travailler. Je reviens dans un quart d'heure, et gare à toi si tu ne sais pas ta leçon !

Elle jette le cahier sur le bureau, passe dans la chambre de Valentin qui a eu le temps de cacher sa Nintendo dans son cartable. Pour échapper aux reproches, le garçon se précipite contre sa mère, entourant sa taille de ses petits bras dans une étreinte à laquelle elle ne résiste jamais. Mais l'opération de séduction ne produit pas l'effet escompté.

— Viens me montrer ton travail, lui ordonne Fabienne en le repoussant.

Il a joué et n'a pas vu passer le temps. Il n'a pas lu une seule fois le poème à apprendre pour le lendemain. Fabienne se fâche.

— Tu ne quitteras pas ta chambre tant que tu ne le sauras pas par cœur ! Et puis donne-moi ta Nintendo. Confisquée jusqu'à nouvel ordre !

Elle sort en claquant la porte. Dans le couloir, elle entend les sanglots de Louise. Elle s'approche d'elle et serre contre sa poitrine la petite tête pleine de rêves et de monstres hideux. Dix minutes plus tard, Valentin arrive dans la cuisine, son cahier à la main.

— Ça y est, maman, je sais ma poésie.

La facilité du gamin étonne toujours Fabienne. Valentin récite sans faute les huit vers du poème. Fabienne lui rend sa Nintendo avec le sentiment d'être faible. Son fils est très doué, le maître le dit volontiers, ajoutant même que l'enfant a besoin d'être tenu par une discipline rigoureuse. Mais comment lui résister quand il fait les yeux doux et sa moue de petit garçon affectueux et coquin ?

La nuit est sombre. Marie ferme les volets et monte le chauffage. De temps en temps, elle jette des regards curieux à sa fille. Elle aussi a remarqué que Fabienne n'était pas dans son état habituel. Ses gestes sont brusques, son silence pèse, comme retenu par un tracas dont elle ne veut pas parler.

— Ça ne va pas ? lui demande Marie.

— Mais si, tout va bien. Je suis seulement un peu contrariée par ce barrage. On le serait à moins.

— C'est vrai, répond Marie qui sait bien que sa fille lui cache la véritable raison de son énervement.

Assis près de la cheminée éteinte, Jean lit en attendant l'heure de *Questions pour un champion*. Lui aussi a remarqué que Fabienne n'était pas dans son état habituel, mais n'en a rien dit.

Les devoirs terminés, les enfants ont le droit de regarder la petite télévision à leur disposition dans la chambre de leur mère. Vers sept heures, après son émission-culte et la météo, Jean passe dans la cuisine, où se prennent les repas ordinaires. Fabienne appelle Valentin et Louise, et le repas se déroule comme d'habitude. Valentin raconte sa journée, Louise se moque de lui. La radio diffuse le journal, qui n'intéresse que Jean. Lui qui semble si absent du monde est pourtant curieux de tout. Il lit son journal de la première à la dernière ligne ; la campagne électorale l'intéresse d'autant plus qu'un élu local est engagé au plus haut niveau. Socialiste de la première heure, Jean se dit souvent que, s'il était plus jeune, il irait coller des affiches pour François Hollande. Ce serait sa manière à lui de protester contre la mondialisation, qui ne sert que les riches, qui délocalise l'industrie et détruit le savoir-faire français. Il ne connaît rien en économie : il a quitté l'école à seize ans, son brevet des collèges en poche, mais il ne comprend pas que l'on fasse venir de Chine ce qu'on pourrait fabriquer ici, et il en veut aux banques d'imposer leur loi aux artisans. Jean a bien conscience d'être dépassé par les idées nouvelles, mais il croit toujours que l'amour du travail bien fait reste la seule manière d'exister et d'être heureux.

À la fin du repas, Fabienne annonce qu'elle a une réunion à Tulle. Marie lui adresse un regard étonné. Comment se fait-il qu'elle n'en ait pas parlé plus tôt ? La jeune femme invite ses enfants à regagner leur chambre et passe dans la salle de bains, puis va les embrasser.

— Tu t'es parfumée ? lui demande Louise en faisant une grimace.

— Non, pas plus que d'habitude !

Sentir ce parfum à l'heure du coucher choque Louise. Fabienne passe ensuite embrasser Valentin, qui la serre de toutes ses forces contre lui, avec cette tendresse qui lui est propre, celle d'un bambin très affectueux et désireux d'être aimé.

— C'est vrai que tu sens bon !

Elle prend son manteau, embrasse sa mère et son père.

— Je ne sais pas combien de temps va durer ma réunion, leur lance-t-elle en franchissant la porte. En principe, je ne rentrerai pas tard.

Marie regarde la voiture manœuvrer dans la cour. Les phares éclairent les arbres, le mur de la grange, et finalement percent la trouée entre les deux piliers du portail que Jean ne ferme jamais. La vieille femme connaît trop bien sa fille pour ne pas voir qu'elle cache quelque chose. Comme Louise, elle sait que ce parfum n'est pas innocent. Va-t-elle retrouver un homme ? Marie le souhaite, car Fabienne ne peut pas demeurer éternellement seule et s'accrocher toute sa vie à un mort. Mais comment l'empêcher de faire une bêtise dont pourraient pâtir ses enfants ?

Fabienne quitte Saint-Geniez en direction de Tulle. Elle est partie mue par une impulsion soudaine. Toute la journée elle a ressenti un nœud au ventre, une douleur vive comme une tenaille qui aurait écrasé sa chair. Le besoin de s'échapper à elle-même l'a poussée sur la route. En quittant la maison à une heure inhabituelle, elle devient une autre femme, libre de ses chaînes.

Elle roule lentement. Au Pont-des-Angles, là où sera construit le barrage, des pelleteuses, bulldozers et camions sont rangés sur un terre-plein aménagé à droite d'une petite route conduisant à un hameau que Fabienne connaît bien. Sur le côté, elle remarque un mobil-home de chantier. Une lumière y est allumée. Le cœur de la jeune femme bondit dans sa poitrine. Elle poursuit jusqu'à Tulle, l'esprit occupé par une seule pensée : François Belmas se trouve à l'endroit indiqué. C'est ce qu'elle voulait vérifier, mais elle n'a pas l'intention de s'arrêter. Pourquoi irait-elle à un rendez-vous avec un homme à qui elle n'a rien à dire ?

Après la gare, la jeune femme fait demi-tour et reprend la route de la vallée. Elle roule très doucement, comme pour retarder sa décision. Quand elle arrive de nouveau au Pont-des-Angles, la lumière devant la baraque de chantier brille dans la nuit telle une étoile posée là. Sans réfléchir à ce qu'elle fait, Fabienne quitte la route pour passer devant le mobil-home. François se tient devant la porte, il l'attend. Elle ouvre la bouche pour retrouver le souffle qui lui manque. Son cœur cogne dans sa cage thoracique et lui fait très mal. Voir un inconnu ici, en pleine campagne, dans la nuit épaisse, l'identifie à la femme haïssable qui hante ses cauchemars. Pourtant, elle s'arrête.

François Belmas s'approche d'elle en souriant.

— Je vous attendais, dit-il, merci d'être venue.

— Je vais voir un patient dans le village du Bos, ment Fabienne, c'est tout en haut de la colline. Ne croyez pas que je sois là pour vous.

— Vous êtes là, c'est ce qui compte.

Debout, tout près de sa voiture dont la portière est restée ouverte, elle ne trouve pas de réplique. Belmas s'approche ; Fabienne voudrait s'échapper, rentrer dans sa voiture, mais il pose une lourde main sur son épaule. Il est si près qu'elle sent son souffle sur sa joue, et ce parfum particulier de tabac mélangé à l'eau de toilette. Une griserie s'empare d'elle, irrésistible. Il l'attire à lui sans un mot. La veuve rebelle qui rejette tous les hommes ne se sent plus la moindre force. Son esprit s'est vidé tout à coup ; ne reste plus que le désir à fleur de peau, un désir animal qu'il serait vain de vouloir exprimer par des mots, une envie diabolique surgie soudainement après plusieurs années d'abstinence, un flot brûlant qui la submerge. Tout son être est tendu vers cet inconnu qui la serre contre lui, dont les lèvres courent le long de son cou, sur son visage. Elle répond à son baiser avec une fougue qui se libère d'un trait, retrouve subitement sa jeunesse et ses désirs de femme.

— Viens.

Il l'emmène dans la baraque. Ses mains d'homme courent sur son corps, passent sous ses vêtements. Elle pousse un petit cri quand il atteint ses seins, puis la main repart, explore son ventre et se glisse plus bas. Fabienne gémit, toute à ce contact brûlant, quand à son tour elle ose bouger, chercher la peau de l'homme, promener ses lèvres sur sa poitrine et respirer son odeur.

Ils roulent sur le sol, à même le tapis, près du bureau et du fauteuil, enlacés comme s'ils se retrouvaient, amants, après une longue séparation.

Fabienne se raidit, se contracte et pousse un cri strident qui part dans la nuit, pareil au cri d'un animal quand les mâchoires du piège se referment sur lui. Elle repousse Belmas, se redresse vivement, rassemble ses habits, qu'elle enfile sans un mot, la tête baissée, honteuse de ce qu'elle vient de faire, et sort sans rien ajouter. La portière de sa voiture claque. Elle s'éloigne sur la route de Tulle jusqu'à un petit renfoncement où elle s'arrête, essoufflée, comme après une longue course.

— Mon Dieu, qu'est-ce que j'ai fait ?

Elle a fait l'amour et elle y a pris un plaisir total, qui l'a poussée dans un paradis oublié. Elle s'est donnée à un inconnu, comme une chienne en chaleur se donne au premier corniaud de passage. Elle s'est vautrée dans une jouissance monstrueuse, elle est tombée dans la fosse du plaisir qui sent la mauvaise sueur, la bête immonde. Non, ce n'est pas possible, elle a dû rêver. Oui, elle a fait un rêve. Un rêve délicieux, mais qui reste un fantasme.

Fabienne sent monter en elle des sanglots. Elle pleure. Tout son corps se révolte, se vomit. Sa peau brûle encore de ce contact avec celle de l'étranger, si douce, si désirable. Son corps est parcouru de vagues à la chaleur nauséabonde. Elle sort de son véhicule et fait quelques pas dans la nuit. La fraîcheur du vent fouette ses joues. Elle se sent sale, une bonne douche lui ferait du bien ; ses vêtements sont imprégnés de l'odeur de François Belmas. La jeune femme a toujours été sensible aux odeurs. Le cousin de Julien, viticulteur à Libourne, disait toujours d'elle qu'elle était un nez. C'est vrai qu'elle sent des choses qui échappent aux autres, et cela la met parfois mal à l'aise lorsque, dans un lieu public, elle perçoit des relents de sueur ou de parfums de mauvaise qualité.

Elle rajuste ses vêtements, retourne à sa voiture et part en direction de Tulle, puis Brive, où elle s'arrête dans l'avenue Victor-Hugo. Les lampadaires éclairent les véhicules voisins, sans vie à cette heure. Le rétroviseur lui envoie l'image de son visage, qu'elle ne reconnaît pas. Elle démarre de nouveau et rentre à Saint-Geniez. En passant au Pont-des-Angles, elle ne peut s'empêcher de ralentir. Un coup d'œil rapide lui indique que la lumière est éteinte devant la baraque de chantier. François Belmas n'avait plus rien à faire là après le départ précipité de Fabienne.

Au croisement de Saint-Geniez, elle voudrait pouvoir éteindre ses phares, qui trahissent sa présence. Le moteur au ralenti afin de ne pas faire de bruit, elle passe près du mur du cimetière avec l'envie de crier. Elle continue jusqu'à la place, abandonne sa voiture près du monument aux morts ; le bruit de ses pas sur le gravier emplit son esprit, mais la nuit la protège. La lumière est éteinte dans la maison ; une chance, car sa mère lit souvent très tard. La porte du sous-sol émet un léger grincement quand elle entre, puis elle monte l'escalier en retenant ses pas. La lumière dans le couloir la surprend. Sa mère, en chemise de nuit, sort de la chambre de Louise.

— La petite vient de faire un cauchemar, dit-elle.

Sans un mot, Fabienne va voir sa fille. Quand elle s'approche pour l'embrasser, Louise recule vivement et se cache le visage dans son oreiller.

Mortifiée, la jeune femme passe dans sa chambre sans se préoccuper de Marie restée dans le couloir.

Trois heures du matin. Plusieurs maisons sont déjà allumées autour de la place quand Jean se laisse glisser hors de son lit. Il a entendu les pas de Georges Merpillat sur le gravier de la cour.

— Mais où tu vas ? s'étonne Marie.

— Avec les autres.

— Qu'est-ce qu'il a encore inventé, le Parisien ?

— Le Parisien est contre le barrage et il a besoin de moi.

Jean s'habille rapidement. Sans demander plus d'explications, sa femme passe dans la cuisine, comme au temps où il partait chasser les palombes dans le Lot.

— Tu vas prendre quelque chose, ce n'est pas bon de partir l'estomac vide.

Jean sort accueillir Georges Merpillat et l'invite à boire une tasse de café avec lui. Georges a beaucoup grossi depuis qu'il a pris sa retraite. Chauve, son large visage reflète la tristesse résignée d'un homme doux, plus souvent victime qu'acteur.

Il salue Marie et refuse la chaise qu'elle lui propose.

— Les autres attendent déjà sur la place ! dit-il pour justifier son impatience.

— Faites bien attention à ne pas prendre de mal ! leur recommande Marie.

— Ne t'en fais pas, réplique Georges. On va leur montrer qu'on est là !

— On y va ! conclut Jean en prenant son manteau et en se dirigeant vers la porte.

Sur la place éclairée, des hommes bavardent près de plusieurs tracteurs dont les moteurs au point mort font un vacarme inhabituel. Puis, sur un mot d'ordre de Fournel, les véhicules s'en vont avec de puissantes accélérations. Les chiens aboient.

Brigitte Dubout, qui conduit le car scolaire, consulte sa montre : elle est en retard. Elle commence sa tournée par les villages les plus éloignés de la communauté de communes, puis revient jusqu'à Saint-Geniez pour prendre les sept écoliers du village. C'est une femme autoritaire qui n'a besoin de personne pour maintenir l'ordre dans son véhicule.

Louise et Valentin sortent de la maison et traversent la cour, Louise en tête, son frère traînant la patte derrière. Leur mère est partie de très bonne heure, avant leur réveil, et grand-mère Marie leur a préparé leur petit déjeuner comme tous les matins, mais Louise lui a trouvé une drôle de tête, et une manière brutale de parler, signes que la vieille femme est soucieuse.

Passé le portail, comme le car n'est pas arrivé, Louise attend son frère qui porte difficilement un sac presque aussi lourd que lui.

— Tu n'as rien remarqué ? demande-t-elle à Valentin, qui ouvre de grands yeux pleins d'étonnement.

— Non, pourquoi ? Maman n'est pas là, ça n'arrive pas souvent, mais…

— Ce n'est pas ça que je veux dire. Mamie était de mauvaise humeur parce qu'elle s'est disputée avec maman. Je les ai entendues parler dans la cuisine.

— Ah bon ? fait le gamin en marchant tant bien que mal.

— Oui, mamie a compris que maman avait un secret, quelque chose de terrible, mais maman ne veut pas le dire, alors elles se sont disputées.

— Qu'est-ce que tu vas inventer ? Tu es complètement folle !

— Non, et puis maman sentait une odeur bizarre. Je crois qu'elle était avec un monsieur très méchant.

— Mais arrête ! Tais-toi ! la supplie Valentin, qui redoute d'avoir peur ce soir quand sa mère éteindra la lumière dans sa chambre. Ce n'est pas vrai, tout ça. Et puis, les méchants, on les met en prison !

— Bien sûr que non ! Le monde est rempli de méchants, de gens qui tuent les enfants, de bandits qui enferment les petites filles pendant des années, jusqu'à ce qu'elles soient vieilles !

Ne parvenant pas à imaginer une petite fille très vieille, Valentin coupe court à la conversation.

— N'importe quoi !

Le car arrive. Valentin et Louise rejoignent les cinq autres enfants qui attendent sur la place, à côté de la fontaine.

Brigitte, la conductrice, les presse de monter. Elle n'a pas réussi à rattraper les cinq minutes de retard, mais si la circulation le permet à l'entrée de Tulle elle pourra gagner un peu de temps en prenant le raccourci par la place du marché, d'ordinaire assez dégagée les jeudis. La portière claque, et le petit car blanc part en direction de Tulle, sur cette route de tous les dangers mal entretenue depuis que les gens ont pris l'habitude de passer par Naves. Elle roule sans se préoccuper des enfants, qui parlent fort. Elle pense à son fils de quinze ans qui ne réussit pas très bien au lycée Edmond-Perrier. Son père hésite à le prendre avec lui au garage, car la mécanique à l'ancienne est condamnée.

Aux derniers tournants avant l'entrée de Tulle, une file de voitures arrête le car. Des hommes sont descendus de leur véhicule et bavardent. Brigitte les rejoint.

— Ce qui se passe ? fait l'un d'eux. La route est fermée par des tonnes de gravier et de boue !

— Mais pourquoi ? s'emporte Brigitte. Il n'y a pas eu d'orage ! Et moi, je dois conduire ces enfants à l'école. On est déjà en retard ! Comment je fais ?

— Vous ne passerez pas, personne ne passe. Paraît que ce sont les gens de Saint-Geniez et de la vallée qui protestent contre le barrage. On dit qu'ils ont fermé toutes les routes d'accès à Tulle !

— Et que font les gendarmes ? Pour une fois qu'on a besoin d'eux !

— Qu'est-ce que vous voulez qu'ils fassent ? Les gars ont fermé la route en déversant des camions de gravier ! Ils refusent de l'enlever, alors il faut attendre que les services communaux aient fait le travail. Et ça peut durer une partie de la matinée.

Les enfants sont descendus du car et s'attroupent autour de Brigitte, qui ne sait pas quoi faire. Près d'un monticule de gravats, une dizaine de retraités, les bras croisés, font face aux automobilistes qui s'impatientent. Des tracteurs et des remorques sont disposés en travers de la chaussée pour empêcher les véhicules de circuler.

— Mais qu'est-ce qui vous prend ? s'indigne un jeune homme en costume-cravate. Vous n'avez pas le droit d'arrêter la circulation ! Et puis, j'ai un rendez-vous important !

— On s'en fout de ton rendez-vous, lui rétorque Pierre Fournel qui se tient au centre des manifestants. On n'a pas d'autre moyen pour se faire entendre !

— Vous, vous avez votre retraite, mais nous, si on se fait virer de notre boulot, qu'est-ce qu'on fait ?

— Vous expliquerez que vous êtes l'une des premières victimes du barrage !

— Font chier, les papys !

L'information circule sur les portables. On n'entre plus dans la ville par la route de Vimbelle, celle de Naves est fermée, la route d'Égletons aussi et, au sud, les routes de Sainte-Fortunade et de Brive sont bloquées. Les différentes brigades de gendarmerie dépêchées sur les lieux ne peuvent que constater les faits : le dégagement des voies va prendre une partie de la matinée.

Franck Leyrel arrive en trombe, arrête sa voiture au bout de la file et court vers les manifestants. L'événement le concerne en tant que maire de Saint-Geniez, mais aussi en tant que président de la communauté de communes de la vallée de la Corrèze. Il en veut à Pierre Fournel d'avoir monté cette action qui le vise directement puisqu'il s'est toujours prononcé en faveur du barrage.

— Mais qu'est-ce qui vous a pris ? demande-t-il au Parisien.

— C'est la seule manière de nous faire entendre. Et notre action ne fait que commencer, il y aura d'autres opérations, vous pouvez me croire !

Leyrel regrette de l'avoir aidé à obtenir des subventions pour le centre hippique d'Olympe.

— Allez, enlevez-moi tout ça, dit le maire sur un ton conciliant. Vous n'obtiendrez rien de cette manière. Et puis il faut arrêter d'empêcher la région d'évoluer.

Le but de l'association est atteint : des correspondants de presse filment les scènes du blocage et l'impuissance des pouvoirs publics à rétablir la circulation.

— Dégager la route va prendre la matinée, et peut-être une partie de l'après-midi ! affirme un commandant de gendarmerie au micro d'une radio locale.

Sur les ondes, on n'hésite pas à parler de la « révolte des têtes blanches » : « Ils ont décidé de bloquer la ville de Tulle. Toutes les voies d'accès sont bouchées. C'est l'affrontement entre les gens du passé et ceux de l'avenir. La prise en otage de toute une population par ceux qui ne veulent pas toucher à leurs petites habitudes ! » déclare un commentateur sur Radio Bleue.

— C'est ça ! s'exclame Pierre Fournel, qui a entendu le commentaire. Pourquoi ne pas nous enfermer dans des camps en attendant qu'on crève, pendant qu'ils y sont ?

Mais le Parisien sait qu'il ne faut surtout pas laisser enfermer la protestation contre le barrage dans un conflit de génération. Aussi change-t-il immédiatement de discours.

— C'est une région que nous défendons, dit-il à qui veut l'entendre. Un biotope, une nature restée propre et belle. Pourquoi le projet Natura 2000 ne s'applique-t-il pas à notre vallée ? Nous ne voulons pas d'un plan d'eau qui fera disparaître des animaux, des plantes, tout un environnement autrement plus précieux qu'une simple mare aux canards !

Fournel espère ainsi attirer l'attention des écologistes, qui ne ratent jamais une occasion de se faire entendre. Mais, jusqu'à présent, ils sont restés sourds à ses sollicitations, ce qui l'exaspère.

Les gendarmes demandent aux conducteurs des véhicules bloqués de faire demi-tour pour dégager les voies et permettre la circulation des camions et pelleteuses. Comme ils ne peuvent être partout à la fois, les services municipaux décident d'ouvrir en premier les axes les plus importants, la route de Brive et la bretelle de l'A 89, au nord de la ville. Ils s'attaqueront aux autres accès dans l'après-midi, si tout va bien. Refusant de déplacer leurs tracteurs, les manifestants parlent de s'enchaîner aux roues. Au milieu des autres, Jean et Georges font face aux gendarmes. Jean, qui n'a plus l'habitude de rester longtemps debout, a mal aux jambes. À soixante-dix-huit ans, sa place n'est pas là, mais pour rien au monde il ne voudrait s'en aller.

— Tu comprends, lui dit Georges, qui lui supporte mieux l'épreuve, sans ma maison, moi, je n'ai plus qu'à crever. C'est toute ma vie, alors je ne peux pas la laisser pourrir dans la vase !

Le maire de Tulle et le président du conseil général comprennent qu'ils ont approuvé un peu vite le projet de barrage. Personne n'imaginait que les « têtes blanches » se révolteraient avec une telle détermination. Tous croyaient que les indemnisations nettement supérieures à la valeur de leurs biens suffiraient à les convaincre. À la veille d'échéances électorales majeures, leur réaction les laisse perplexes, et ils préfèrent se donner un délai supplémentaire de réflexion avant de se prononcer à nouveau. Ils sont persuadés que les opposants font un baroud mais l'ordre se rétablira très rapidement, faute de moyens. Alors, au besoin, on agitera une nouvelle carotte pour motiver les derniers indécis, qui finiront par céder.

Vers onze heures, François Belmas revient d'une réunion à Limoges. Il a quitté très tôt la maison de Naves qu'il a louée pour la durée des travaux. La radio lui apprend qu'un blocus paralyse Tulle. Aussi téléphone-t-il aussitôt à la préfecture, où le préfet lui-même tente de se montrer rassurant : qu'il ne s'inquiète pas et poursuive les travaux d'implantation – les vieux se lasseront vite.

— Où en est-on des arrêtés d'expropriation ? demande Belmas.

— Tout est signé, les lettres sont parties hier !

L'ingénieur sourit : ce n'est pas une poignée de grincheux qui arrêtera la marche du monde. Et tant mieux, car Belmas joue là son va-tout. Il s'est associé à plusieurs entreprises, il a investi tout ce qu'il possédait dans cette affaire, espérant en obtenir d'énormes dividendes.

Il range son téléphone en se disant que ce genre de protestation est ordinaire dans un projet comme celui-ci. Il n'a pas oublié les manifestations contre le viaduc de Millau, dont tout le monde reconnaissait l'utilité mais contestait le tracé. « Les gens veulent prendre l'avion, se dit-il, et aussi le TGV. Ils veulent des usines, oui, mais pas trop près de chez eux. Ils veulent surtout que les travaux utiles à tout le monde ne touchent ni leur terrain ni leur petite vie. Ce n'est pas bien grave ! »

Il roule vite, car il veut être sur le chantier avant midi. Luc Leroy, son adjoint, vient de l'appeler : sur le côté droit du barrage, la roche friable obligera à creuser des fondations beaucoup plus importantes que prévu...

Ses pensées reviennent toujours à sa soirée dans le mobil-home. L'infirmière pleine de retenue, distante, s'est montrée téméraire et maladroite comme une adolescente découvrant l'amour. Il faut qu'il soit vigilant : sous la glace couve un volcan, et il n'a pas l'intention de s'attirer des ennuis. Ce n'est pas le moment. Les femmes ne manquent pas !

Sur place, Luc Leroy lui annonce que les routes ne sont toujours pas rouvertes. Jean (pour soulager ses jambes), Georges et quelques autres se sont assis sur les tas de gravats pour empêcher le travail des pelleteuses.

— Ce sont des fous furieux ! s'indigne Leroy. Et le pire de tous, c'est ce fameux Fournel, le Parisien. Du délire ! Il parle d'ameuter la presse nationale, d'aller camper devant l'Élysée !

— Laisse-le dire... Nous, on agit. Les autorisations, les subventions, tout est prêt. On fonce, et tant pis pour les vieux grognons !

— Il n'y a pas que des vieux. L'association de Fournel regroupe surtout des chasseurs et pêcheurs retraités, c'est vrai, mais des écolos très actifs viennent de la rejoindre. Ça fait beaucoup. Nous avons peut-être sous-estimé la force de l'opposition.

À Naves, Belmas remarque immédiatement la voiture de Fabienne sur le parking du centre médical. Il entre dans le bar, commande une bière qu'il boit lentement, sans quitter des yeux la petite Peugeot bleue de l'infirmière. Il n'a pas longtemps à attendre :

la jeune femme sort du bâtiment et se dirige vers son véhicule. Belmas court à sa rencontre. Fabienne tourne la tête vers lui, s'immobilise, la main sur la poignée de la portière. Il s'approche d'elle en souriant ; elle demeure impassible.

— Ça va bien ? lui demande-t-il à voix basse.

Elle ne répond pas, honteuse de se trouver en plein jour face à cet homme avec qui elle a fait l'amour la veille.

— Je t'attendrai ce soir encore, et tous les autres soirs…, murmure-t-il à son oreille.

Fabienne part en trombe. Depuis l'intérieur du centre médical, ses collègues ont assisté à la scène et sourient : enfin la jeune veuve reprend goût à la vie ! Quelle aubaine ! Nathalie Lebrun émet toutefois un doute :

— Je ne suis pas sûre qu'elle ait tiré le gros lot… On dit tant de choses sur ce Belmas…

— Ah bon ? s'étonne Virginie Varselès. Qu'est-ce que tu sais de plus que les autres ?

— Ma tante d'Aubazine le connaît un peu : il a encore de la famille là-bas, des cousins… Paraît que c'est un sacré coureur de jupons !

— Bof, reprend Nathalie, quand il s'agit de dire du mal des gens, les mauvaises langues ne manquent pas !

Fabienne se dirige vers la ferme du Viallet, perdue au creux des collines. C'est un ancien moulin, qui utilisait la chute naturelle d'un torrent désormais presque à sec. C'est ainsi : cette région d'eaux vives et de sources perd son eau. Les ruisseaux s'assèchent, les champs autrefois fertiles sont devenus des landes arides où affleure le rocher.

L'infirmière roule très vite, la tête en feu. Au dernier tournant, sa voiture mord le bas-côté et fait une embardée. Elle tente une marche arrière, mais le véhicule reste bloqué. La jeune femme pose la tête sur le volant et pousse un soupir d'exaspération, puis se dresse vivement : une voiture de la poste s'arrête à côté de la sienne. Lionel Boismandé en sort et, sans un mot, fait le tour du véhicule de Fabienne.

— C'est rien, dit-il. Je vais pousser. Mets la marche arrière et n'accélère pas trop.

Il s'arc-boute sur le capot. Les pneus patinent, mais le véhicule recule et finit par sortir du fossé. Fabienne remercie le facteur qui s'essuie le front en braquant sur elle son regard clair.

— Au fait, comment as-tu réussi à sortir de Tulle ? lui demande-t-elle. Il paraît que toutes les routes sont bouchées.

— Les routes, oui, mais pas les chemins. J'ai pu passer dans les taillis au-dessus de l'Oselou. C'est là que je vais ramasser des champignons, alors je connais bien.

Le silence s'installe entre eux, lourd de pensées retenues, comme chaque fois qu'ils sont en tête à tête. La jeune femme baisse les yeux, craignant que ses actes de la veille ne puissent se lire sur son front. Avec Lionel, elle ne sait jamais quelle attitude adopter, et elle s'emporte dès qu'il tente de lui donner le moindre conseil.

— Fabienne, lui dit-il de sa voix douce, un peu fluette, si différente de celle, profonde et grave, de François Belmas. Je t'en supplie, réfléchis à ce que tu fais…

Elle lève sur lui un regard de chat pris au piège. Les yeux plissés, les lèvres serrées, elle cherche à deviner ce qui se cache sous ces mots.

— Tu fais une grosse bêtise..., poursuit le facteur.

— Tu m'as dit la même chose quand j'ai rencontré Julien. Alors, s'il te plaît, laisse-moi tranquille, je fais ce que je veux !

— Hier, j'étais chez ma mère quand je t'ai vue partir. À ta manière de manœuvrer, j'ai compris que quelque chose n'allait pas. Alors je t'ai suivie. Et je sais ce qui s'est passé avec l'ingénieur...

— Mais tu vas te taire ! crie Fabienne en démarrant en trombe afin de ne plus l'entendre.

Elle roule longtemps sans but. Les arbres, les maisons défilent, emplissant son esprit d'images fugitives. Tant pis pour les rendez-vous de la matinée. Les paroles de Lionel la brûlent.

À Vimbelle, elle remonte la petite route tortueuse en direction de Naves. Arrivée sur la colline, la vue en contrebas sur le centre médical dont la toiture d'ardoises brille au soleil lui arrache une grimace. Le sentiment de ne plus être d'ici la pousse à traverser rapidement le village. Elle se dirige vers Tulle. Puis elle pense au barrage et fait demi-tour.

Elle arrive à Saint-Geniez en même temps que le car de ramassage scolaire. Brigitte Dubout, n'ayant pu atteindre la ville, a ramené les enfants chez eux. Louise et Valentin s'étonnent de voir leur mère. Valentin court l'embrasser, Louise reste à l'écart.

Fabienne entre dans la maison, prétextant avoir oublié son agenda dans sa chambre. Elle passe dans la salle de bains, arrange son visage défait. Quand elle ressort, Louise, qui est derrière la porte, lui lance un regard anxieux. L'infirmière la serre dans ses bras.

— Profite de cette journée pour t'avancer dans tes devoirs. Comme ça, ce soir, tu pourras regarder la télévision.

Fabienne éprouve le besoin de se montrer généreuse, comme pour se faire pardonner ce qui pèse en elle. Louise se détache d'elle et plisse le nez : une odeur particulière flotte sur les vêtements de sa mère.

— Tu n'as pas de nouvelles de ton père ? demande Marie.

— Non, je ne suis pas allée jusqu'à Tulle.

— Ce pauvre homme, il fait tout pour tomber malade !

L'infirmière consulte son agenda et sort. Elle fait halte devant le cimetière dont le portail est toujours ouvert, fait quelques pas dans l'allée gravillonnée, puis rebrousse chemin.

La voiture de la poste s'arrête devant la sienne. Que lui veut encore ce pot de colle de Lionel ? Elle s'apprête à remonter dans son véhicule quand le jeune homme lui annonce, comme s'ils ne s'étaient pas vus de la matinée :

— Les lettres en recommandé sont là. Il y a aussi celle de tes parents.

— Je me fais du souci pour mon père, répond Fabienne. Il n'est toujours pas rentré.

— Ne t'en fais pas, tout se passera bien.

— Oui, mais il n'est plus tout jeune !

Les routes d'accès à Tulle ne sont rouvertes que vers le milieu de l'après-midi. La vie reprend alors son cours habituel. Au Pont-des-Angles, les pelleteuses creusent des trous pour sonder l'état du sous-sol. Les lettres recommandées ont été distribuées par Lionel Boismandé, lui-même concerné par ce qu'elles contiennent.

La nécessité de faire signer chacun des destinataires, de leur expliquer par quel moyen il a pu quitter Tulle malgré le blocus, puis de remonter le moral de ceux que leur expropriation bouleverse a mis le facteur très en retard. Il a commencé par les hameaux isolés, les fermes situées tout au bout de chemins mal entretenus. Il termine sa tournée par Saint-Geniez.

Quand il arrive chez Fabienne, Marie, qui passe ses journées à ranger, laver le carrelage et rouspéter contre ses petits-enfants et son mari qui entrent avec leurs chaussures mouillées, est en train de nettoyer la cuisine. Il lui tend le pli recommandé, mais Marie ne peut pas signer à la place de Jean qui n'est pas revenu. Lionel repassera plus tard dans l'après-midi.

Vers seize heures, une autre voiture s'arrête devant le portail. Jean et Georges en descendent. Marie accourt sur le pas de la porte, la serpillière à la main. Jean grimace à chaque pas et doit s'appuyer contre le mur pour monter les marches. Sans un mot, Georges rentre chez lui. Un peu plus jeune, il a mieux supporté l'épreuve que son ami.

— A-t-on idée de se mettre dans un état pareil ? reproche Marie à Jean, qui ne répond pas et passe dans la cuisine.

— C'est pas de ton âge, ce genre de chose, rouspète Marie en mettant le bouillon à chauffer. Laisse donc la place aux jeunes !

— Les jeunes s'en foutent !

Lionel frappe et pose la lettre recommandée sur la table.

— C'est quoi ? lui demande le vieil homme, qui sait très bien ce que signifie ce pli officiel.

Hier, dans son atelier, il était si préoccupé qu'il a failli se couper un doigt avec sa scie à ruban. Mieux vaut tenir les tracas à l'écart quand on doit faire un travail délicat qui nécessite la plus grande prudence.

Le facteur se tient debout en face du vieil homme. Adolescent, quand il venait attendre Fabienne au portail, Lionel le redoutait. Depuis, il a appris à l'apprécier. Jean signe le bordereau, ouvre l'enveloppe, puis hésite avant de déplier la feuille de papier, regardant tour à tour Marie et Lionel. Enfin, il se décide à lire les premières lignes : une énumération d'articles du code rural. Au fond, ce verbiage inutile se résume pour l'essentiel à une liste des parcelles concernées. Les épaules du vieil homme s'affaissent, il regarde autour de lui. D'abord Marie, puis Lionel.

— Eh bien voilà, dit-il d'une voix faible.

Il tend la lettre à sa femme qui la parcourt rapidement. Lionel veut parler, mais Jean ne l'écoute pas.

Marie lui conseille de manger sa soupe ; il repousse l'assiette et sort de son pas bancal.

Malgré la fatigue, Jean traverse la prairie qui domine la vallée et regarde autour de lui ces bâtiments qu'on va lui prendre, ces terres qui descendent en pente douce vers la rivière. Le voilà devenu étranger dans son domaine.

Il s'arrête au portail de son potager et le parcourt des yeux. Ce coin de presque un hectare a été fabriqué de toutes pièces. Comme les champs suspendus à flanc de colline, les chemins taillés dans la roche. Ici, la terre coule, emportée par les orages souvent violents. Les hommes d'autrefois ont construit des murets de pierres sèches, afin de retenir l'humus. On cultivait le blé sur ces bandes de terre désormais trop petites pour les machines modernes. Dans les pentes trop fortes pour la culture mais où la terre était bonne, les châtaigniers et les noyers prospéraient. Certains arbres, vieux de plusieurs siècles, fleurissent encore au printemps malgré leur tronc creux où les enfants aiment se cacher. En bordure des champs, dans les prairies, pruniers, pêchers, pommiers, poiriers et cerisiers donnaient des fruits à la saveur incomparable, celle d'un temps révolu.

— Tout ça pour rien ! grogne Jean à haute voix.

S'il parle peu aux autres, le vieil homme se parle beaucoup à lui-même. Il a assisté au changement qui a fait se désertifier son pays. La lèpre s'est emparée des arbres fruitiers, les châtaigniers meurent rongés par l'encre ; les taillis envahissent les bonnes terres qui ont nourri tant d'hommes. Les champs sont devenus des pâturages que l'on ne prend même plus la peine de faucher. Les rares agriculteurs qui restent ne s'embarrassent pas : les subsides européens suffisent à leur survie.

Malgré la fatigue, Jean poursuit sa marche dans le chemin creux qui descend à la rivière. La propriété de cinquante hectares sur les bords de la Corrèze lui vient de ses plus lointains ancêtres. Les Chameyrac sont ici depuis des siècles. Son neveu Alexandre a fait l'arbre généalogique du nom, et l'on retrouve un Léonard Chameyrac propriétaire à Saint-Geniez dès 1612. Une suite ininterrompue jusqu'à Jean, qui aurait tant aimé avoir un fils. Mais, après la naissance de Fabienne, arrivée très tard puisque Marie avait quarante et un ans, ce n'était plus envisageable. C'est pourquoi il s'occupe beaucoup de Valentin, qu'il emmène avec lui dans d'interminables promenades. Avec le gamin, le vieux taciturne ne cesse de parler, d'expliquer, de montrer ce qui a fait sa vie et sa joie quotidiennes.

Mais voilà, des fonctionnaires ne connaissant rien à la région ont décidé de noyer cette belle vallée, de l'ensevelir sous des mètres cubes d'eau afin d'effacer le bel héritage, la création du bon Dieu comme de mauvais dessins au tableau noir. Valentin et Louise ne pourront garder aucune trace de l'histoire de leur famille ; leurs souvenirs buteront sur ce qu'on appellera pompeusement une « plage », obtenue grâce à des camions de sable. Là où poussait le blé, les écrevisses creuseront leurs galeries…

Et maintenant, que va-t-il devenir ? Jean ne veut pas imaginer de vivre ailleurs que sur cette terre, celle où il a grandi, où il a vécu, où il a été heureux. Lui et Marie ne peuvent survivre que dans leur maison, là où ils ont leurs habitudes. Jean préférerait mourir plutôt que de finir ses jours dans l'ennui d'une maison de retraite. Homme libre, il ne pourrait pas se laisser emprisonner.

La Corrèze, c'est le cœur vivant de la région. Jean a grandi sur ses berges, il y a pêché les vairons, les goujons, il a pris sa première truite dans un courant que le temps a un peu transformé mais qui existe toujours. D'un moulin à l'autre, le torrent reliait les hommes, de la montagne aux basses terres de Brive. La Corrèze est le sang de la région. Avec ses colères brutales et ses débordements, elle passe parfois par-dessus les hauts murs où les hommes ont tenté de l'emprisonner dans sa traversée de la ville de Tulle ! Récemment, un saumon y a été aperçu, résultat du programme de remise en état de la Dordogne ! Un beau saumon sûrement pas seul se dirigeait vers les gravières pour pondre ses œufs... Jean ne peut accepter qu'on dépense tant d'argent pour protéger la savane africaine si l'on sacrifie sa vallée.

Au bord de la rivière, le vieil homme s'assoit sur la berge, le regard perdu dans le courant. Des insectes volent en pelote à l'aval de la cascade, preuve que les saisons sont complètement détraquées. Derrière, le pâturage recule face à l'assaut des ronces et des joncs. Autrefois, tout cela était une grasse prairie, mais les hommes ne s'y intéressent plus.

Jean soupire. Pour obtenir davantage d'aides, là où les éleveurs traditionnels ne parviennent plus à produire des bovins de qualité, on construit des porcheries. « Des usines à merde ! » pense le vieil homme. Deux mille cochons nourris avec des aliments apportés tous les quinze jours par un camion-citerne... Non, il ne supporte pas ce modernisme de l'à-peu-près, cette production à outrance, ce choix de la facilité. Il devrait y avoir un autre chemin à trouver.

Jean frissonne. Il n'a plus envie de rentrer chez lui. La seule pensée que sa maison va être détruite fait de lui un sans-abri, un être errant. Le froid tombe d'un ciel sans nuages. Peu à peu, l'humidité traverse ses habits, mais il ne bouge pas. La fatigue embrume sa raison, et aussi la certitude que l'action antibarrage n'aura servi à rien. Le regard toujours accroché à l'eau qui file, il perd le sens du temps et les heures passent. La pénombre s'installe sous les arbres, l'eau devient sombre, mais son bruissement demeure clair, presque gai. Enfin, le vieil homme entend des voix mêlées, des appels, des lamentations. Autrefois, il pensait que c'étaient les âmes des disparus qui s'exprimaient ainsi, de ces centaines de paysans qui avaient travaillé dur sur les berges du torrent, qui lui avaient façonné cet aspect si attrayant. Ce soir, il sait que seule l'âme de la rivière se lamente. Elle non plus ne veut pas mourir...

La nuit est tombée, fraîche. Le vent a tourné au nord, porteur de petites gelées. La saison bascule dans l'hiver. À Saint-Geniez, les gens prennent cependant le temps de se rassembler sur la place, de commenter les événements de la journée. Au centre de l'attroupement, Pierre Fournel n'a pas l'intention de se laisser intimider par les gendarmes qui l'ont menacé.

— Pour qui ils nous prennent ? s'exclame-t-il. Notre opération a été un vrai succès. Toutes les radios locales et tous les journaux en parlent ou vont en parler, FR3 Limoges en a parlé tout à l'heure. La région et le pays doivent savoir qu'on sacrifie une vallée naturelle pour le contentement de quelques-uns ! On n'est pas en Chine, ici, on ne déplace pas les gens sans leur accord !

La foule l'applaudit quand une voiture s'arrête à quelques pas de l'attroupement. Le maire, Franck Leyrel, et l'ingénieur en chef François Belmas en descendent. Ils sont aussitôt hués, mais font face. Franck n'est pas un lâche, il l'a montré à de multiples reprises ; il se bat pour ses convictions.

— Vous êtes contents ? crie-t-il à la cantonade. Vous avez entendu ce qu'on dit des gens de Saint-Geniez, grâce à vous ? Ah, quelle réputation vous nous faites, vous pouvez être fiers !

Voilà qu'il leur fait la leçon comme à des enfants ! Voilà qu'il se prend pour le Messie ! Fournel sort du rassemblement et se place face au maire et à l'ingénieur.

— Monsieur le maire, nous ne sommes pas des exclus de la société. C'est vrai, nous sommes plutôt vieux, mais nous ne comptons pas trembler comme du bétail qu'on conduit à l'abattoir.

— Personne ne vous menace ! intervient Belmas. Vous serez tous très largement indemnisés et aurez tout le loisir de partir avant la mise en eau du barrage. Pour ce qui vous concerne, monsieur Fournel, je m'engage à trouver moi-même un nouvel emplacement pour votre centre hippique ! Et vous y gagnerez : les touristes attirés par le lac viendront faire des balades à cheval chez vous !

— Et le manoir que j'ai restauré, vous comptez le transporter ailleurs, pierre par pierre ?

Les protestations reprennent de plus belle. Juste Dubout, le garagiste, connu pour ses idées de droite et candidat malheureux aux dernières élections contre Leyrel, se place bien en face de son concurrent.

— Les électeurs ont bien compris qu'ils avaient voté pour un arriviste. Attends la fin de ton mandat, et tu vas voir ce qu'on va en faire de ton barrage !

— Les gens sensés sont de mon côté, réplique sèchement Leyrel. Ceux qui veulent travailler au pays, entreprendre au pays sont avec moi. Bien sûr, les…

Il s'arrête, conscient qu'il va dire une bêtise qui pourrait lui coûter beaucoup de voix et sa réélection.

— Les vieux, tu voulais dire ? Les inutiles ? Les pensionnés, c'est bien ça ? Mais les vieux ont le droit de vivre comme les autres ! Et toi, en guise de reconnaissance de leur vie de labeur, dont tu profites, tu les expulses au nom d'un projet qui n'apportera rien à personne ?

— Non, les gens expulsés seront indemnisés, chacun le sait ici. Et je veille à ce que les prix pratiqués soient très avantageux. On leur paiera leurs maisons et leurs terres une fois et demi à deux fois leur valeur. Avec cet argent, ils pourront construire ailleurs et dans des conditions de confort qu'ils n'ont pas pour l'instant !

— Ce que vous oubliez, reprend Pierre Fournel avec son accent parisien qui tranche sur celui du pays, c'est que l'argent ne remplace pas les souvenirs. On n'achète pas le plaisir de vivre dans son petit coin de terre. Il faut des années pour s'installer et se sentir bien chez soi. En déplaçant une population de gens âgés, vous faites une sorte de génocide.

— De quoi ?

François Belmas se précipite sur Fournel, qu'il prend au col et secoue vivement. L'ingénieur n'est pas homme à se laisser insulter. Il agit en pleine conscience, pour la région. Dans dix ans, tout le monde lui en sera reconnaissant. Il ne compte pas laisser fouler aux pieds ce qu'il considère comme l'œuvre de sa vie.

Juste Debout, lui aussi très vif, se jette sur l'ingénieur, qu'il bouscule avec hargne. Les autres se rapprochent, et les injures fusent. Comprenant qu'il n'aura pas le dernier mot, Leyrel recule, prend Belmas par le bras et l'entraîne en retrait. Les deux hommes s'engouffrent dans leur voiture, qui démarre et manœuvre pour se libérer de la foule menaçante.

Depuis le portail de la maison de ses parents, Fabienne a assisté à la scène. Sa mère s'inquiétait : Jean n'est pas rentré. L'infirmière allait s'assurer qu'il était bien avec les autres sur la place quand l'arrivée du maire et de l'ingénieur l'a arrêtée.

— Ce qui m'inquiète, dit la jeune femme en rentrant dans la cuisine, c'est que parfois papa perd la notion du temps.

— Bon, ce n'est pas la peine d'ameuter tout le pays, décide Marie. Moi, je sais où il est. Viens, on va le chercher.

Les deux femmes laissent les enfants devant la télévision et s'engagent sur le chemin creux qui descend vers la rivière. Jean est là, assis au bord de la Corrèze.

— Mais qu'est-ce qui te prend ? s'emporte son épouse. Tu veux attraper du mal à rester là en pleine nuit ?

Le vieil homme ne répond rien. Il se lève et marche sur le sentier en bordure du torrent.

— Ça chauffe, là-haut ! ajoute Marie. L'ingénieur et le maire étaient là. Ils ont failli se battre avec Fournel.

— Faudra bien qu'on se batte, répond Jean sans tourner la tête. On ne peut pas faire autrement !

Fabienne ne cesse de regarder sa montre. Marie remarque cette impatience et pince les lèvres ; d'instinct elle sent qu'un bouleversement s'est produit dans la vie de sa fille. La réunion inattendue de la veille était un prétexte. Et puis cette manière nouvelle de se parfumer, de se regarder constamment dans la glace... Une rencontre ? Marie devrait s'en réjouir, et pourtant quelque chose lui dit que Fabienne est en train de faire une bêtise.

Quand Louise et Valentin sont enfin au lit, la jeune femme passe de nouveau dans la salle de bains, preuve qu'elle se prépare à sortir. Assis sur son fauteuil près de la cheminée, Jean regarde distraitement la télévision, dont Marie a baissé le son afin de ne pas gêner les enfants. Il n'a pas dit un mot de la soirée, mais son visage contrarié, ses lèvres serrées montrent à quel point il est préoccupé. Ses mains posées sur ses genoux, inertes, comme des outils oubliés, témoignent de son incapacité à faire front. Les forces lui manquent pour retourner au combat, et il s'en désespère.

Lorsque Fabienne sort de la salle de bains, un parfum inhabituel flotte autour d'elle. Marie plisse le nez et lui lance un regard anxieux.

— Tu as encore une réunion ? s'étonne-t-elle.

— Ils veulent regrouper la maison médicale de Naves et celle de Tulle, réplique sa fille. Ça n'arrange personne, alors ce n'est pas le moment de laisser courir.

— Oui, sûrement, répond Marie d'une voix pleine de doutes.

Fabienne prend son manteau et se dirige vers la porte, sous le regard appuyé de sa mère.

— Mais enfin qu'est-ce que ça peut te faire qu'ils regroupent les deux centres médicaux ? finit par lancer Marie. Tu as tes patients, et tu les garderas ! Ça ne changera rien pour toi !

— Bien sûr, répond vivement Fabienne, mais on peut très bien me placer dans un secteur qui ne me convient pas !

Elle referme la porte. Elle sait qu'elle fait une erreur, tout son être le lui crie ; elle a mal partout, mais comment résister à cette force du fond d'elle-même, ce démon brûlant, ce besoin de sa chair qui renaît à la vie ? Ne pas rejoindre Belmas lui est impossible. Elle traverse la cour en retenant ses pas à cause du gravier avec l'impression que tout le village l'entend, la regarde et la condamne. Elle regagne sa voiture laissée dans la rue en prévision de sa sortie nocturne. Un homme sort de l'ombre ; elle sursaute.

— Lionel, tu m'as fait peur !

— Ma mère n'est pas bien en ce moment. Alors je suis là pour quelques jours.

— Tu as fait venir le médecin ? C'est grave ? lui demande Fabienne en s'asseyant au volant de sa voiture.

— Non, un gros rhume…

Le facteur retient la portière ouverte et se penche vers la conductrice.

— Fabienne, sois prudente, je t'en prie.

Qu'est-ce qu'il veut encore, celui-là ? Après la mort de Julien, Lionel a tenté de se rapprocher d'elle. Fabienne n'a vu en lui qu'un vautour, un charognard, et c'est cette image qu'elle garde de lui.

— Lionel, mêle-toi de tes affaires, aboie-t-elle, et fous-moi la paix !

— Fabienne, réplique-t-il sans se démonter, tu ne peux pas me considérer comme n'importe qui. On se connaît trop bien tous les deux. Je m'en voudrais de te laisser plonger vers l'abîme.

— Tout ce que tu redoutes, c'est que je rencontre quelqu'un et que je t'échappe une nouvelle fois !

Elle tire la portière, mais Lionel s'oppose à sa fermeture.

— Écoute…

— Tout ce que je peux te dire, c'est qu'il n'y aura plus jamais rien entre nous, tu entends : rien !

Elle tire de nouveau sur la portière et part en trombe vers la vallée. Le facteur regarde le véhicule s'engager sur la route de Tulle, puis il monte dans son propre véhicule, garé à l'autre bout de la place. Claquant des dents, il se recroqueville sur la douleur de son ventre et sur une seule et même pensée qui le détruit : Fabienne a rejoint l'ingénieur. L'amour qu'il éprouve toujours pour celle qui fut son amie d'enfance, puis sa seule passion, l'a conduit à un écueil, une voie sans issue ; le voilà vieux avant l'heure. Après leur rupture, Lionel est entré à la poste parce qu'il devait gagner sa vie, mais il aurait aimé avoir une autre vie. Ayant la passion des plantes, il avait travaillé pendant plusieurs années chez un producteur dans la région de Brive, avec l'intention de s'installer à son compte. Quand Fabienne lui a annoncé qu'elle allait épouser Julien, il a voulu mourir. La lettre à ses parents était prête, la lettre pour Fabienne aussi. Il avait décidé de se pendre à l'arbre au-dessous duquel ils avaient fait l'amour pour la première fois. Et puis, retenu par un reste d'espoir et, il faut bien le dire, la peur du néant, il a décidé de vivre avec la certitude que son destin resterait lié à celui de la jeune femme et que, forcément, il y aurait un changement de direction : Fabienne finirait par ouvrir les yeux et lui revenir. L'espoir idiot auquel on se raccroche quand on est trop lâche pour en finir.

Il s'en est voulu et s'en veut encore d'avoir été heureux de l'accident qui a emporté Julien, car la femme de sa vie redevenait libre. Alors, il a multiplié les attentions, gâté les enfants, il s'est rapproché de Marie et de Jean. Il a laissé passer le temps, espérant que Fabienne lui en saurait gré. Et voilà qu'elle s'amourache d'un dandy, un de ces hommes que Lionel déteste par-dessus tout ! Sûrs de leur pouvoir de séduction, ce genre d'hommes méprise les autres, utilise les femmes pour se faire valoir auprès de leurs copains, et finalement n'aime qu'eux-mêmes.

Sans réfléchir, il monte dans sa voiture et prend à son tour la route de Tulle. La tête en feu, il roule vite et mord le fossé à plusieurs reprises. Il dépasse le mobil-home de chantier allumé : la voiture de Fabienne est garée devant. Lionel ferme les yeux ; son visage se contracte en une horrible grimace, du feu flambe dans sa tête.

— Je ne le laisserai pas lui faire de mal ! s'écrie-t-il.

Il s'arrête, les yeux rivés sur la voiture de la jeune femme, car il a l'impression que Fabienne est encore à l'intérieur. Puis une silhouette se détache du préfabriqué, et il reconnaît l'ingénieur. La jeune femme sort de son véhicule, et ils entrent ensemble dans le bâtiment de tôle.

Lionel sent une larme froide rouler sur sa joue, puis une autre, et le désespoir remplace la colère. Il imagine tout ce qui se passe à l'intérieur, Fabienne qui se laisse dévêtir, qui gémit de plaisir sous les caresses appuyées de Belmas, leurs deux corps nus roulant sur le plancher… Il a envie de vomir.

En arrivant au chantier, Fabienne s'étonne de voir la lumière allumée, mais pas la voiture de l'ingénieur. Belmas aurait-il eu un empêchement ? Elle tremble qu'il ne vienne pas. L'absence de son amant la condamnerait en effet à une solitude sans fin, et son corps de nouveau serait rendu à l'hiver quand il a tellement envie de renaître. En même temps, les scrupules l'envahissent : comment la femme sérieuse, la croyante qui a toujours donné beaucoup d'importance aux grands principes moraux a-t-elle pu en arriver là ? Pourra-t-elle désormais se regarder dans la glace, embrasser ses enfants, se pencher sur la tombe de Julien ?

Une voiture s'est arrêtée sur la route départementale. Inquiète, Fabienne se demande qui la surveille. Sa mère ? Lionel ? Peu importe, la porte du mobil-home s'ouvre, et François sort en souriant. Alors, le monde s'efface, les remords disparaissent, et la jeune femme ne voit plus que cet homme qui l'invite à le suivre. Tout son corps le réclame, brûle de son contact. Tous deux entrent dans la baraque sans échanger un mot, Belmas la serre dans ses bras et l'entraîne vers un canapé qu'elle n'avait pas remarqué la veille.

— Je l'ai fait apporter cet après-midi, lui explique Belmas, ce sera plus confortable.

Tout à coup, Fabienne sent en elle quelque chose se rétracter. Une voix aigre au fond d'elle lui hurle qu'elle n'est rien qu'une proie, que le prédateur joue avec elle, profite de ses faiblesses. Dans un sursaut d'orgueil, elle se raidit.

— Je ne veux pas, tu comprends ? Je ne veux plus !

— Mais pourquoi ? On est bien tous les deux ! Tu es la première femme avec qui je me sente aussi bien !

Les mains de François courent sur le corps de Fabienne. Incapable de résister, elle s'abandonne, faisant taire la voix stridente pour se donner avec une fougue à laquelle Belmas répond par de petits rires satisfaits, le contentement de la victoire.

Après l'amour, le bon sens reprend le dessus, et la veuve vertueuse repousse le séducteur, s'empare de ses vêtements sous le regard amusé de Belmas qui sait très bien que ce sursaut d'amour-propre ne fera pas long feu. La proie est définitivement prisonnière de ses filets ; il la retrouvera quand il le souhaitera.

Fabienne part en courant, claque la porte qui fait un énorme bruit de tôle et se précipite dans sa voiture. Elle s'arrête au croisement de la route. En face, Lionel est là, debout devant son propre véhicule, qui la regarde. Dans les phares, le facteur lui paraît plus grand, plus svelte que d'habitude. Elle appuie nerveusement sur la pédale d'accélérateur, mais il ne bouge pas. Alors elle sort vivement et se précipite sur lui.

— Mais qu'est-ce que tu fais là ?

— Je veux t'empêcher de faire l'erreur de ta vie !

— Depuis quand j'aurais des comptes à te rendre ?

Elle a crié.

— Il faut que je te parle, lui souffle Lionel. Cet homme n'est pas pour toi. C'est un coureur de jupons. Tu n'es pas la seule femme qu'il fréquente !

— Comment tu le sais ? Tu es jaloux, voilà tout ! Je ne suis pas idiote !

— Je ne veux pas que tu sois malheureuse !

Fabienne a un instant d'hésitation, comme si elle cherchait les mots les plus cinglants pour repousser ce protecteur dont elle ne veut pas. Mais elle sait qu'il a raison, alors elle recule.

— Ce n'est pas un homme pour toi.

— Je fais ce que je veux ! éclate-t-elle avant de claquer sa portière.

Le véhicule s'éloigne à vive allure ; le silence retombe, la lumière s'éteint dans le mobil-home. Lionel prend la direction de Tulle. Il n'est pas pressé de rentrer. Il ralentit sans quitter des yeux son rétroviseur : la voiture de Belmas sort du chantier et se dirige à son tour vers Tulle. Lionel se gare dans un renfoncement de la route et la laisse passer, puis la suit dans les tournants qui épousent parfaitement les méandres du torrent. À Tulle, le facteur ralentit lorsque l'ingénieur s'arrête en face de la poste, près du bistrot encore ouvert. Belmas descend de son véhicule, arrange ses vêtements et entre dans le café. Lionel se gare à son tour et entre dans le bistrot. Belmas est là, en compagnie d'une jeune femme blonde qui l'attendait seule à une table. « Le salaud ! » s'indigne le facteur en commandant une bière.

La colère l'étrangle, pourtant ce n'est pas le moment de faire un esclandre. Il boit son verre d'un trait, le paie et sort.

— Je le tuerai ! murmure-t-il.

Le jour s'est levé sur un village privé de ses bruits habituels, comme si les gens se retenaient d'aller à leurs occupations habituelles. Le bistrot a ouvert à son heure habituelle, mais personne n'en franchit la porte vitrée. En face, sur la place, le 8 à Huit est ouvert lui aussi. Le gérant sort ses cageots de légumes, qu'il dispose sur un étalage. Les fenêtres des maisons sont allumées, mais les promeneurs matinaux, ceux qui vont acheter leur journal ou font un tour avec leur chien restent chez eux. La pensée que l'eau submergera bientôt leurs maisons et les rues où ils aiment marcher les affole. Si en haut du village les premières voitures sortent des garages, en bas, rien ne bouge. Seuls les enfants de Fabienne attendent le car sur la place.

L'infirmière part à son tour pour fuir le regard intrigué de sa mère et le silence malheureux de son père. Le surcroît de travail qu'elle a à l'entrée de l'hiver lui laisse très peu de temps. En plus des soins habituels, elle doit vacciner les gens contre la grippe. Elle s'arrête devant le cimetière, mais ne sort pas de sa voiture. Ce matin, elle est incapable de se rendre sur la tombe de Julien, car la culpabilité l'écrase. « Comment ai-je pu faire ça ? » se demande-t-elle en chassant tant bien que mal de son esprit le mot monstrueux qui qualifie les filles faciles. À l'instant, elle sent qu'elle aurait la force de résister à Belmas, mais qu'en sera-t-il ce soir, quand chacune des fibres de son corps le réclamera ? Sa faiblesse lui fait mal.

Elle se dirige vers le centre médical avec le sentiment de se trouver au fond d'une nasse, passant de la joie aux larmes. Elle s'accroche à l'espoir que rien ne l'empêche de refaire sa vie avec François Belmas. Lionel a tort : l'ingénieur est un homme malheureux et, comme elle, il a eu un coup de foudre inattendu et merveilleux. Ne lui a-t-il pas dit qu'elle était différente des autres femmes et qu'il éprouvait pour elle ce qu'il n'avait jamais ressenti pour d'autres ? Pourquoi ne pas le croire ?

Oui, elle va revivre, quitter Saint-Geniez avec François. Louise et Valentin sont encore très jeunes, ils pourront s'adapter à la vie citadine. Elle s'accroche à ce rêve doré qui flirte avec la boue du doute. François et elle n'ont pas échangé dix phrases ; ils ont fait l'amour comme des bêtes, leurs corps se sont unis mais leurs esprits sont restés en retrait, et rien ne prouve qu'ils puissent s'entendre durablement.

Virginie est déjà arrivée au cabinet médical, avec ses montagnes de problèmes : son fils qui fait les quatre cents coups, son mari qui la trompe, sa vieille mère presque grabataire... Fabienne la salue, et sa collègue lui propose un café, avant de lui raconter que son fils s'est fait arrêter en possession de drogue. Puis elle éclate en sanglots.

— Et son père qui ne s'en occupe pas ! Cette nuit, il ne s'est même pas levé quand il a fallu aller chercher Gauthier au commissariat !

Fabienne tente de réconforter Virginie, sans quitter la fenêtre des yeux. En face, la voiture de Belmas est garée devant sa maison. Elle aimerait qu'il sorte, l'apercevoir derrière la vitre, l'observer sans qu'il le sache pour découvrir son véritable visage, trouver de bonnes raisons de le détester, ou plutôt de l'aimer. Car elle ne se souvient même pas de ses traits. Elle a beau chercher son visage dans sa mémoire, elle ne se rappelle que son corps, sa chaleur, sa force envoûtante.

Le petit portail en fer forgé s'ouvre, et Belmas sort, un porte-documents sous le bras. Fabienne est fascinée par sa silhouette ramassée, ses épaules et son visage carrés. À côté d'elle, son autre collègue, Nathalie Lebrun, hausse les épaules et lâche sur un ton sarcastique :

— Pour qui il se prend, celui-là ? Un nabot qui veut tout gouverner ! J'espère qu'on va arriver à les virer, lui et son barrage !

— Il fait son travail, rien de plus, réplique Fabienne avec un regard noir.

— Tu penses ! Il se moque pas mal des gens, et encore plus du pays ! Ce qu'il veut, c'est se remplir les poches.

— Qu'est-ce que tu en sais, hein ? Qu'est-ce que tu en sais ?

Fabienne sort et claque la porte, laissant Nathalie et Virginie étonnées par sa réaction.

À Saint-Geniez, Jean Chameyrac s'est levé plus tôt que d'habitude et a quitté sa maison en compagnie de son chien, qui attendait cet instant sacré près de la porte. L'animal court devant, la truffe au sol, à la recherche de pistes d'animaux nocturnes. « Il ferait un fameux chien de chasse, pense Jean. Mais moi, la chasse, ce n'est plus pour mes jambes ! » Le vieil homme avance sur le chemin conduisant à la rivière. Son chemin, celui qu'il parcourt tous les matins avec son corniaud qui frétille de la queue près des terriers à lapins, pousse un aboiement avant de s'en aller plus loin. Les plantes luisent sous les premiers rayons du soleil, nouvelles, propres à la lumière du jour. Jean écoute le vent, regarde le ciel ; un vol de palombes se dirige vers le sud. Il pense au temps où il se levait à trois heures du matin pour aller à l'« espère », sur le causse du Lot.

Il est là, au milieu du chemin, quand Georges Merpillat arrive en traînant les pieds. Depuis qu'il a reçu sa lettre recommandée, Georges va mal. Noyer sa maison, c'est le noyer lui. Il erre sur les chemins, en peine de sa personne, comme s'il n'était déjà plus d'ici.

— Ça me détruit ! avoue-t-il à Jean. J'ai une boule ici, dans l'estomac, et je ne peux plus rien manger ! Tu comprends, ma maison…

Il prononce le mot en retenant sa voix pour l'adoucir, comme s'il suçait un bonbon.

— Oui, répond Jean, je comprends.

— C'est l'œuvre d'une vie. Ce n'est pas rien !

— Je sais que tu as beaucoup travaillé, constate Jean, à court d'arguments pour remonter le moral de son ami.

— Oui, je me levais à quatre heures tous les matins. Et tout ça pour quoi ? Ces gens-là ne sont pas des humains !

C'est aussi l'avis de Jean. Ce matin, il tourne en rond, ne se décide pas à faire quoi que ce soit, à s'occuper de ses lapins ni de ses poules. Ses bras sont lourds et son cœur cogne comme s'il avait couru. La fatigue de la veille, sûrement.

— Tu comprends, poursuit Georges, intarissable quand il évoque sa maison, c'est ce que j'ai fait de mieux dans ma vie ! Je veux que mon fils en profite après moi, et puis mes petits-enfants, et ceux qui viendront plus tard. Parce que je l'ai construite avec de bonnes pierres, la charpente est en cœur de chêne. Tout ça peut tenir trois, quatre, cinq siècles sans bouger ! Je l'ai faite pour qu'on se souvienne de moi dans le pays, qu'on dise : « C'est la maison du Georges ! » quand on ne saura plus qui était Georges, pour que les touristes viennent la visiter comme un monument. Tu comprends, ça ?

— Oui, admet Jean, tout en mesurant la folie de Georges.

— Ils vont nous foutre dehors comme des mauvais bougres, des bandits. Ces gens dans les bureaux, ces ingénieurs, ces élites comme ils disent ne savent rien de nous. Ils envoient des chercheurs étudier les Indiens d'Amazonie, ils feraient mieux de les envoyer ici, étudier les Français de la France profonde ! Tu veux que je te dise ? On a fait la Révolution pour rien. Le peuple n'a jamais droit à la parole !

Jean se cale sur sa jambe droite.

— C'est vrai, approuve-t-il. Souvent, j'ai l'impression d'être un étranger dans mon propre pays.

Sans un mot de plus, Georges s'éloigne de son pas traînant. L'automne touche à sa fin. Les jours minuscules éclairent faiblement la campagne décharnée. Il n'a pratiquement pas gelé, et Jean peut être fier de ses rangs de chicorée, de ses choux et de ses navets aux feuilles encore vertes. D'ordinaire, il ne resterait pas là, inactif. Il se tournerait vers ce qui lui reste à faire avant la fin de cette année qui meurt pour préparer la suivante. La succession des cycles végétaux l'a toujours passionné. Il aime les saisons, la nature qui évolue au fil des mois, les animaux, les collines qu'il connaît si bien, et surtout la Corrèze. À la fin de l'automne, les truites remontent vers les sources pour pondre leurs œufs. Les autres années, Jean passait des heures à les observer. Mais à quoi bon désormais ? La Corrèze, la Coureuse à cause de ses rapides, de ses crues brutales et de ses étiages sévères ne sera bientôt qu'une vaste étendue d'eau où proliféreront gardons, brochets et sandres…

Un cri venu du village le fait se retourner vivement. C'est Mélanie, la femme de Georges. Jean court aussi vite que ses jambes douloureuses le lui permettent. Plusieurs personnes arrivent en même temps que lui chez le vieil homme. Mélanie se jette dans ses bras.

— Mon pauvre Georges !

— Qu'est-ce qui se passe ?

— Je suis bien malheureuse, dit Mélanie entre deux sanglots tout en désignant la petite dépendance que son époux a construite en retrait et appelle la « maison du gardien ».

Jean découvre alors l'horrible spectacle qui retient tout le monde à la porte : Georges pendu à la poutre maîtresse. Son visage bleu, défiguré, ses yeux exorbités et son énorme langue tiennent tout le monde à distance.

— Il faut le descendre de là ! crie Maurice Magnant lorsqu'il arrive, essoufflé.

Le gros bistrotier bouscule les autres, prend les jambes du pendu à bras-le-corps et le soulève, tandis que Juste Dubout trouve le courage de desserrer le nœud de la corde. Le pauvre Georges s'affale. Ils l'allongent à même le sol.

— Vite, le docteur ! ordonne Magnant en composant un numéro sur son portable. On peut encore le sauver !

Ils ont de la chance, le Dr Marchelin était chez lui ; il arrive aussitôt et se penche sur le pauvre Georges. Mais il ne peut que constater le décès.

— Dire qu'il est venu me voir juste avant de faire ça ! se lamente Jean. Il devait vouloir me dire quelque chose de plus, sans doute, et je ne l'ai pas laissé parler !

— Voyons, Jean, s'exclame Marie en s'approchant de son époux, tu n'y es pour rien !

— Si, j'aurais pu faire en sorte qu'il reste avec moi le temps de réfléchir !

Jean se mouche bruyamment. Lui d'ordinaire si silencieux est avant tout un grand sensible. Si en général il parvient assez bien à cacher ses sentiments, ce matin il ne peut empêcher les larmes de rouler sur ses joues.

— Allez, viens, lui dit Marie en lui prenant le bras.

— Regardez, s'exclame soudain le garagiste, il a laissé une lettre !

Il tire de la poche du cadavre le morceau de papier qui en dépasse et regarde autour de lui pour chercher quelqu'un de la famille. Mais, ne voyant personne, il lit à haute voix :

— Voilà ce qu'il a écrit : *Ma maison, mon parc, j'y ai pensé à chaque instant de ma vie. Mélanie me l'a assez reproché. Je ne peux pas supporter l'idée qu'on va noyer tout ça, l'engloutir sous l'eau. Je préfère mourir. Pardon, Mélanie, de te laisser, mais je n'ai pas la force de faire un pas de plus.*

Le garagiste relève la tête. Tout le monde se regarde, conscient que le barrage vient de faire sa première victime.

— C'est ce qu'il voulait me dire et je ne l'ai pas écouté ! se morfond Jean.

Franck Leyrel arrive, en même temps que Pierre Fournel. Des visages graves et des regards sombres se braquent sur le maire, qui prend un air accablé.

— Mais qu'est-ce qui lui a pris ?

Le silence qui suit sa question est plus expressif que n'importe quelle réponse. Leyrel regarde les uns et les autres, sur la défensive, comme si le mutisme général l'accusait.

— Franchement, vous croyez que… ?

L'incompréhension qu'il lit sur les visages l'arrête. Il se tourne vers Mélanie, qui pleure un peu en retrait. Il esquisse un mouvement pour l'embrasser et lui dire quelques mots de réconfort, elle le repousse.

— Laissez-moi, je vous en prie !

Il hésite, se tourne vers Jean, puis vers Juste Dubout, sort, s'arrête, pour réfléchir, tout à coup indécis, comme s'il avait le sentiment d'être responsable de cette mort.

— Vous pouvez vous féliciter de ce que vous avez fait ! tonne Pierre Fournel en baissant la tête pour passer sous la porte et le rejoindre.

— Le progrès, c'est bien beau, renchérit Juste Dubout. Mais pas quand ça se retourne contre les gens !

Le maire s'en va sans rien ajouter.

— Cette fois, le pire nous commande d'agir ! s'exclame Pierre Fournel en regardant la voiture s'éloigner.

Vers onze heures, une centaine de vieux se sont rassemblés sur la place. Ils viennent des alentours. Tous ne sont pas concernés par les arrêtés d'expulsion, mais tous connaissaient et appréciaient Georges, sa folie des grandeurs et son extraordinaire réalisation. Son geste désespéré les met face à une injustice intolérable.

Debout sur son tilbury, Pierre Fournel harangue la foule :

— L'un des nôtres a préféré mourir plutôt que supporter la dictature des économistes et aménageurs en tout genre ! Il est mort parce qu'il n'avait pas les moyens de se battre et n'acceptait pas de voir fouler au pied l'œuvre de sa vie !

— Ils veulent la guerre, ils vont l'avoir ! s'enflamme Baptiste Bertault, l'éleveur, qui ne voudrait pas être en reste.

— Juste avant de se pendre, déclare Jean d'une voix assez forte pour que ses voisins l'entendent, il m'a dit : « On a toujours payé nos impôts, on a été de bons citoyens… » Il a dit ça et moi, j'ai pas entendu ce qu'il y avait derrière…

Le vieil homme est effondré. Il a le sentiment que la mort de Georges l'investit d'une mission absolue : se battre pour la mémoire de son ami.

— Tu n'as rien à te reprocher, lui assure Vergongeane, un petit homme tout en nerfs. On en est tous au même point.

— À la préfecture ! s'écrie Bertault. Si on ne se montre pas, on nous écrabouillera.

— C'est loin, proteste quelqu'un. Au moins six kilomètres, avec mes jambes...

— Ceux qui ne peuvent pas marcher n'ont qu'à partir en voiture et nous attendre devant, concède Bertault, heureux de jouer enfin un vrai rôle. Les autres montreront leur détermination en marchant.

Fournel lui lance un regard méchant, attache son cheval au tronc du platane et prend la tête du convoi. Comme son voisin s'étonne qu'il laisse sa bête là, le Parisien précise que sa fille viendra la chercher.

Dans la rue qui longe la rivière, des femmes se joignent à eux. Après le cimetière, ils continuent sur la route de Tulle. Ne surestimant pas ses forces, Jean a préféré prendre sa voiture. Le cortège enfle à mesure qu'il progresse. Des dizaines de véhicules suivent au pas. Certains tentent de se frayer un passage et klaxonnent. Peu à peu la colère monte et les moteurs rugissent.

— Vous allez vous pousser ?

Personne ne répond aux injonctions des automobilistes, qui finissent par faire demi-tour en rouspétant. La nuit est tombée lorsque le cortège arrive à la préfecture de Tulle et entre par le portail ouvert dans le parc en pente douce. Au milieu, une superbe maison bourgeoise. Plusieurs autos de police arrivent en trombe. Très vite, les hommes en uniforme encadrent les manifestants, regroupés au pied de l'escalier de marbre. En tête, Fournel ne veut pas laisser Bertault s'exprimer au nom de son association.

— Nous voulons parler au préfet ! hurle-t-il.

— Il n'est pas là, répond un homme depuis le balcon.

— Ce n'est pas grave. Nous avons tout notre temps. Nous attendrons.

Les policiers se rassemblent pour se concerter. Un deuxième homme d'une trentaine d'années sort sur le balcon, accueilli par un tollé de protestations.

— Je suis le chef de cabinet du préfet, qui malheureusement ne peut pas vous recevoir. Dites-moi pourquoi vous êtes là, et je lui rapporterai vos propos.

— Tu devrais le savoir ! hurle Bertault.

Fournel désigne de la main ses camarades et déclare, solennel :

— Nous ne parlerons qu'au préfet en personne. Un homme est mort ce matin, ajoute-t-il, à cause d'une décision que nous contestons et qui va coûter des millions d'euros à la collectivité !

— Dispersez-vous ! Ensuite, je recevrai vos représentants.

Des huées de protestations l'arrêtent. Des poings se lèvent.

— Un homme est mort et le préfet ne daigne pas se déranger ? crie Bertault. C'est un comble !

— Faites attention à ce que vous dites, lui conseille Fournel.

Les policiers se sont disposés en cordon devant les manifestants. Le chef de cabinet du préfet rentre et referme la porte-fenêtre derrière lui.

Le temps passe. Même s'il n'a pas marché, Jean a si mal aux jambes qu'il voudrait s'asseoir sur la pelouse, mais n'ose pas.

Puis le préfet daigne enfin se montrer. Regardant la foule des vieux où se trouvent cependant quelques « jeunes » d'une cinquantaine d'années, il sourit à tous ces inactifs, ces retraités, ces nantis épargnés par la crise. Ce qui leur est proposé pour le barrage est la meilleure affaire et de loin, une manne inespérée. De quoi se plaignent-ils ?

— Mes amis, commence-t-il, je comprends votre inquiétude, mais je dois vous rassurer : tout sera fait pour que vous soyez les grands gagnants de cet aménagement. Que voulez-vous ? Que les jeunes restent ici, n'est-ce pas ?

— Les jeunes, grogne au premier rang quelqu'un, on ne les comprend plus. On est très bien entre nous, entre vieux qui ne connaissent pas les ordinateurs et tout le reste. On vit très bien avec nos manières, nos habitudes, notre façon d'être en dehors de l'époque. Alors, qu'on nous laisse crever comme on le souhaite !

Un fracas d'applaudissements empêche le préfet de revenir à la charge. Il semble soucieux, et commence à comprendre que ces têtes du troisième âge sont aussi dures que des pierres, et que ses meilleurs arguments ne les convaincront pas.

— Je vous en prie, rentrez chez vous. Je ne peux rien faire pour vous ; les décisions concernant le barrage ont été prises au niveau du ministère. Et puis le conseil général et la municipalité de Tulle ont donné leur accord. Je ne suis pas responsable.

Le préfet cherche à se dédouaner, mais face aux protestations des inactifs, de ces vieux qui pour certains ont dépassé les quatre-vingts ans, ses arguments habituels n'ont aucune prise. Il se concerte un instant avec le capitaine de police, partisan de la méthode forte.

— Il suffit de faire un peu de bruit et ils détaleront comme des lapins. Ces gens-là ne brillent pas par leur courage.

— Cela dit, ils n'ont rien à perdre, objecte le préfet.

— Laissez-moi faire. Cette connerie a assez duré.

Rassemblant ses hommes, il leur donne ses ordres puis se place à côté du préfet pour conseiller aux manifestants de rentrer chez eux gentiment.

— Vous avez déjà bloqué les routes, vous n'allez pas commencer à occuper les jardins de la préfecture ! Je vous donne l'ordre de vous disperser !

Nouveau tollé. Pour qui se prend ce policier, ce fonctionnaire représentant du peuple qui décide de chasser à coups de matraque des hommes respectables et dans leur bon droit ?

— On est d'accord pour faire la guerre ! le menace Bertault.

— Nous sommes ici pour protester contre une décision représentant un abus de pouvoir, crie Pierre Fournel. Nous ne repartirons que quand l'administration sera revenue sur sa décision !

— Mais ce n'est pas possible ! s'exclame le préfet. Vous ne comprenez donc pas que c'est une lourde machinerie ? Des centaines d'ingénieurs, de géomètres, d'hydrologues planchent sur le projet. L'opération représente des millions d'euros !

— Et les hommes qui vivent ici, et qui veulent mourir chez eux, c'est de la merde ? hurle Bertault.

Malgré l'humidité et le froid, Fournel s'assoit sur la pelouse, aussitôt imité par tout le monde. Les policiers entourent le groupe, mais n'osent pas intervenir brutalement. Ils jettent des regards anxieux à leur chef, resté sur le perron. Le commandant Poncel n'aime pas qu'on lui résiste. Comme il est doté d'un caractère vif et tranché, ses décisions se sont souvent retournées contre lui. Cette fois encore, il ne tergiverse pas.

— On ne raisonne pas des têtes de mules. Portez-les dehors.

Aussitôt, les policiers forcent les manifestants à se diriger vers le portail, sous les protestations. Un fourgon de gendarmes arrive à la rescousse, et la presse locale mitraille l'opération. Le commandant ordonne de nouveau que tout le monde sorte sans faire d'histoires, sinon, ses hommes n'hésiteront pas à se servir de leurs matraques. Les têtes blanches comprennent qu'elles ne gagneront pas face à deux escadrons de gendarmes, mais la presse a pu filmer les événements et Fournel se dit que l'opinion publique sera de leur côté. Pour cette raison, il donne l'ordre de repli.

Fabienne a perdu beaucoup de temps. Elle a roulé au hasard et n'a pas fait toutes les visites prévues. Malgré elle, sa voiture la ramenait toujours au Pont-des-Angles, près du chantier du barrage, où les géomètres mesurent avec précision les courbes de niveau. Grâce au GPS, le travail est simplifié. Un peu plus en amont, elle remarque une équipe au pilier du viaduc de l'autoroute A 89, l'autoroute des nuages, qui surplombe la vallée de plus de deux cents mètres. François Belmas est là ; il bavarde avec les géologues.

Fabienne prend le temps de l'observer, se repaît de son image. Il va des uns aux autres, coiffé de son casque de chantier et engoncé dans son ciré jaune trop étroit. L'infirmière poursuit sa route jusqu'au hameau voisin pour vacciner deux personnes contre la grippe, puis revient dans la vallée, attirée comme un aimant par celui qui occupe toutes ses pensées.

Vers sept heures, elle rentre à Saint-Geniez. Le village est en ébullition : des dizaines de personnes sont encore rassemblées sur la place et bavardent vivement. Fabienne arrête sa voiture près du portail et s'étonne de voir son père assis sur le banc dans la cour, malgré la nuit fraîche et humide.

— Mais qu'est-ce que tu fais là ? le rabroue-t-elle. Tu veux tomber malade ?

Elle sait que Georges s'est pendu dans son atelier : dans les hameaux voisins, les gens ne parlent que de ce drame et en désignent ouvertement les responsables.

— Ce pauvre Georges, ne cesse de se lamenter Jean. C'est moi qu'il est venu voir avant de mourir et je n'ai rien fait !

— Il avait pris sa décision, et tu ne l'aurais pas fait changer d'avis !

— Si. J'aurais pu le sauver, c'est sûr !

Fabienne embrasse ses deux enfants, d'abord Valentin, puis Louise, qui se sépare vivement d'elle. Marie sort sur le pas de la porte et ordonne à Jean de rentrer avant de prendre froid.

— Tu crois qu'on n'a pas assez de malheurs comme ça ?

Puis, se tournant vers Fabienne, elle ajoute :

— Il est allé à la préfecture. Il a pris la voiture, mais là-bas il est resté deux heures debout dans le froid et le crachin !

— Tu sais ce qu'ils ont osé faire, les gendarmes ? demande Jean en tournant vers sa fille un visage désespéré. Ils ont levé leurs matraques sur nous, et ils étaient prêts à nous battre, comme si on était des voyous !

Il tousse, se mouche et ajoute :

— Bertault nous fait du tort. C'est une grande gueule et il n'est pas malin.

— Arrête de te tracasser ! le réprimande Marie. Ce n'est pas bon pour ta tension.

— Et tout ça à cause de cet ingénieur de rien du tout, bougonne Jean. Franchement, mais qu'est-ce qu'il vient faire ici ?

La réaction que Fabienne réprime aussitôt n'échappe pas à Marie : une éloquente contraction du visage... La vieille femme connaît trop bien sa fille pour ne pas comprendre. Dans son regard, elle a lu une vérité qu'elle n'ose pas formuler. Sur un ton de reproche qui ne s'adresse à personne en particulier, elle lance :

— Tu ne crois pas qu'il aurait mieux fait de rester chez lui au lieu de venir semer le bazar dans le pays ? Et puis, j'ai bien peur que ça ne soit pas fini...

— Qu'est-ce que tu insinues ? ne peut s'empêcher de demander Fabienne, avouant par là même l'intérêt qu'elle porte au sujet.

— Je veux dire que j'espère que tu es de notre côté, contre ce freluquet, parce qu'il va finir par se ramasser des mauvais coups. Voilà ce que je veux dire !

— Ce n'est pas un freluquet ! C'est un homme très bien, qui veut que la région se développe ! Si on l'avait fait il y a cinquante ans, ce barrage, on n'en serait pas là !

Jean pousse un gros soupir. Les mains sur les hanches, le regard dur, Marie épie chacun des gestes de sa fille. Les enfants sont passés dans leur chambre, mais ne perdent rien de ce qui se dit.

— Comment tu peux parler comme ça ? Qu'est-ce que tu en sais que c'est un homme très bien ?

Fabienne n'a jamais rien su cacher à sa mère. Elle se sent coincée et réagit par la colère, comme au temps de son adolescence. Elle n'a pas d'autre issue, elle, la fautive, face à cette mère vertueuse qui n'a jamais commis la moindre faute, qui a toujours su se contraindre au devoir rigide, celui de la famille et de sa place dans le village.

— Ce que je fais ne regarde personne d'autre que moi, conclut Fabienne en montant le ton.

Marie fait face. Entre elles, il y a beaucoup de non-dits, des rancœurs amassées, d'un côté comme de l'autre, la fille reprochant à la mère de vouloir tout commander, de l'empêcher de vivre à sa guise, de l'étouffer avec des principes dont elle ne conteste pas le bien-fondé, mais qui la ligotent. Marie, elle, considère que le devoir d'une mère passe avant tout le reste. Longtemps Fabienne a pensé de même, mais à présent elle ne sait plus.

— Et tes réunions, depuis deux jours, tu crois que je n'ai pas compris ?

— Mais tu vas me laisser tranquille ? Vraiment, il est temps que je prenne un appartement en ville !

— Oui ? Et tes enfants, qu'est-ce que tu en feras pendant tes sottises ?

Fabienne prend son manteau et claque la porte. De leur chambre, les petits entendent le moteur rugir dans les accélérations nerveuses de leur mère, les pneus déraper sur le gravier. Puis le silence qui revient, terrible, écrasant, le silence d'une vieille maison où ne résonnent plus que les pas de leur grand-mère sur le carrelage de la cuisine. Ils pensent à Georges, pendu dans son atelier, à son visage dont ils imaginent toute l'horreur selon les descriptions qu'en ont fait les adultes.

Valentin n'en peut plus de réprimer ses larmes. Il court dans la cuisine, se précipite contre sa grand-mère et éclate en sanglots. La main dure de Marie, dont les gifles font si mal, caresse ses cheveux.

— Ne t'en fais pas, mon Valentin, maman est très fatiguée, c'est pour ça qu'elle s'est mise en colère. Allez, va, appelle ta sœur, c'est l'heure de manger.

Mais ce n'est pas utile ; Louise attendait dans le couloir la permission de se montrer. Elle entre dans la cuisine, où le couvert est mis. La télévision reste allumée dans la salle de séjour, personne ne pense à l'éteindre. Ce soir, à cause de son ami Georges, Jean n'a pas la tête à regarder *Questions pour un champion*. Il rejoint sa place d'un pas lourd. Les enfants regardent avec anxiété son visage fermé. Sa douleur est communicative. Ils la ressentent, même si pour eux l'ami de leur grand-père n'était qu'un vieux parmi tant d'autres. Ils prennent place à leur tour et attendent en silence que leur grand-mère serve le potage. Comme Valentin renifle, Marie lui ordonne de se moucher, mais le gamin regarde avec horreur la chaise vide de sa mère. Pendant tout le repas, les adultes ne desserrent pas les dents. Jean concentre son attention sur son bouillon trop chaud, comme d'habitude.

— Bon, dit Marie à la fin du repas, pour le moins rapide, je vais vérifier vos devoirs et vous faire réciter.

En l'absence de leur mère, les enfants trouvent presque menaçante cette ultime corvée avant de se mettre en pyjama et de se laver les dents. Comme il ne peut s'empêcher de parler, Valentin s'exclame :

— Maman est peut-être allée faire une piqûre. Elle ne va pas tarder à rentrer ! ajoute-t-il pour se rassurer.

— Viens donc me lire ta page, tranche Marie. On est déjà en retard.

Le bambin obéit en bougonnant, s'assoit à son bureau, ouvre son livre et commence à lire, mais ses pensées sont ailleurs, vers sa mère ; il a envie de pleurer.

Le temps ne passe pas. D'habitude, c'est l'heure où Jean regarde les informations. Comme il est un peu sourd, les enfants entendent la télévision depuis leur chambre, et ce bruit habituel est rassurant. Ce soir, Marie a baissé le son, on n'entend qu'un lointain murmure qui fait redouter un danger. Valentin demande à Marie de laisser la porte ouverte, ce qu'elle fait sans protester, preuve qu'une menace insaisissable mais bien réelle plane sur la maison.

Lorsque Jean arrête la télévision, le silence maintient les enfants les yeux ouverts sur la nuit, sursautant au moindre bruit. Les pas du grand-père, plus lourds que d'habitude, n'ont rien de rassurant. Ils l'entendent dire de sa voix sombre :

— Je vais tenir compagnie à cette pauvre Mélanie. Georges serait content de savoir que je suis auprès d'elle, ce soir.

La porte s'ouvre avec un bruit plus aigu que de coutume, se referme. De nouveau, un silence si lourd que Valentin le sent peser sur sa poitrine.

Où est maman ? La peur ronge le ventre du petit garçon ; son imagination vagabonde parmi les monstres de ses cauchemars. Une envie de crier lui noue la gorge. Il glisse hors des draps et se faufile à tâtons jusqu'à la porte entrouverte de la chambre de sa sœur.

— C'est moi, souffle-t-il. Je peux venir avec toi ?

D'ordinaire, quand Valentin lui demande la permission de venir la rejoindre dans son lit, Louise prend un malin plaisir à refuser, car les jérémiades du gamin correspondent bien souvent à ses propres peurs. Ce soir, elle ne dit rien quand il se glisse entre les draps auprès d'elle.

— Moi, je sais où est maman, dit-elle. Je l'ai entendue parler au téléphone.

— Ah bon ? s'étonne Valentin en ouvrant de grands yeux dans le noir. Et tu crois qu'elle va revenir ?

— Parle moins fort. Viens sous les couvertures, comme ça mamie n'entendra pas.

Valentin tire les draps par-dessus sa tête et s'enfonce dans le lit.

— Tu as pété, ça pue ! dit-il en retenant un gloussement.

— Idiot, tu ne penses qu'aux bêtises alors que maman est partie ! Moi, je sais où elle est, je te dis !

— Elle est partie faire les piqûres qu'elle n'avait pas eu le temps de faire à cause de Georges qui s'est pendu, réplique le gamin pour se rassurer.

— Non, elle est partie rejoindre papa.

Valentin ne trouve pas de réponse à cette affirmation. Papa dort dans le cimetière. Comment sa mère pourrait-elle accepter de le laisser seul avec ses grands-parents qui ne comprennent rien ?

— C'est pas vrai, dit-il enfin.

— Si, c'est vrai. Mais j'ai une idée. Viens.

Louise se glisse hors du lit. Valentin émerge des draps et sort la tête dans la nuit à présent moins épaisse.

— Où tu vas ? Mamie va t'entendre et tu vas te faire gronder !

— On ne fera pas de bruit. D'abord, on va passer par ta chambre pour prendre tes habits. Ensuite, on ira chercher maman.

— Non mais t'es folle ou quoi ? s'emporte Valentin. Si mamie nous attrape elle nous punira. Moi je viens pas.

— Comme tu veux. J'irai seule. De toute façon j'ai tout prévu. Pendant que tu te lavais les dents, j'ai ouvert la porte-fenêtre de ma chambre. Gros trouillard, tu vois, j'ai pas besoin de toi !

Valentin demeure un instant indécis, debout dans le noir. Il discerne vaguement la silhouette de sa sœur, près de la porte. Il a peur de se faire prendre, mais ne veut pas laisser à Louise seule le mérite de sauver leur mère. Alors il avance doucement vers elle, en retenant ses pas, sursautant chaque fois que l'articulation de sa cheville droite émet un petit craquement.

— Prends tes habits, tu les mettras dehors.

— Mais il fait froid !

— Allez, dépêche ! Fais pas ton bébé !

Tout n'est pas aussi simple que Louise le voudrait : Valentin aimerait ramasser ses habits en un geste, en faire une boule et sortir au plus vite. Mais le soir, lorsqu'il se déshabille, il lance ses chaussettes, son pantalon et sa chemise. Alors ses vêtements sont éparpillés dans la chambre. Il se met à quatre pattes et les cherche en balayant le parquet avec sa main. Pendant ce temps, Louise ouvre lentement le battant de la porte-fenêtre. Un vent froid glisse sous le pyjama de Valentin qui frémit.

Quand il pense avoir enfin trouvé tous ses vêtements, il sort derrière Louise et pose ses pieds nus sur les dalles froides de la terrasse. Sa sœur s'est habillée en quelques secondes ; elle le précède sans bruit.

— Attends-moi !

Valentin cherche dans quel sens mettre son pantalon chiffonné. Puis il enfile sa chemise, son gilet, et constate qu'il a oublié une chaussette.

— On n'a pas le temps d'aller la chercher, dit Louise. Allez, mets tes chaussures !

Le garçon obéit, mais de petits cailloux le gênent. Il s'assoit de nouveau pour retirer ses baskets et les vider. Louise s'impatiente.

— La prochaine fois, je te laisserai à la maison !

Il grogne et emboîte le pas à sa sœur. La nuit n'est pas très sombre ; la lune est sortie, découpant de grandes ombres dans la lumière bleutée et froide. Tout est immobile, sans un brin de vent. Les étoiles brillent au ciel, comme si elles regardaient les deux enfants marcher aussi discrètement que possible. Passé le portail, ils se trouvent à découvert.

— Il n'y a personne, on y va ! décide Louise après avoir observé la rue en pente.

Le village est désert. Même le bistrot, qui reste parfois allumé tard dans la nuit, est éteint. Pas un moteur de voiture dans le lointain ; le silence est total, avec, au loin, le roulement de la Corrèze.

— Tu entends la rivière ? demande Louise en s'approchant de Valentin.

— Oui, et alors ?

— Tu n'entends pas ses sanglots ? Elle pleure parce qu'on va la mettre en prison. Tu sais, le barrage, c'est une manière de l'attacher comme un mauvais chien, de lui taper dessus parce qu'elle n'est pas toujours très sage.

Ils arrivent au bout du village, après le garage de Juste Dubout et les dernières maisons construites par des Parisiens, dont les volets ne s'ouvrent qu'en été.

À droite de la route, à moins de cent mètres de la rivière que l'on devine au fond d'un lit encaissé, le cimetière offre à la lune ses pierres polies, ses stèles à l'aspect étrange sous la lumière crue qui les déforme.

— Mais où on va ? s'étonne Valentin.

— D'abord, il faut parler à papa. Lui dire que maman ne nous aime plus.

— Qu'est-ce que tu racontes ? s'indigne le gamin au bord des larmes.

— C'est vrai. Si elle nous aimait, elle ne serait pas partie sans nous embrasser, et elle ne se serait pas disputée avec mamie. Viens !

— Ah, non ! fait le gamin en s'arrêtant, tout tremblant. Je ne veux pas aller au cimetière ! On a dit qu'on allait chercher maman.

— Mais où tu crois qu'elle est, maman ?

Valentin reprend sa marche. Sa sœur s'arrête à la porte du cimetière et dit d'une voix blanche qui manque d'assurance :

— Tu sais ce que tu vas dire à papa ?

— Ben non, c'est toi qui as voulu venir le voir !

— Eh bien, il faut lui dire qu'il demande pour nous au bon Dieu d'arrêter le barrage. C'est à cause du barrage que tout va mal !

— Si tu veux ! répond Valentin, pas très convaincu, mais qui veut bien faire ce que sa sœur lui demande parce que ce genre de paroles ne l'engage pas à grand-chose.

Louise hésite à passer le portail. Entre les tombes, l'ombre est parcourue de luminescences vivantes. Des frissons gelés parcourent le corps de Valentin qui murmure :

— Si on rentrait à la maison ? On pourrait revenir demain, quand il fera jour…

— Non, tranche la grande sœur. On y va maintenant.

Elle franchit le portail, puis se tourne vers son frère qui hésite. Il la rejoint enfin et les deux enfants avancent lentement dans l'allée gravillonnée. Tout à coup, entre deux tombes, la lune éclaire une silhouette assise sur une chaise. Louise retient un cri d'effroi. Valentin reste figé sur place, incapable de faire le moindre mouvement, pétrifié par la vision nette du visage de la vieille femme, ses vêtements noirs et sa main droite posée sur la stèle de granite. Tout à coup, il pousse un cri strident et détale à toutes jambes. À son tour, Louise cède à sa panique. Ils arrivent chez eux essoufflés et constatent que leur mère n'est pas revenue. Louise retient Valentin qui se précipite sans précaution vers la porte-fenêtre.

— Doucement, lui murmure-t-elle. Mamie va nous entendre.

— Tu as vu, le fantôme ? lui demande Valentin d'une voix tremblante.

— C'était pas un fantôme, c'était la Paulette Blanzat, je l'ai bien reconnue.

— Non, c'était un revenant qui avait pris la tête de la Paulette Blanzat ! J'ai vu ses yeux qui brillaient !

Paulette Blanzat approche les cent ans. Elle vit seule dans sa petite maison près de la Corrèze et refuse les aides-ménagères, considérant que, tant qu'elle a de bonnes jambes, personne ne doit la remplacer dans ses tâches quotidiennes. Elle n'a plus toute sa raison ; ses voisins la surveillent depuis qu'on l'a retrouvée terrée au bord de la rivière après trois jours de recherches…

Les enfants rentrent chez leurs grands-parents en retenant leurs pas et leur respiration. Malgré les tremblements de froid et de peur qui l'agitent, Valentin passe dans sa chambre, entre dans son lit sans quitter ses vêtements et se couvre la tête avec la couverture. Ainsi rassuré, il s'endort.

Partie sur un coup de tête, Fabienne roule pendant deux heures, se rendant à Brive puis à Tulle, tout en passant plusieurs fois à proximité du chantier. Le mobil-home est plongé dans l'obscurité. Elle finit par se rendre au centre médical et attendre dans le noir, postée à la fenêtre de la salle de réunion, surveillant les voitures qui passent sur la route principale. Aucune lumière n'éclaire l'intérieur de la maison louée par François Belmas. L'ingénieur doit être en ville, en train de dîner avec des collaborateurs, peut-être le préfet, ou des entrepreneurs. Elle l'imagine expliquant son point de vue avec des mots précis, insistant sur les détails techniques. Puis, lassée, elle reprend son manteau et décide d'aller fureter près des restaurants de Tulle. Puis elle renonce, atterrée par la pensée qu'il pourrait être avec une autre femme. Les reproches de sa mère lui reviennent à l'esprit. Marie a raison, sans doute, pourtant Fabienne ne peut plus vivre sans cet amour qui accapare chacune de ses pensées et toute son énergie. Vivre sans l'amour de Belmas lui paraît impossible. Tout son corps le réclame, elle est en manque de lui. Son contact lui est devenu essentiel, aussi indispensable que l'air pour respirer, que l'eau, aussi nécessaire que le temps de l'attente, qui lui est aussi un plaisir. L'être volcanique qui sommeillait en elle a remplacé la veuve austère.

Elle s'apprête à partir quand une voiture s'arrête en face du centre médical. Belmas en sort, cherche ses clefs dans sa poche. Le cœur de Fabienne bondit dans sa poitrine, éclate en un sang brûlant qui cogne à ses tempes. Elle sort vivement et court vers lui. Ses talons font un bruit sec. Belmas se tourne, surpris, puis indécis.

— Fabienne, qu'est-ce que tu fais là…

— Je me fous de ce que les gens penseront. Je veux être avec toi, tout le temps.

Belmas observe ce visage qu'il n'a jamais pris le temps de regarder. La lumière du lampadaire en éclaire les traits réguliers, les cheveux courts, très noirs. Fabienne est une jolie femme, mais la lueur singulière de la route met en relief son regard clair, où il croit discerner comme le flou d'une folie qui lui avait échappé.

— Les gens vont nous voir et jaser. Il vaut mieux être discrets !

— Je m'en fous. Je veux vivre, tu comprends, vivre !

Elle a crié, et le dernier mot éclate dans la nuit, un tel papillon coloré.

— Oui, je comprends !

Il se tourne comme pour abréger la rencontre. Fabienne s'agrippe à sa veste. Lui ne peut détacher son regard des fenêtres allumées et des ombres qui passent derrière les rideaux.

— Viens, entrons.

Fabienne bouscule du pied plusieurs paires de chaussures abandonnées, des vêtements en boule près d'un sac de voyage. François appuie sur le bouton de la lumière et la jeune femme découvre une valise ouverte posée sur la table, des vêtements jetés en vrac sur le canapé.

— Pardonne le désordre, dit Belmas, mais j'ai très peu de temps et je n'ai toujours pas trouvé de femme de ménage.

Ce désordre d'homme seul ne manque pas de charme. Fabienne, qui pourtant s'emporte chaque matin contre les vêtements épars de Valentin, sourit en apercevant les chaussettes posées sur la chaise, une chemise froissée sur la table et un pantalon sur le fauteuil. Ce soir, Belmas est grave. La jeune femme attend qu'il la prenne dans ses bras, qu'il ouvre la porte de la chambre pour faire l'amour dans un véritable lit. Mais les pensées de l'ingénieur sont ailleurs.

— Tout le monde est contre moi, dit-il en s'asseyant sur le canapé. Le mouvement de contestation du barrage prend de l'ampleur. Au début, il n'y avait que quelques vieux faciles à faire taire. Désormais, c'est tout le département qui se mobilise, et même les départements voisins. Les écolos tirent les marrons du feu pour mettre des bâtons dans les roues du conseil général. Ce que je redoutais le plus est en train de se produire : ça devient une affaire politique.

— Ça va s'arranger…

— J'en doute. Ça m'étonnerait que les politiciens risquent leur réélection pour défendre le barrage ! Comme moi, ils sont persuadés que le lac de retenue est l'avenir de la région. EDF n'a plus le monopole de l'énergie. Des entreprises privées participent au financement des travaux pour obtenir, par la suite, des tarifs très avantageux sur l'électricité produite. Elles viendront s'installer ici. Nous avons déjà deux autoroutes qui se croisent, l'axe est-ouest, et l'axe nord-sud. Nous avons un aéroport à Brive. Il ne faudrait pas grand-chose pour faire démarrer la région. Mais, crois-moi, pour sauver quelques voix, les politiciens sont capables de sacrifier le pays tout entier !

Fabienne se blottit contre lui. Il esquisse un geste pour la repousser, mais elle ne s'en aperçoit pas.

— Laisse tout ça, murmure-t-elle. Je suis certaine que ça ira mieux dans quelque temps !

— J'en doute. À moins d'un an de l'élection présidentielle, les tensions sont trop fortes !

— Parle-moi de toi, dit la jeune femme. Je ne sais rien, à part que tu vis à Paris, que tu es divorcé et que tu as deux filles. Je voudrais les connaître. Je suis certaine que je pourrais les aimer comme mes propres filles...

Belmas observe un silence.

— C'est mon ex qui en a la garde, finit-il par répondre. Je les ai un peu pendant les vacances, mais comme en ce moment je ne suis jamais à la maison, c'est ma mère qui les prend. Allez, maintenant, il faut que tu rentres chez toi.

— Alors, comme ça, tu me mets dehors ?

— Sûrement pas. S'il ne tenait qu'à moi, je te garderais tout le temps, mais j'ai du travail par-dessus la tête, tu comprends ?

Il s'est levé et ajuste ses vêtements. Fabienne fait de même. Quelque chose lui dit que c'est le moment ou jamais de rompre une relation sans avenir, pourtant, elle s'y refuse ; il est trop tard, elle ne peut plus se passer de François. Elle est venue faire l'amour et n'a obtenu que quelques baisers sans conviction. L'envie de cet homme creuse son corps, le vide de sa substance. Mais il la pousse vers la porte.

— Comme tu veux, souffle-t-elle.

Elle sort d'un pas décidé, monte dans sa voiture et s'éloigne en direction de Saint-Geniez.

Fabienne arrive chez ses parents vers une heure du matin, déçue de ne pas avoir obtenu ce qu'elle voulait, perdue dans des pensées contradictoires. Elle pose ses chaussures et rentre dans sa chambre, dont elle referme la porte avec précaution, certaine que sa mère ne dort pas. Elle s'aperçoit alors qu'elle n'est pas allée faire une bise à ses enfants. Cet oubli la met mal à l'aise. Pourquoi François Belmas n'a-t-il pas voulu d'elle ? Avait-il vraiment tant de travail ? Était-il si fatigué ? Non, même au comble de la fatigue, elle aurait envie de faire l'amour avec lui... Ce beau sentiment surgi comme la flamme d'une allumette ne serait-il qu'une illusion ?

Le lendemain, elle se lève de bonne heure, en même temps que sa mère. Marie l'embrasse et la garde un moment serrée contre elle.

— Ma chérie, lui dit la vieille femme, je sais que ce n'est pas facile pour toi. Mais tu peux me faire confiance. Je suis avec toi.

— Je ne sais plus où j'en suis...

— Il faut que tu refasses ta vie. Lionel est toujours amoureux de toi. Je ne comprends pas que tu le repousses...

Fabienne ne répond pas, mal à l'aise malgré elle. L'arrivée de Jean arrête la conversation entre les deux femmes. Fabienne va réveiller Louise et Valentin.

— En voilà des manières ! s'exclame-t-elle lorsqu'elle découvre que le petit garçon a dormi tout habillé. Qu'est-ce qui t'est arrivé ?

— Rien, j'ai oublié de me déshabiller.

Fabienne n'insiste pas et cherche des vêtements propres dans la commode en face du lit. Dans la cuisine, Marie prépare les petits déjeuners. Une bonne odeur de café emplit la maison. Le bruit des bols que la grand-mère dispose sur la table rassure les enfants : la vie reprend son cours, sans mauvaise surprise, sans éclats de voix.

Louise et Valentin s'assoient à table pendant que Marie fait griller des tartines. Jean est sorti s'occuper de ses poules et de ses lapins. Fabienne boit son café debout, près de la table. De temps en temps, le regard lourd de Marie se pose sur elle. Valentin pense à la vieille Paulette assise à côté d'une tombe. Il a fait un cauchemar cette nuit : la voisine avait le visage de sa grand-mère.

— La Paulette Blanzat, c'est bien ta cousine, mamie ? demande tout à coup Louise.

— En voilà une question ! Bien sûr que c'est ma cousine, mais c'est tellement loin... La pauvre femme n'a plus toute sa tête. Pourquoi tu me demandes ça ?

— Pour rien.

Le regard de Valentin brille. Il a envie de parler, mais se force à regarder son bol. Fabienne, qui connaît ses enfants, s'étonne d'une telle question. Pourquoi a-t-elle trouvé Valentin tout habillé dans son lit ?

— Il faut que j'y aille, dit l'infirmière en reposant son bol. À ce soir.

Elle claque la portière de sa voiture et s'en va. Au bas du village, elle s'arrête près du cimetière. Ce qui la pousse à franchir le portail de fer est confus, le désir de minimiser sa faute, de se prouver que, malgré la présence de Belmas, rien n'a changé.

Elle avance entre les tombes et découvre Paulette Blanzat assise sur une chaise, une main posée sur le granite froid de la sépulture voisine. Sa surprise la laisse un instant perplexe. Est-ce une coïncidence si Louise a parlé de la centenaire le matin même ? Non, Louise est venue ici, en cachette, mais pourquoi ? Fabienne redoute de connaître la réponse.

— Paulette ? Qu'est-ce que vous faites là ? Vous allez prendre froid !

— Et tu crois que ceux qui sont là n'ont pas froid eux aussi ?

— Il faut que vous rentriez chez vous. Ce n'est pas un endroit pour quelqu'un de votre âge !

— Si, justement, rétorque la vieille de sa voix rauque et mal assurée. Ma place est bien là, à côté de mon Armand. J'en bougerai plus. Ils ont dit qu'ils allaient noyer le cimetière. Eh bien je reste ici, avec lui.

— Mais non, ils ne noieront pas le cimetière !

Fabienne se rend sur la tombe de Julien, toute neuve parmi les autres. D'ordinaire, il lui parle. Mais, ce matin encore, elle le sent très loin, perdu dans un épais brouillard.

— Julien, murmure-t-elle, tu m'entends ?

Le silence des pierres mouillées est souverain. Fabienne se sent coupable de ne pouvoir chasser

François Belmas de ses pensées. Elle voudrait demander pardon au mort, mais une profonde révolte l'en empêche, l'envie d'échapper à un destin de victime. Alors, elle s'éloigne, sentant peser sur elle le sentiment de sa monstrueuse infidélité. En passant devant Paulette, elle insiste :

— Venez, je vais vous ramener chez vous.

— Non, je ne bougerai pas. Que veux-tu qu'il m'arrive ? Depuis qu'Armand est parti, j'ai mal partout, Dieu me fait payer très cher les quelques bêtises de ma petite vie !

Fabienne s'étonne que cette femme considérée comme un peu dérangée parle avec un tel aplomb.

— Quand on vit trop longtemps, on se voit sortir du monde, poursuit la vieille. Je me sens plus lourde qu'un mort !

Fabienne regagne sa voiture quand la fourgonnette de la poste s'arrête à sa hauteur. Elle voudrait courir pour échapper au censeur, mais Lionel ne lui en laisse pas le temps.

— Encore toi ? s'emporte-t-elle. Tu n'arrêtes pas de m'espionner !

— Tes enfants sont malheureux, Fabienne. Tu sais ce qu'ils ont fait hier soir, après ton départ ? Ils ont attendu que tout le village soit endormi et sont sortis de la maison. Ils sont allés au cimetière, et ensuite je les ai vus courir parce qu'ils ont eu peur.

— Mais tu passes tes jours et tes nuits à surveiller tout le monde ! Tu n'as rien d'autre à faire ? Quand est-ce que tu repars pour Tulle, qu'on soit un peu tranquilles ?

— Ma mère est toujours malade, je dois m'occuper d'elle.

— Alors occupe-toi de ta mère et pas des autres !

Fabienne sait à présent pourquoi elle a trouvé Valentin tout habillé dans son lit. L'escapade des enfants prend pour elle une dimension inattendue et redoutable.

— Fabienne, tu veux savoir ce que je pense ? ajoute Lionel.

Cet amour gratuit de chien fidèle, mièvre et soumis, révolte la jeune femme, et pourtant il lui renvoie toute l'ampleur de sa culpabilité.

— Non ! Je ne veux pas savoir ! Tu ne comprends pas qu'en me parlant comme ça tu me griffes, tu me déchires la peau, tu m'écrases ? hurle-t-elle.

— Pardonne-moi.

Elle a tellement envie de le gifler qu'elle fuit dans sa voiture.

À midi, tout le village est au courant que la vieille Paulette a passé la nuit dans le cimetière et qu'elle refuse de rentrer chez elle. Le Dr Marchelin établit un certificat pour qu'on l'hospitalise contre sa volonté. La vieille proteste, se met à pleurer.

— Le mieux, ce serait de la placer dans une maison de retraite, propose Franck Leyrel, qui redoute que la vieille dame ne se laisse mourir.

— On va commencer par lui faire faire des examens, annonce le Dr Marchelin. Ensuite, on avisera.

Mais Paulette n'est pas d'accord. Elle crie de sa voix rauque qu'elle est libre de vivre comme elle l'entend et de mourir dans sa maison. Personne ne l'écoute. Deux ambulanciers la chargent dans leur voiture et prennent la route de Tulle.

Dans la journée, les gens ne cessent de parler de cet incident et du cimetière, qui va disparaître sous les eaux. Le maire décide de faire une nouvelle réunion à la salle polyvalente dans la soirée. Le suicide de Georges Merpillat a beaucoup touché la population. Ceux qui étaient prêts à céder sous la pression de l'argent se rangent désormais du côté des opposants. Les journalistes n'en finissent pas de parler de Paulette Blanzat, la centenaire fidèle qui veut être noyée en même temps que la tombe de son époux.

La salle polyvalente est trop petite pour contenir tout le monde. Cette fois encore, les gens se tassent debout derrière les chaises ; on laisse la porte ouverte pour les derniers arrivés qui n'ont plus de place à l'intérieur. Sur l'estrade, le maire, Belmas, les représentants de la mairie de Tulle et du conseil général savent qu'ils doivent jouer serré. Le grand Fournel et Olympe sont assis au premier rang à côté de Bertault, dont le visage rouge témoigne d'une colère mal contenue, accentuée par quelques verres au bistrot voisin. Le Parisien l'a invité à s'asseoir près de lui afin de contrôler ses réactions, souvent malvenues.

Le maire sait qu'il doit prendre la parole, mais face à cette foule remontée il ne sait plus que dire.

— Je comprends votre légitime émotion..., commence-t-il.

Puis, ne sachant par où commencer, il se met à rabâcher :

— Rassurez-vous, personne d'entre vous ne sera lésé. Je vous assure que les terres seront payées très largement au-dessus de leur valeur. Vos maisons seront reconstruites à l'identique dans le haut du village, vous n'aurez donc à vous déplacer que de deux kilomètres…

Mais ce ne sont pas les mots que la foule attend.

— On s'en fout, on veut rester chez nous on te l'a déjà dit ! crie une voix stridente.

Face à ce refus en bloc, Leyrel s'enferme dans son discours, qui pourtant n'a jamais convaincu personne :

— On ne peut pas arrêter la marche du monde ! Regardez, les gens de Tulle et de Brive ont signé une pétition en faveur du barrage. Car ils redoutent les crues de la Corrèze. Avec le réchauffement climatique, on sait que les orages seront de plus en plus violents et que la ville de Tulle est la première concernée… Ce projet est fondamental pour eux !

— Parmi les gens de Tulle et de Brive, ceux qui ont signé la pétition représentent une infime minorité ! rectifie Fournel.

— Et le cimetière ? hurle quelqu'un au fond de la salle.

— Le cimetière ? répète le maire en cherchant ses arguments, je voulais justement vous en parler. Nous ne laisserons pas nos morts au fond de l'eau, c'est une évidence. Le cimetière sera déplacé, reconstruit à l'identique lui aussi, avec toutes ses tombes et ses morts !

Un tollé de protestations monte dans la pièce, des poings se lèvent.

— Il n'est pas question qu'on déplace nos morts ! s'indigne un homme. On leur doit le repos et la tranquillité.

Bertault s'agite pour intervenir. Fournel lui frappe la cheville du bout du pied, et l'impétueux agriculteur se calme. Les applaudissements fusent. Le maire n'a convaincu personne ; pourtant, il s'entête dans une logique qui ne passe pas.

— Déplacer les restes de nos défunts n'est pas un manque de respect, objecte-t-il. Bien au contraire. S'ils pouvaient s'exprimer, ils seraient les premiers à demander qu'on les emmène ailleurs, parce qu'ils ne voudraient pas empêcher les jeunes de vivre au pays !

Fabienne se tient à côté de son père et ne quitte pas des yeux François Belmas, qui évite son regard. Elle non plus n'a pas envie qu'on déplace Julien. Elle redoute le spectacle du cercueil abîmé par les années. Vivre une seconde inhumation serait au-dessus de ses forces. Belmas, qui est resté silencieux jusque-là, pense avoir l'argument suprême, celui qui décidera les plus obstinés.

— En plus, les promoteurs sont pleins de bonne volonté : non seulement ils reconstruiront le cimetière à l'identique, mais ils vous proposeront une prime de deux mille euros par concession !

— Deux mille euros ? hurle Bertault. Non mais qu'est-ce qu'ils croient ? Qu'ils peuvent acheter notre conscience au prix d'un hectare de friches ? Jamais !

— Si vous faites preuve d'un peu de bonne volonté, les promoteurs vous en sauront gré. Ils pourraient même porter la prime à trois mille euros !

Silence. Trois mille euros, ce n'est pas rien, c'est plusieurs mois de pension, et même la possibilité de changer la voiture. Mais si l'ingénieur dit qu'on peut arriver aussi facilement à trois mille euros, c'est que les promoteurs sont prêts à débourser plus. Bertault, qui n'est pas du genre à tourner sept fois sa langue dans sa bouche pour prendre le temps d'envisager la portée de ses propos, crie :

— Ce sera cinq mille euros ou rien !

— C'est beaucoup, réplique Belmas. J'en parlerai aux financiers. Mais on trouvera un arrangement, ne vous inquiétez pas.

À la fin de la réunion, Bertault est pris à partie par plusieurs personnes scandalisées. Comment ose-t-il marchander la place de ses morts ?

— Tu mériterais qu'on te casse la figure ! Tu te mets du côté de ces salopards, maintenant ? Vendu !

— Vous n'avez rien compris ! se défend l'agriculteur en se rendant compte de son erreur. J'ai dit ça, mais s'ils acceptent, je doublerai la mise. Et si on fait tous pareil ils ne pourront pas payer.

Fournel, qui n'est pas de la région, préfère ne pas se mêler d'une discussion qui ne le concerne pas. Certes, il a acheté une concession et fait construire un caveau, car il ne veut plus quitter Saint-Geniez, mais il se contrefout que le cimetière se trouve à sa place actuelle ou sur les hauteurs du village. Pourtant, l'argument peut être utile, et il faut l'utiliser.

Une fois de plus, la réunion n'a rien apporté. En ouvrant la portière de sa voiture, Belmas lance un clin d'œil complice à Fabienne, puis s'en va. La jeune femme aimerait se rendre au mobil-home mais ne sait quel prétexte inventer. Aussi rentre-t-elle se coucher, la mort dans l'âme.

Pour l'infirmière, la situation est intolérable. Elle ne supporte plus de rendre des comptes à ses parents, ni de donner un motif à chacune de ses absences, et encore moins le regard accusateur de sa mère, qui l'horripilait. C'est pourquoi, après avoir longuement hésité, elle a fini par se décider et chercher un appartement à Tulle, ce qui ne lui a pas pris beaucoup de temps. La ville se dépeuplant d'année en année, les logements vides ne manquent pas. Elle a choisi un quatre pièces dans le Trech, qui donne sur une rue en pente, à mi-chemin entre le collège que fréquente Louise et l'école primaire de Valentin. Ce soir, parce qu'elle est contrariée, la jeune femme annonce la nouvelle à sa mère.

— Au fait, on m'a proposé un appartement à Tulle. J'ai bien envie de le prendre.

— C'est une bonne idée, répond Louise. Et tu vas emménager quand ?

— Pas tout de suite, le propriétaire veut faire des travaux.

— Tu as raison. Il faut que tu refasses ta vie, et ce n'est pas bon de rester ici, au milieu des vieux. Quand tu auras besoin, je viendrai garder les enfants.

Si le bon sens pousse Marie à approuver la décision de sa fille et à lui témoigner son soutien, un pincement au cœur la fait fuir dans sa chambre afin de cacher sa contrariété. Elle va beaucoup s'ennuyer auprès d'un homme qui ne dit pas dix mots dans la journée. Louise et Valentin ne seront plus là pour mettre de la vie dans la vieille demeure. D'ailleurs, la vieille demeure…

Ce matin, Jean s'est levé le premier. Ses pas le conduisent naturellement chez Georges, où ses deux fils se disputent déjà pour garder la maison.

Il s'assoit à table ; Mélanie lui sert un café. Il ne dit pas un mot, mais sa présence lui fait du bien. Il est ici chez lui. L'amitié entre les deux hommes était aussi forte qu'un lien du sang.

À midi, il rentre chez lui. C'est samedi ; Fabienne est là. Valentin et Louise sont assis devant la télévision. Jean s'asseoit pour le repas. Sa peine est visible, épaisse comme un brouillard d'hiver sur la Corrèze. Marie prépare la vinaigrette de la salade. De temps en temps, elle jette un regard anxieux à son mari, puis à sa fille, qui n'a pas sa tête ordinaire. On dirait que ses joues se sont creusées, que ses yeux sont plus sombres, comme s'ils cachaient des pensées secrètes.

Après le déjeuner, Fabienne part visiter ses patients. Le centre médical ne ferme jamais, et les infirmières sont d'astreinte un week-end sur trois. Pour Fabienne, c'est une libération. Elle échappe aux regards de sa mère et oublie ses propres contradictions. Les volets de la maison de François Belmas sont fermés. Il est rentré chez lui à Paris. Fabienne hésite à l'appeler, puis renonce.

Le samedi et le dimanche, Louise et Valentin passent des heures devant la télévision, ou jouent sur l'ordinateur de leur mère. Mais, aujourd'hui, la lourde présence de leur grand-père assis dans son fauteuil gêne les enfants, aussi Louise se décide-t-elle à sortir, suivie presque aussitôt par son frère. Jean les rejoint. Ils l'avaient fui et voilà qu'il arrive.

— Il faut que je vous montre quelque chose, leur dit-il. Venez avec moi.

Les deux enfants se regardent, étonnés. C'est bien la première fois que Jean leur parle ainsi. D'ordinaire, il se contente de les regarder, un léger sourire sur les lèvres.

— Qu'est-ce que tu veux nous montrer ? demande Valentin. On va où ?

— Tu verras.

La voix de Jean étonne Louise. Intriguée, elle lui emboîte le pas sans protester alors que d'ordinaire elle a toujours quelque chose à faire quand on lui demande de se rendre disponible.

Jean marche d'un pas tranquille, les mains dans les poches. D'un côté, Louise n'ose pas poser les questions qui lui brûlent la langue, de l'autre, Valentin trépigne d'impatience. Il voudrait prendre la main du vieil homme, mais n'ose pas. Alors, il dit tout ce qui lui passe par la tête :

— C'est quoi ? Un trésor ?

— Oui, répond Jean. C'est un trésor. Un fameux trésor.

Le soleil très bas sur l'horizon éclaire la campagne, formant de longues ombres au pied des arbres dénudés. Louise n'aime pas la désolation de cette saison, même si l'approche de Noël lui permet de la supporter. Valentin ne remarque rien. En arrivant dans le pré tout en longueur qui borde la Corrèze, le gamin croit découvrir le but de la promenade.

— Tu nous emmènes à la pêche ?

À cet endroit, la rivière forme des cascades et, près d'un vieux saule, Jean a pris plusieurs grosses truites sous le regard admiratif de son petit-fils.

— Non, la pêche est fermée.

Ils montent au flanc d'une colline jusqu'à un pic rocheux qu'on appelle la Pierre des Belles. Autrefois, les femmes stériles venaient se frotter le ventre contre la surface lisse de la pierre érigée. Jean s'arrête là et se tourne vers la vallée en contrebas, magnifique avec ses couleurs de fin d'automne. Des langues de soleil courent sur la rivière.

Alors, il se met à parler et se lance dans un récit que les deux enfants écoutent d'abord bouche bée, puis en posant quelques questions pour en savoir davantage.

— Ça, c'est la Corrèze, vous voyez ? Elle va se jeter dans la Vézère, et plus loin dans la Dordogne. De chaque côté de la rivière, les hommes d'avant ont creusé la colline en terrasses pour que la terre ne soit pas emportée par les eaux de pluie, et pour pouvoir cultiver. Et puis, vous voyez ces maisons abandonnées, là-bas ?

— Comment ils ont fait pour tailler la colline ? demande Louise alors que Jean marque une pause dans ses explications.

— Avec des pelles et des pioches. À cette époque, manger à sa faim était un luxe et les hommes avaient encore de la fierté !

Valentin observe le cheminement clair de la rivière au milieu d'un ruban de prairies. S'il était un oiseau, il sauterait dans le vide et planerait au-dessus des maisons.

— Pourquoi tu dis ça ? demande Louise d'une voix étranglée.

— Parce que les hommes d'aujourd'hui ne sont plus fiers. Ils ont rendu les armes. Ils attendent qu'on leur donne du travail au lieu de l'inventer, ils attendent, c'est ça !

Jamais Jean ne leur avait parlé de la sorte ; le sérieux de ses propos en augmente la gravité aux yeux de la fillette.

— Tous les ordinateurs du monde ne changeront rien à l'essentiel, poursuit-il. Les hommes doivent se nourrir. On a tendance à l'oublier, on ne pense plus à la terre qui a nourri des générations et des générations avant nous, et qui nous nourrit encore. On la tue, la terre.

Valentin imagine un homme en train d'enfoncer un grand couteau dans le ventre de la terre et fait une grimace.

— Et bientôt, tout ça va être noyé. La rivière va mourir ! On parle de crise économique, et on abandonne nos richesses alors qu'il suffirait de se retrousser les manches !

Valentin croyait que le barrage était une aubaine. Il se voyait passant l'été sur la plage à deux pas de chez lui. Maintenant, il ne comprend plus rien.

— Voilà ce que je voulais vous dire : le barrage se fera peut-être, mais vous ne devez jamais oublier que la terre est notre mère à tous et qu'elle nous donnera beaucoup de choses si on sait l'aimer.

Le discours est fini. Jean rentre ses mains dans ses poches et se tait. Les enfants ne comprennent pas pourquoi il les a emmenés dans une si longue promenade. Ils s'attendaient à une grande surprise, à un trésor, et sont déçus. Valentin boude, et Louise pense à sa nouvelle vie, quand elle habitera l'appartement loué par sa mère à Tulle. Elle pourra fréquenter ses copines du collège et aller se promener sur les trottoirs de la ville. Ici, il n'y a rien à voir, tandis qu'à Tulle l'avenue Victor-Hugo n'est qu'une suite de magasins où s'entassent vêtements et chaussures, sacs à main, cosmétiques et maquillage ; tout ce qui intéresse déjà la jeune fille qu'elle est en train de devenir. Finalement, le barrage a du bon !

Fabienne revient de sa tournée de l'après-midi. Elle a perdu beaucoup de temps à passer plusieurs fois près du chantier désert. Elle est restée plus d'une heure dans la salle de réunion du centre médical, devant son café froid, à regarder la maison de Belmas, comme pour se rapprocher de lui. Car son absence l'écrase. Elle promène son ennui et l'imagine donnant la main à ses deux filles et marchant sur un trottoir encombré de passants. L'infirmière aime la capitale, où elle se rend parfois pour des stages de perfectionnement. Peu de temps après l'accident, elle avait envisagé de s'y installer. Mais la peur que ses enfants ne s'y adaptent pas l'avait retenue.

La nuit est tombée, une nuit de décembre, épaisse, lourde sur les maisons où la vie se concentre. Vers dix-huit heures, en rentrant à Saint-Geniez, elle passe une dernière fois devant le chantier, avec l'espoir ultime d'y voir une lumière allumée. Mais, dans son désordre de machines et de tas de matériaux, le chantier est abandonné. Fabienne arrive donc chez ses parents de fort mauvaise humeur. Sa mère lui lance un regard soupçonneux qui l'irrite un peu plus. Sans un mot, elle entre dans la chambre de Louise, qui révise ses leçons du lendemain. L'envie de téléphoner à François Belmas lui fait sortir son portable. Puis elle le range, empêchée par une vague appréhension, la peur irraisonnée de découvrir ce qui pourrait la faire souffrir.

Vers dix heures, alors que les enfants sont endormis, son portable sonne. Elle sursaute et fait une grimace tout en consultant le numéro affiché : ce n'est qu'une vieille femme du Mons, un hameau situé dans la commune de Saint-Jal. Son mari, qui n'a plus toute sa raison, a arraché le pansement d'une blessure purulente à la cuisse. La pauvre femme s'excuse d'appeler si tard, mais elle ne sait pas quoi faire, car la plaie s'est mise à saigner.

— J'arrive, répond Fabienne.

Et elle part dans la nuit, contente de trouver cette échappatoire à ses questions sans réponse.

Le lundi matin, vers dix heures, la place de Saint-Geniez est envahie par les voitures et les gens qui se dirigent vers l'église. Sa vie durant, le pauvre Georges n'aurait jamais imaginé que tant de personnes l'accompagneraient au cimetière. Deux fourgons de gendarmerie sont garés devant le bistrot, et des hommes en uniforme surveillent les groupes qui bavardent à voix basse.

Le maire a proposé que Georges soit enterré dans une tombe provisoire en attendant le déplacement du cimetière. Ses deux fils n'ont rien voulu entendre. Ils ont décidé que le défunt irait dans le caveau de famille et s'en sont pris à Leyrel, qui a dû s'enfuir sous les menaces de l'aîné. Malgré cela, le maire est présent aujourd'hui, accompagné de plusieurs conseillers municipaux, un représentant du maire de Tulle et le président du conseil général en personne. Fabienne espère voir Belmas, mais on murmure qu'il a été retardé à Paris et ne reviendra sur le chantier qu'en début d'après-midi. Personne n'est dupe : l'ingénieur redoutait de se faire huer et de prendre un mauvais coup. Le corbillard arrive, le prêtre sort de l'église pour accueillir le défunt et sa famille. Un silence de plomb règne sur la foule rassemblée. Le vent du nord s'est levé, froid, hivernal. Le cercueil est porté à l'intérieur de l'édifice, suivi par la veuve du défunt et ses deux fils. Jean et Marie marchent juste derrière eux, avec les beaux-frères et les cousins proches. L'église n'est pas assez grande pour contenir tout le monde. Sur la place, entre les voitures, le cheval de Pierre Fournel attend... La cérémonie se déroule dans le plus grand recueillement.

Ensuite, le cortège se forme derrière le corbillard, qui finalement emmène le cercueil au cimetière, au bout du village. Les deux employés municipaux ont ouvert le caveau de la famille de Georges. C'est donc là que sera enterrée la première victime du barrage, en attendant d'être transférée dans le nouveau cimetière.

Le silence de la foule prend peu à peu un sens qui n'échappe pas au maire. Avec un martyr sur leur liste, les militants antibarrage ont pris sur lui un avantage qu'il ne doit pas leur laisser. Mais il ne lui sera pas facile de le leur reprendre. Au cimetière, le défilé derrière le cercueil n'en finit pas. Et puis, comme les gens ne sont pas pressés de se séparer, ils s'attardent entre les tombes. Ils ont conduit l'un des leurs à sa dernière demeure ; demain, ce sera peut-être leur tour. Georges était un peu excessif dans tout ce qu'il faisait, mais c'était un honnête homme, toujours prêt à rendre service. Jamais il n'aurait dû finir comme ça.

Marie retourne chez elle où l'attendent ses occupations habituelles, Jean reste sur la place. Il a perdu un frère, un ami d'enfance, le camarade de toute une vie. Ce qui se prépare le concerne. Il se rapproche du grand Pierre Fournel, dont le cheval piaffe.

— Bon, dit le Parisien, on se retrouve ce soir au chantier. Vous prenez des couvertures chaudes et des bouteilles d'eau. J'ai quelques tentes.

Ils se séparent, tous décidés à se lancer dans une nouvelle action destinée à frapper les consciences. Fournel a demandé beaucoup de discrétion ; seuls les intéressés ont été mis dans la confidence.

Le soir, vers dix-huit heures, Jean annonce à Marie qu'il va partir avec les autres.

— Il ne va pas faire très chaud, ajoute-t-il.

Marie se tourne vivement. Elle sait bien ce qui se trame, mais elle espérait qu'à cause de ses rhumatismes Jean resterait sagement à la maison.

— C'est pas le moment de faire des bêtises ! lui dit-elle en haussant le ton. N'oublie pas que tu as près de quatre-vingts ans !

Marie a toujours respecté les décisions de son époux, qu'elle sait le fruit d'une longue réflexion. Pourtant, ce soir, elle ne peut pas le laisser faire.

— Réfléchis, mon ami, tu vas attraper la mort !

— Il faut que j'y aille.

Pourtant, debout devant la porte, Jean hésite. Souvent, il ne répond pas aux questions qu'on lui pose. Mais Marie qui le connaît perce ses pensées, même s'il a toujours beaucoup de mal à les formuler. Ce soir, il a choisi de répondre.

— C'est pour Georges, dit-il.

Marie laisse éclater sa colère.

— Tu veux mourir, c'est ça ? Avec tes rhumatismes et ta tension !

— Ça n'a pas d'importance, rétorque-t-il en ouvrant la porte.

— Comme tête de mule, on ne fait pas mieux ! s'indigne Marie. Tu as décidé de faire souffrir tout le monde ? Tu as perdu ton copain et nous, on ne compte plus, c'est ça ?

— Je n'abandonne personne.

— Et tu pars comme ça, les mains dans les poches ? En me disant qu'il ne va pas faire chaud ? Mais où as-tu la tête ?

Jean referme la porte derrière lui, son pas s'éloigne sur le gravier de la cour. Marie pousse un gros soupir qui affaisse ses épaules. Jean est si fragile, malgré l'apparente solidité de son corps, encore robuste, et sa démarche assurée. Il a trop travaillé dans sa vie : la journée à Tulle, et, le soir, la nuit, le dimanche, il s'occupait de sa ferme. Depuis, des rhumatismes lui arrachent des grimaces de douleur, ses poumons sont pris par une bronchite chronique à cause du tabac, il est victime de migraines dont le médecin n'a jamais été capable de déceler l'origine.

Plus que jamais, Marie est certaine que le barrage ne représente pas forcément pour eux la fin du monde. Pourquoi ne vivraient-ils pas heureux dans une maison neuve ? Ce serait l'occasion de commencer une nouvelle existence, avec de nouvelles habitudes. Elle a toujours rêvé d'une demeure moderne, sans cette odeur de vieilles planches et de meubles centenaires. Une belle maison avec des murs crépis en blanc, des pièces lumineuses et sans poussière... Mais comment le dire à Jean ? Il ne l'entendrait pas...

Dubout arrive sur la place au volant du car scolaire. Fournel a pensé que ce serait plus pratique que de partir chacun de son côté. Jean rejoint les autres hommes, qui chargent des sacs dans le car. Pierre Fournel s'étonne que le groupe soit si restreint. Il espérait une mobilisation importante et compte seulement douze volontaires.

— Les autres nous rejoindront, feint-il de croire pour encourager ceux qui sont là. Ils n'ont pas compris qu'on était sérieux !

L'aisance de ses mouvements, la finesse de son visage, sa détermination confortent les autres dans la justesse de leur démarche. Juste Dubout revient du bistrot où il était allé boire un café.

— Tout le monde est prêt ? demande-t-il. On y va ? dit-il. J'aimerais bien rester avec vous, mais avec mon garage... Bon, j'ai pris tout ce que je pouvais trouver : des couvertures, des tentes, des duvets...

— Merci pour tout ! répond Fournel en entrant le premier dans le car dont le panneau *TRANSPORT D'ENFANTS* est éclairé par le lampadaire situé près du café.

D'autres personnes sont là pour soutenir les mécontents du troisième âge, surtout des femmes, qui donnent consciencieusement leurs consignes : « Je t'ai mis la grosse couverture rouge, n'oublie pas de te couvrir ! », « Fais bien attention à ne pas prendre froid ! » Des conseils maternels comme à des conscrits partant pour le front. Eux-mêmes ont la sensation d'aller à la guerre, de se lancer dans un combat dont les armes peuvent se retourner bien vite contre eux. L'effort et le sacrifice qu'ils s'apprêtent à consentir ne sont pas rien : rester des jours sur le chantier sans manger, livrés aux caprices de ce mois de décembre jusqu'ici assez doux mais qui, en quelques heures, peut devenir glacial.

— On est prêts ? demande encore Fournel en parcourant le groupe du regard. Où est Bertault ?

Une femme s'approche. Très maigre avec les cheveux bouclés que le vent agace.

— Il m'envoie pour vous dire qu'il ne peut pas venir ce soir. Il vous rejoindra demain matin.

— Alors on y va ! ordonne le Parisien.

Jean s'apprête à monter dans le car quand il voit Marie courir à travers la place, un sac à la main.

— Tu es parti sans rien prendre ! Je viens avec toi ! Je ne peux pas te laisser seul dans le froid.

— Rentre à la maison ! lui ordonne Jean en prenant le sac. Ce n'est pas une affaire de femmes !

— Allez, on y va ! dit le garagiste en s'asseyant au volant.

Le car scolaire prend la direction de Tulle. À la place des jeunes élèves, des retraités se sont assis sur les sièges en tissu. Silencieux, ils évitent de se regarder. À l'avant, Pierre Fournel ressemble à un pion accompagnant sa classe à une sortie scolaire. Au lieu-dit Le Moulin-du-Bos, le véhicule bifurque dans un chemin de terre et s'arrête aux baraquements du chantier. La porte latérale s'ouvre, les hommes descendent lentement, un à un. Dubout donne un coup de main pour décharger les sacs puis repart, laissant derrière lui une douzaine de vieux un peu perdus dans le noir et la fraîcheur humide de la longue nuit qui commence.

— On s'installe ici, dit Fournel. Au milieu des machines, pour les empêcher de travailler. J'ai pensé aux lampes. On va éclairer le chantier et ensuite on montera les tentes.

— On pourrait allumer un feu ! propose quelqu'un.

— Tout à l'heure, réplique le Parisien. Nous ne sommes pas à une soirée merguez. Nous sommes ici pour protester, en faisant la grève de la faim. Les mauvaises conditions que nous allons nous imposer témoigneront de notre détermination et feront fléchir l'opinion publique en notre faveur.

Fournel dispose des lampes électriques sur les monticules de terre. Les vieux campeurs se battent avec les toiles de tente et les piquets. Au bout de deux bonnes heures, ils peuvent enfin allumer un feu et se réchauffer.

— Bon, c'est le premier soir, donc d'accord pour le feu, déclare le Parisien. Mais à partir de demain on n'en allumera plus. Notre souffrance n'en sera que plus perceptible, et c'est ce que nous devons mettre en avant face aux caméras qui vont venir nous filmer. Un dénuement total, pour que les gens comprennent que nous sommes prêts à mourir pour notre cause.

Tous présentent leurs mains aux flammes et se rôtissent la figure alors que des frissons de froid parcourent leur dos. Jean ne parvient pas à se réchauffer. Ses rhumatismes le font souffrir, l'humidité irrite ses poumons. Il ne tiendra pas longtemps, mais c'est une punition qu'il s'inflige car il se sent coupable de la mort de Georges.

— Il faut qu'on reste le plus près possible les uns des autres pour se tenir chaud, poursuit Fournel. Pour l'instant, nous n'avons qu'à attendre le jour et l'arrivée de Belmas. Ma fille a prévenu la presse, la télévision et les journaux. Demain matin, nous aurons de la visite. En attendant, mettons-nous dans les tentes. On s'allonge sur nos couvertures comme des gens décidés à aller au bout du combat. La consigne est simple : on peut boire de l'eau, mais on ne mange pas. C'est compris ?

— De l'eau, tu dis ? fait une voix rauque. Pourquoi pas du vin, ça tient mieux à l'estomac !

— Pas de vin !

— Et les bonbons ? demande un autre. On ne mange pas, d'accord, mais on peut sucer des bonbons, quand même ?

— Ceux qui ne veulent pas s'imposer de privations peuvent s'en aller ! s'emporte le Parisien. Ne doivent rester ici que ceux qui se sentent la force et le courage d'aller au bout. Et ça ne sera pas une partie de plaisir, autant que vous le sachiez.

— Mais si on ne mange pas on va crever !

— Ne vous inquiétez pas, personne ne voudra porter la responsabilité de notre mort. Notre refus de manger les fera tous bien vite changer d'avis. Et puis les télés vont s'y mettre, elles parleront de notre action. Très rapidement, le projet sera stoppé.

Fournel s'exprime avec une sorte d'excitation. Il semble heureux de jouer enfin le grand rôle dans cette protestation désespérée. Il se sent bien dans la peau du défenseur d'une cause perdue. Les gens disent que sa fille lui rend la vie impossible et qu'il regrette d'avoir quitté Paris. À son arrivée à Saint-Geniez, il avait une compagne, qui a fui la mauvaise humeur d'Olympe.

— Bon, on éteint les lampes, ordonne-t-il comme un chef scout. Prenez soin de bien vous couvrir. La nuit sera fraîche et les vieilles articulations n'aiment pas ça !

Une fois dans l'obscurité, Jean se glisse à quatre pattes sous la tente où se trouvent déjà deux autres hommes qu'il connaît bien : Bernard Lebrun travaillait avec lui à la ville de Tulle, et Jules Marchot possède l'une des plus grosses propriétés de la vallée. Il n'y a pas si longtemps, son élevage de vaches limousines était réputé : les Américains lui achetaient des reproducteurs. Mais, depuis que son fils a pris la relève, le troupeau a périclité.

— Moi, dit Jules, un homme de forte corpulence, ça me rappelle l'armée. Je n'ai jamais aimé dormir par terre !

— Et moi, réplique Bernard Lebrun, on m'aurait dit que je passerais la nuit au bord de la Corrèze au milieu d'un chantier, je me serais bien marré !

Il semble très satisfait de cette petite aventure. C'est le plus jeune, à peine soixante ans. Jean envie son aisance et sa bonne humeur. Lui a mal partout, aux épaules, aux bras, aux jambes, comme si on lui tordait les os. Il respire difficilement, mais il accepte son sacrifice en se raccrochant à la pensée de Georges. Il remonte le col de sa veste, cherche une pierre pour se faire un oreiller. Ses voisins se taisent et tentent de dormir. S'ils avaient pu boire quelque chose pour se réchauffer l'estomac ! Jules Marchot regrette la petite gourde de gnôle qu'il emporte toujours avec lui ; il l'a oubliée. Demain, il demandera discrètement à son fils de la lui apporter.

Les nuages, chassés par un vent qui a tourné au nord, laissent passer des étoiles dont le scintillement annonce le gel au petit matin. Le silence est renforcé par le murmure de la rivière toute proche, cette belle rivière encore libre de courir jusqu'à son confluent avec la Vézère, et pour laquelle ils sont là. Dans l'écoulement de l'eau, Jean croit entendre son père, qui lui avait appris à greffer les arbres et qui, chaque année au printemps, avant de couper l'eau dans un petit canal destiné à irriguer ses prés, récoltait les truitelles nées l'hiver et les portait dans la grande eau. Préoccupé par les grenouilles qui se faisaient écraser en traversant la route, il avait aussi dressé une clôture de grillage fin, percée par endroits de trous par où les batraciens étaient obligés de passer, pour tomber dans un seau enterré jusqu'à l'anse. Deux fois par jour, le vieil homme venait vider les seaux pleins de grenouilles sur les berges de la Corrèze. C'était peu de chose, mais une marque de respect, une humilité que Jean a intégrée depuis longtemps et qu'il aimerait transmettre à ses petits-enfants.

Les heures passent. Chacun s'est replié sur soi, sur ses souvenirs, sur ce qui se passe chez lui. Jean se dit que Valentin et Louise sont à table, que Marie apporte la soupière, et que les enfants font la grimace parce qu'ils n'aiment pas le potage. Où est Fabienne ? À la maison, ou retenue auprès d'un malade dans un village voisin ? Jean a bien compris qu'un élément nouveau s'était introduit dans la vie de sa fille, mais il n'en a parlé à personne, surtout pas à Marie.

Des phares trouent la nuit et, sur la petite route, arrivent vers le chantier. Le fourgon de gendarmerie s'arrête près du mobil-home. Des torches se braquent sur les tentes, d'où émergent des têtes hirsutes qui clignent des yeux.

— Qu'est-ce que vous faites là ? demande un gendarme.

Pierre Fournel sort de sa tente et se plante devant lui.

— On est là pour un temps indéterminé. Nous avons cessé de nous alimenter. Cette action durera tant que les autorités refuseront de nous écouter et ne reviendront pas sur leur décision inacceptable de faire un barrage à cet endroit.

— De quoi vous vous mêlez ? maugrée le gendarme. Le barrage est une nécessité locale. Depuis qu'on en parle, vous auriez dû avoir le temps de faire valoir vos arguments. Maintenant, c'est trop tard. Rentrez chez vous.

— Personne ne nous a demandé notre avis. Nous refusons de laisser noyer une si jolie vallée, d'engloutir sous les eaux des maisons anciennes, des prairies, et tout le témoignage d'un passé.

Après avoir délibéré avec ses collègues, le gendarme se retourne vers les grévistes.

— Bon. Assez joué. Vous allez prendre froid. Rentrez chez vous sans histoire.

— Il n'en est pas question !

Le Parisien rentre dans sa tente et abaisse la fermeture Éclair, qui produit un bruit aigre dans la nuit. Les gendarmes sont embarrassés. Ils ne peuvent pas chasser ces manifestants silencieux à coups de pied au cul, comme ils le feraient avec des étudiants.

— On verra ça demain matin ! finit par trancher le commandant. La nuit porte conseil.

— Mais cette nuit il va faire très froid ! réplique un gendarme. On ne peut pas prendre le risque de les laisser là ! Ils vont mourir !

— Et alors ? Ils l'auront bien cherché, non ?

En fait, le commandant est persuadé que, le froid s'intensifiant avec la nuit, ces fiers défenseurs de la nature rentreront chez eux avant le lever du jour. Il fait signe à ses hommes de monter dans le fourgon, qui s'éloigne. Fournel regarde les phares disparaître dans la nuit et considère qu'il a remporté une première victoire.

Ils n'attendent pas longtemps dans le silence retrouvé. Deux autres voitures arrivent, et pilent devant le mobil-home. Plusieurs personnes en descendent ; des projecteurs aveuglants éclairent le camp de toile. Des cameramen s'approchent en filmant la scène. Un jeune homme portant un micro se dirige vers Fournel, de nouveau sorti.

— Nous nous opposons à la construction du barrage, déclare-t-il, heureux de voir venir à lui cette tribune espérée. Comme nous n'avons pas été consultés, nous avons décidé de faire une grève de la faim jusqu'à ce que l'administration renonce à ce projet stupide et contre nature.

Fournel, qui a le sens de la mise en scène, rentre dans sa tente. Le bruit de la fermeture déchire de nouveau la pénombre. Le journaliste s'approche d'un autre gréviste qui a passé la tête par l'ouverture de son abri de fortune, et lui demande ce qui motive sa démarche. L'homme se tait. La consigne donnée par Fournel est respectée : une seule déclaration ; une seule et même parole pour tous. Le silence est leur meilleur allié. Les non-dits ont plus de force que les discours tonitruants.

Lorsque Fabienne arrive à Saint-Geniez, le car de ramassage scolaire est parti depuis longtemps avec ses grévistes. À la maison, Louise l'embrasse avec sa retenue habituelle. Valentin reste dans son coin ; il boude, penché sur sa page d'opérations qu'il n'arrive pas à résoudre. Le souper est prêt ; on peut passer à table.

— Nathalie m'a demandé de la remplacer, explique Fabienne pour justifier son retard. Toujours des difficultés avec son fils !

La jeune femme ressent tout de suite la lourdeur de l'atmosphère, et s'étonne de ne pas voir son père à sa place habituelle, devant la télévision.

— Il est parti avec les autres, lui dit sa mère. Je te demande un peu…

La jeune femme a bien entendu parler de ce projet de grève de la faim, mais ne pensait pas que son père y participerait. La gravité des risques encourus lui apparaît aussitôt.

— Il va faire froid, dit-elle. Papa va beaucoup souffrir de ses rhumatismes. Tu lui as donné ses cachets pour la tension ?

— J'étais tellement affolée que j'ai oublié. Je les lui porterai demain.

Marie n'a pas oublié ; elle a voulu garder ce prétexte de première urgence pour rendre visite à Jean et le persuader de renoncer.

Fabienne ordonne aux enfants d'aller se laver les mains. L'absence de son père gêne ses mouvements et les enfants ne se comportent pas comme d'habitude. Ils oublient de se chamailler et obéissent un peu trop facilement. Toute la journée, l'infirmière a cherché Belmas. Elle l'a aperçu sur le chantier, et ce soir encore elle l'a attendu collée à la fenêtre de la salle de réunion. François lui manque tellement qu'elle ressent comme un creux dans son corps, ce besoin de lui si essentiel, sans lequel la vie semble n'avoir plus d'importance. Alors, n'y tenant plus, elle l'a appelé sur son portable.

— Fabienne ? lui a-t-il dit. On ne pourra pas se voir ce soir. C'est trop compliqué !

Il n'a pas donné d'autre explication, et elle a eu le sentiment qu'il la trompait. Elle est rentrée au bord des larmes. Toutes ses pensées vont vers lui. Le désir rend son corps électrique, plein de gestes vifs et irréfléchis. Ses pas nerveux, le bruit de ses chaussures sur le carrelage, tout concourt à trahir son impatience, son envie d'être ailleurs, avec lui. Son portable sonne et elle sursaute, mais ce n'est que Nathalie, qui a besoin de bavarder. Fabienne lui répond sèchement qu'elle n'en a pas le temps, et qu'elle la rappellera plus tard : sait-on jamais ? Si pendant la conversation avec Nathalie elle ratait un appel de Belmas…

Quand, enfin, vers dix heures, son portable sonne, elle sursaute et son visage s'éclaire. Mais le numéro n'est pas celui de François, et sa mère voit nettement sa déception. Fabienne porte l'appareil à son oreille et murmure :

— J'arrive !

— Qu'est-ce que c'est encore ? demande Marie.

— Rien. Toujours le vieux du Mons qui a arraché son pansement. S'il arrêtait de le tripoter, aussi ! J'y vais.

Elle a parlé très vite, en gardant les yeux baissés, d'une voix étranglée, presque désespérée. Comment a-t-elle pu s'accrocher si vite à cet amour inattendu, survenu trop rapidement et de façon trop violente pour ne pas la détruire ? Marie a probablement compris, mais s'abstient de parler.

— Je reviens tout de suite, promet Fabienne en enfilant son manteau.

— Tu passeras voir ton pauvre père qui va attraper la mort ?

— C'est ça, je passerai.

Elle se rend d'abord au Mons pour refaire le pansement, mais ne s'y attarde pas. Elle passe ensuite au centre médical, entre dans la salle de réunion, déserte à cette heure, et surveille un instant la maison de François plongée dans l'obscurité. Elle espérait qu'il serait rentré, mais non, il est ailleurs, en ville probablement, ou en train de convaincre les autorités de ne pas écouter les grévistes.

Et s'il était avec une autre femme ?

Au bout d'un quart d'heure, Fabienne sort du centre médical, monte dans sa voiture, hésite avant de démarrer. Finalement, elle cherche son portable dans son sac, compose le numéro de Belmas puis, le cœur battant à se rompre, comme si elle franchissait la frontière d'un interdit, écoute la sonnerie qui n'en finit pas de retentir.

— Allô, Fabienne ?

Le tumulte qu'elle entend en arrière-fond l'oppresse, lui noue la gorge. Elle reste sans voix, les larmes aux yeux. Elle ne se sent plus sur terre ; elle flotte sur un nuage, sans poids, sans passé, avec le seul désir de l'homme qui vient de prononcer son prénom.

— Fabienne ?

— Oui. Oui, François, je viens de faire une urgence... Je pensais que...

— Ce sera difficile ce soir, je te l'ai dit.

Le brouhaha d'une salle commune lui indique que l'ingénieur est quelque part en ville, probablement au restaurant.

— Je sais. Tu es en train de dîner ?

— Oui, enfin, je suis dans un bar. Je dois régler certaines affaires.

— Tu es au courant pour les vieux ? Ils se sont mis en grève de la faim sur le chantier…

Un éclat de rire résonne dans l'appareil et surprend la jeune femme.

— Ces emmerdeurs ? Demain, je m'occuperai d'eux, ils commencent à me casser les pieds.

Belmas raccroche, sans un petit mot gentil, comme si Fabienne était une personne ordinaire à ses yeux. Le sang de la jeune femme cesse de circuler dans ses veines, elle retient son souffle, tout à coup saisie par le vent froid. Elle espérait un rendez-vous, une rencontre semblable aux précédentes, et voilà qu'il lui raccroche au nez. Elle hésite à recomposer le numéro, puis part sur la route de Tulle. Les cafés ne sont pas très nombreux, beaucoup sont déjà fermés. Elle se gare sur le parking de la poste et marche sur le trottoir. Devant La Rotonde, elle s'arrête, médusée par ce qu'elle voit à l'intérieur : François Belmas assis en face d'une jeune femme blonde. Il lui sourit, lui prend la main. Fabienne hésite à surgir devant lui, puis se retient ; Belmas ne lui doit rien, pas même la fidélité. Ils ont fait l'amour dans un baraquement, en cachette, sans presque se parler, il ne lui a rien demandé. C'est elle qui s'est donnée avec fougue, elle qui souhaitait sortir de son isolement, et cela n'était possible qu'avec un étranger, un homme de passage ignorant tout d'elle. Elle fait demi-tour, revient à sa voiture, s'assoit au volant, vidée de ses forces.

La cloche de la cathédrale annonce onze heures. Fabienne n'a pas envie de rentrer, de se retrouver seule dans sa chambre avec ses pensées noires, cette jalousie qui la taraude, qui racle sa chair comme une lame rouillée. Elle repart à pied. Une petite pluie tombe sur la ville, froide, pénétrante, une pluie qui rend encore plus déchirante sa solitude. Elle repasse sur le trottoir, très vite, comme si elle redoutait qu'on la voie. François est toujours là avec la jeune femme. Ils se regardent dans les yeux, se parlent à voix basse. Et ils se donnent la main sur la table. Fabienne aperçoit la scène en un éclair et chancelle. Elle s'appuie contre le tronc d'un platane, offre son visage en feu aux gouttelettes gelées. Un couple vient de sortir du bar. Fabienne reçoit un coup de poignard en plein cœur : François passe son bras autour des épaules de la jeune inconnue et pose un baiser sur ses lèvres offertes. Ils s'éloignent ; Fabienne les suit à distance. Belmas et sa compagne blonde entrent dans le hall d'un hôtel. La porte se referme ; c'est fini. Fabienne retrouve sa solitude de toujours, la pluie fine et gelée, l'envie de mourir. Ainsi, quand François a fait l'amour avec elle, c'était un acte hygiénique qu'il aurait pu accomplir avec n'importe quelle putain. Voilà à quoi elle a servi !

Elle revient à sa voiture. Une silhouette sombre l'attend ; Fabienne sursaute.

— Lionel, qu'est-ce que tu fais là ?

— J'habite à deux pas d'ici, tu le sais bien. Je t'ai vue passer sur le trottoir, un pur hasard, mais j'ai bien compris que tu n'allais pas bien.

Lionel ment, bien sûr. Ce soir, il était encore chez sa mère à Saint-Geniez. Quand il a vu la voiture de Fabienne s'en aller vers dix heures, il l'a suivie discrètement, poussé par la jalousie, et aussi par l'envie d'aider celle qu'il n'a toujours pas renoncé à reconquérir.

— Mais tu m'emmerdes, Lionel ! Tu m'emmerdes !

Elle grimpe dans sa voiture et part dans la rue qui longe la Corrèze, puis remonte par la petite route qui mène au chantier. À hauteur des travaux, des lumières sont allumées autour du baraquement. Fabienne n'a pas la force d'aller jusqu'au mobil-home. Elle repart dans la nuit, plus désespérée que jamais. Elle rendra visite à son père demain matin ; ce soir, tout est trop compliqué.

Fabienne arrête sa voiture dans la cour, attend un moment avant de sortir. La lumière qui filtre entre les volets clos indique que sa mère n'est pas encore couchée. L'infirmière se sèche les yeux, se compose un visage calme et entre dans la maison. Marie, assise sur le fauteuil de Jean en face de la télévision éteinte, l'observe longuement. Le silence de la pièce donne à la table, aux chaises, au buffet, un volume, un poids, une présence qui dérangent Fabienne. Elle se dirige vers sa chambre, sa mère l'arrête.

— Alors, tu l'as vu ?

— Je n'ai pas voulu les déranger. Ils ont monté des tentes, et il n'y avait aucun bruit. Je pense qu'ils dormaient.

— Tu crois que ton père va pouvoir dormir, sous une tente ?

— Écoute, j'irai demain matin à la première heure. Pour l'instant, il me semble que tout allait bien.

— J'irai aussi.

— Va te coucher, conseille Fabienne à sa mère. Ça ne sert à rien de rester là à attendre.

— S'il avait un portable, s'emporte la vieille femme, je pourrais l'appeler. Mais tu le connais, têtu comme il est, et d'une autre époque !

Fabienne passe dans le couloir, entrouvre la porte de Louise, puis celle de Valentin. Les enfants dorment paisiblement, c'est rassurant dans cette maison où tout à coup rien ne va plus comme avant. Dans sa chambre, elle se laisse tomber sur son lit. De gros sanglots nouent sa gorge, soulèvent ses épaules. Elle ne peut détacher ses pensées de François tenant la main de la jeune femme blonde, du couple marchant vers l'hôtel, de la porte se refermant derrière lui. Le monde la rejette ; la vie ne veut plus d'elle. La voilà vieille, terriblement vieille. L'arrivée de François a été comme un éclair, une illumination avant le naufrage. Elle savait que tout était trop rapide, trop violent, trop sexuel pour durer. Pourtant, elle s'est accrochée à cette branche emportée par le vent.

Alors tant pis. Elle n'a plus qu'à s'enfermer dans son rôle de mère et d'infirmière modèle, reprendre sa petite vie de veuve qui refuse les avances des hommes, ligoter son corps dans des vêtements gris et tristes. Morte à la vie, elle laissera le temps imprimer des rides sur son visage et n'aura, pour compagnons, qu'un défunt et la hâte de le rejoindre.

Dans la pièce voisine, Marie est toujours assise sur le fauteuil. Elle n'arrive pas à se décider à aller se coucher, comme si c'était une faute de se reposer quand Jean dort dehors dans le crachin et le froid de décembre. Depuis que le silence enveloppe la maison, la vieille femme n'a qu'une obsession : celle de ne pas avoir accompli son devoir.

Elle se lève, marche en faisant glisser doucement ses pieds sur le parquet, prend au passage une lampe électrique dans un tiroir de la cuisine, enfile un manteau et tourne la clef de la porte d'entrée en faisant attention à ne pas la faire grincer. La nuit est froide et très humide.

Elle pourrait prendre la voiture, mais celle de Fabienne est stationnée juste derrière la porte du garage. Et puis, le bruit aurait tôt fait de réveiller tout le monde. Elle part donc à pied dans la nuit, traverse la cour en suivant le mur où les graviers mêlés aux herbes ne crissent pas sous les semelles. Elle sort et, une fois dans la rue, commence à marcher très vite. Puis elle se met à courir. Toute sa vie elle a couru, mais cette fois c'est pour la seule raison qui vaille : sauver Jean.

Le chantier n'est pas très loin, un peu plus de deux kilomètres, rien d'insurmontable pour cette femme de soixante-quinze ans en pleine forme. Son grand corps osseux est demeuré robuste et sans douleurs. Au village, les gens ne l'aiment pas, parce qu'elle dit sans détour ce qu'elle pense.

Elle dépasse les dernières maisons et s'enfonce dans l'obscurité. La tache blanche de la route reste cependant visible. Marie la connaît pour l'avoir parcourue des milliers de fois. Avant de se marier, elle habitait le moulin du Pont, un peu en aval de Saint-Geniez. Un moulin prospère pendant près de deux siècles, et retourné aux ronces en moins de vingt ans. Comme la plupart des meuniers de la vallée, son père s'est retrouvé sans travail lorsque les gens ont cessé de cultiver des céréales. Il a pris sa retraite au bon moment. La mort l'a emporté prématurément, à soixante-six ans. Son épouse, une petite boulotte jalouse de la terre entière, l'a suivi deux ans plus tard, ce qui lui a épargné un long séjour en maison de retraite, car sa fille n'aurait rien fait pour la garder auprès d'elle.

Jamais Marie ne passe à cet endroit sans éprouver une certaine émotion. Ses belles années sont là, entre ces collines, au bord de la rivière. Sa jeunesse, ses premières amours... Oui, cette femme sans âge a aussi connu des émois qui ne peuvent se raconter. Avant Jean, il y a eu Louis. Un Parisien venu au pays avec ses parents pendant la guerre, et resté à Tulle. Cet homme, elle ne l'a jamais oublié, même si elle n'a pas cherché à le revoir. Quand Fabienne a annoncé que sa propre fille s'appellerait Louise, Marie a eu un coup au cœur : était-ce la marque du destin ? Puis elle s'est habituée, parce qu'on s'habitue à tout.

Elle marche d'un bon pas. La rivière toute proche l'accompagne de son murmure que la vieille femme garde toujours au fond d'elle, avec ce bruit caractéristique de l'enfance dans un moulin, où le silence n'existait pas. Tout lui est familier dans cette vallée. Pourtant, l'idée que l'eau pourrait la recouvrir ne la dérange pas. Marie n'a aucun lien avec la terre. La fille du meunier est différente de Jean, le paysan, dont les ancêtres sont associés à la forme de ses champs, à la taille de ses châtaigniers, aux saisons répétées et jamais identiques.

Elle arrive enfin à la petite route qui conduit au chantier, puis s'approche du mobil-home. Une lueur diffuse révèle les tentes disposées entre les gravats et les machines à l'arrêt. Elle n'ose pas avancer, chercher Jean. Pourtant, elle doit lui donner le sac qu'elle a préparé avec ses cachets pour la tension... Elle a sa lampe dans sa main droite, mais n'ose pas l'allumer. Quelqu'un parle, une voix sombre.

Elle s'avance, appuie sur le bouton de sa lampe.

La lumière éveille des protestations, mais Marie ne se démonte pas ; elle n'est pas femme à reculer quand elle a décidé quelque chose.

— Jean ? appelle-t-elle.

Elle n'a pas parlé très fort ; quelqu'un maugrée des mots inaudibles. Elle attend le silence pour ajouter :

— Je t'ai apporté ton sac, Jean. Tu as oublié tes médicaments…

Une fermeture Éclair crisse, et une tête ébouriffée apparaît, celle de Jean, transformée par la position à quatre pattes. Son visage levé n'a pas ses contours habituels.

— Qu'est-ce que tu dis ?

— Je dis que tu vas attraper du mal. Je t'ai apporté un sac avec des vêtements chauds et tes cachets. N'oublie pas de les prendre.

Jean se redresse et se plante en face de sa femme. Jamais il n'a été aussi petit et elle aussi grande. Il saisit le sac sans un mot, et s'enfonce à nouveau sous la tente. La fermeture Éclair s'abaisse. C'est fini, à part quelques bavardages derrière la toile.

Marie, qui sent tout à coup le froid et le crachin pénétrant, repart en marchant très vite, comme pour fuir ce malaise qui l'envahit face à l'attitude de Jean, qui lui a semblé tout à fait perdu, et ce lieu où les souvenirs s'accrochent à elle, la mordent tels des chiens hargneux. Marie sait bien que pour aller de l'avant il ne faut pas trop regarder en arrière. Quand elle arrive chez elle, la lumière éclaire la fenêtre au-dessus de la porte du garage. Elle entre et découvre Fabienne assise à la place même que la vieille femme occupait avant de partir.

— Qu'est-ce qui t'a pris ? Tu étais où ? lui demande sa fille.

Son visage fatigué porte une expression d'exaspération.

— Il fallait que je voie ton père. Je lui ai apporté ses cachets.

Marie pose son manteau et se dirige vers sa chambre.

— J'aurais pu les lui apporter demain matin. Je t'avais dit que je le ferais. Il va les perdre !

En décembre, le jour se lève tard et le temps change vite. Après la pluie de la nuit, le vent s'est mis à souffler, glacial. Une lueur blafarde éclaire le chantier. Les grévistes de la faim entrevoient déjà combien leur combat sera difficile. Beaucoup n'ont pas fermé l'œil de la nuit et sont transis par le froid. Ils tremblent dans leurs vêtements humides. Leurs articulations, habituées au confort douillet de leurs maisons, grincent comme de vieilles charpentes. Jean peine à se mettre debout. Ses genoux craquent ; l'estomac en feu, la bouche pâteuse, il grimace à chaque pas. Ses compagnons ne sont guère mieux. Les paupières lourdes, ils se saluent d'un geste rapide et ne plaisantent pas, contrairement à la veille, lorsqu'ils montaient les tentes. Leurs articulations se coincent quand ils marchent, à la recherche d'un endroit abrité.

— C'est qu'on ne peut même pas pisser tranquillement ! dit l'un d'eux en regardant autour de lui.

Une seule nuit a eu raison de leur détermination. Les cheveux en bataille, Pierre Fournel va des uns aux autres en répétant ses recommandations : surtout, boire beaucoup, car c'est une manière de tromper la faim et de garder des forces. Les grévistes ne protestent pas, mais tout dans leur attitude témoigne de leur défaitisme.

— Il ne faut pas céder, insiste Fournel, sans qui la plupart seraient rentrés chez eux. Il faut les mettre face à leurs responsabilités et les forcer à voir la réalité : s'ils font le barrage, ils nous tuent. Nous mourrons ici, par leur faute, s'ils n'y renoncent pas. Ce n'est pas le moment de flancher, on tient le bon bout, croyez-moi !

Il semble tout heureux, Pierre Fournel. Les autres le regardent avec envie car la nuit passée dans l'inconfort de la tente ne l'a pas affecté. Au contraire, il montre une résolution à toute épreuve et une forme éblouissante au point que les autres ont honte de leurs douleurs.

Les premières voitures des ouvriers se garent sur le terre-plein aménagé devant le chantier. Les hommes s'étonnent de voir les tentes montées entre les machines et se concertent.

— Bonjour, messieurs, s'exclame Fournel en venant au-devant d'eux. Nous sommes des habitants de Saint-Geniez opposés au barrage. Nous sommes ici rassemblés pour une grève de la faim qui ne se terminera que lorsque l'administration renoncera à son projet stupide.

Les ouvriers se concertent, puis décident d'attendre l'arrivée de leurs chefs.

Belmas, de fort mauvaise humeur, sort de sa voiture et entre sans un mot dans le mobil-home. Ceux qui le connaissent bien remarquent immédiatement ses traits tirés, sa mine fripée ; il semble n'avoir pas beaucoup dormi. Un contremaître va frapper à sa porte en tôle.

— Qu'est-ce qu'on fait ? lui demande-t-il.

— Je n'en sais rien, répond l'ingénieur en composant un numéro sur son portable.

Quelques instants plus tard, deux fourgons de gendarmerie arrivent. Les grévistes se sont retirés sous les tentes. Ils doivent économiser leur énergie, ne se déplacer que pour l'essentiel, et surtout rester allongés, en évitant de parler. Le commandant Legrand inspecte les lieux avec le pas décidé du militaire avant la bataille. Ses hommes attendent sur la route, avec les ouvriers. Belmas le rejoint.

— Il faut les faire déguerpir, dit-il au gendarme, nous ne pouvons pas perdre de temps en folklore. Et puis s'il en claque un, dans ce froid humide, on sera tenus pour responsables !

— Vous avez raison, approuve Legrand. Ils occupent un lieu qui ne leur appartient pas. Mais je ne peux pas me résoudre à employer la force.

En fait, il ne veut pas prendre seul la responsabilité d'empêcher une manifestation pacifique et de malmener des vieillards.

— Il faut appeler le maire de Saint-Geniez, et aussi des responsables de Tulle. La décision d'intervenir ne dépend pas que de moi, précise-t-il en se repliant avec ses hommes.

— Comment ça ? s'emporte Belmas, vous constatez que ces gens occupent un lieu qui ne leur appartient pas et qu'ils empêchent les ouvriers de travailler et vous ne faites rien ?

— Les choses ne sont pas aussi simples, tranche le commandant.

Quelques instants plus tard, d'autres voitures arrivent. Le maire de Saint-Geniez s'arrête le premier et regarde les tentes sans un mot. Il est rejoint par les responsables de la direction départementale de l'Équipement, deux conseillers généraux et des adjoints au maire de Tulle. Arrive enfin le Dr Marchelin, qui se serait bien passé de cette corvée.

— Bon, ils ont assez joué, s'emporte l'ingénieur, débarrassez-nous de ces emmerdeurs !

— D'accord, monsieur l'ingénieur, dit Franck Leyrel, mais il convient d'y mettre les formes. Ces hommes méritent notre respect.

— Vous changez de camp, maintenant ?

— Certainement pas, mais je connais tous ceux qui sont là et je connais aussi leur valeur.

Le Dr Marchelin fait le tour des tentes, qu'il entrouvre, et bavarde un instant avec chacun des occupants.

— Franchement, c'est risqué de les laisser là, déclare-t-il lorsqu'il revient vers l'attroupement situé sur la route. Certains ne sont pas en très bonne santé. Il faut les expulser.

Fournel se tient en retrait mais ne perd rien de la conversation. Le médecin s'approche de lui et tente de le raisonner.

— Si l'initiative de cette grève de la faim vient de vous, sachez que vous prenez une lourde responsabilité.

— Nous n'avons pas d'autre moyen de nous faire entendre.

Une équipe de télévision investit l'endroit et commence à filmer. Le maire de Saint-Geniez s'emporte contre ces journalistes qui cherchent toujours à mettre le feu aux poudres.

— Alors, demande le commandant... qu'est-ce qu'on fait ?

— Ce que vous voulez, réplique Belmas sur le ton de la colère. Mais il faut vite vous décider. J'ai ici des gars qui veulent travailler.

Un ultime conciliabule réunit le maire, les adjoints de Tulle et le Dr Marchelin, qui demande qu'on trouve une salle chauffée pour les manifestants à Tulle. Ainsi, ils seront au moins à l'abri, et on pourra surveiller leur santé, en mettant une infirmière à leur disposition.

Fournel s'oppose à cette initiative.

— C'est ça, vous voulez nous enfermer dans un local pour qu'on nous oublie mieux ? Qu'on crève, ça, tout le monde s'en fout, mais surtout il faut que le barrage se fasse ! Ne comptez pas sur nous pour accepter un compromis pareil.

Il bat le rappel de tente en tente. Les manifestants sortent, se relèvent péniblement, et tournent vers les autorités leurs vieux visages fatigués.

— Vous croyez que ça les amuse, ces gens ? Vous ne pensez pas qu'ils ont passé l'âge de jouer les trouble-fête ? poursuit Fournel. Qu'ils seraient mieux chez eux, au chaud et au sec ? S'ils sont ici, c'est pour faire entendre leur voix, pour qu'on les écoute et qu'on fasse un peu de place à l'humain, là où l'intérêt seul commande.

— L'humain, réplique le maire, ce n'est pas de rester immobile, mais de préparer l'avenir, de permettre à notre région de retrouver une population jeune et dynamique.

— Dans ce sens, vous avez raison, les vieux sont de trop, on peut les supprimer puisqu'ils empêchent le monde d'avancer. Soit. Mais vous aurez notre mort sur la conscience, car nous restons ici !

Sur un geste de Fournel, les grévistes rentrent dans leur tente. Cela prend du temps parce que les vieux corps bougent lentement. Ils sont pitoyables, ces papys à quatre pattes qui semblent entrer dans des cabanes pour enfant. Ils obéissent à Fournel parce que c'est le début, parce que leur faim est encore supportable, et surtout parce qu'ils comprennent bien que la télévision va parler d'eux, ultime espoir de faire flancher les autorités.

D'autres personnes sont arrivées. La petite route est envahie de voitures garées les unes derrière les autres. Il y a là les épouses des contestataires, leurs fils, leurs filles qui veulent tenter de ramener leurs pères à la raison. Mais les gendarmes les tiennent à l'écart.

— Bon, qu'est-ce qu'on fait ?

Le préfet a été averti. C'est à lui qu'incombe de prendre la décision que personne ne veut endosser. Il n'a pas oublié la manifestation dans les jardins de la préfecture, et la façon dont les choses se sont réglées ; il choisit donc la fermeté et ordonne l'évacuation du chantier.

Une salle est trouvée au Chandou, dans une dépendance de l'hôpital. Les grévistes pourront y rester tout le temps qu'ils voudront. Ils seront surveillés par une équipe médicale. Ainsi, le devoir d'assistance sera respecté.

— Bon, on y va, ordonne le commandant. On les embarque dans les fourgons, et vous démontez les tentes.

Les gendarmes pénètrent sur le chantier, mais mettent peu de cœur à l'ouvrage. Ils arrachent les piquets et soulèvent la première tente. Quatre hommes allongés sur des matelas de mousse tournent vers eux leurs têtes fripées. Seul Fournel a la force de protester :

— Vous prenez là une grave responsabilité, dit-il ; puis, se tournant vers les autres, il ajoute : Personne ne bouge.

Les tentes sont rapidement démontées. L'un des gendarmes n'ose pas s'en prendre aux grévistes.

— Quels sont vos ordres ? demande-t-il au commandant, afin de signifier à son supérieur que celui-ci est pleinement responsable de ses décisions.

— Chargez-moi ça dans les fourgons.

Un représentant de la préfecture arrivé sur les lieux tente d'empêcher les journalistes de filmer la scène, mais il bat en retraite face aux protestations de l'assistance. Ainsi, le pays tout entier découvrira cette opération insolite : des gendarmes saisissant de vieux hommes par les bras et les jambes, et les transportant comme des paquets pour les entasser dans les camionnettes de gendarmerie. Le silence résigné des manifestants pèse sur l'assistance. Quand vient son tour, Jean a un mouvement de recul. Autrefois, il était un homme vif et ne se laissait pas marcher sur les pieds. Mais ce matin il est trop fatigué, les douleurs de son vieux corps éclatent à chacun de ses mouvements.

Alors il s'abandonne, satisfait qu'on l'emmène loin de ce chantier froid et humide. Sans la pensée de Georges, il n'aurait pas tenu toute la nuit.

Les fourgons s'en vont, suivis de plusieurs véhicules. On dirait un enterrement. Le chef de cabinet du préfet a mauvaise conscience. Mais, déjà, sur le chantier les engins démarrent. Belmas, un plan entre les mains, donne ses ordres. Il ne reste plus de l'incident que deux bouteilles d'eau et des verres en plastique oubliés.

Au Chandou, un établissement dépendant de l'hôpital et destiné à des convalescents âgés, une pièce a été débarrassée à la hâte pour accueillir les grévistes de la faim. Les portes des fourgons s'ouvrent et les manifestants en descendent, sous le regard attentif de Fournel, qui les a précédés. Dépaysés, les vieux roulent autour d'eux des yeux effarés. Une infirmière en blouse blanche leur demande de la suivre. Fournel passe à l'avant du convoi et en profite pour sourire aux caméras, qui les attendaient à l'arrivée. Il multiplie les déclarations, fait des allusions à l'histoire de France, toute une littérature que les autres ne comprennent pas.

Dans la pièce qu'on destine aux vieux, des lits de camp ont été installés. L'infirmière explique que s'ils ont froid ils peuvent demander des couvertures supplémentaires. Elle passera régulièrement pour le cas où l'un d'eux aurait besoin d'elle. Des bouteilles d'eau vont être distribuées.

À midi, toutes les chaînes locales de télévision parlent de la grève de la faim entamée par les seniors de Saint-Geniez. Reprises par les chaînes nationales, les images tournées le matin font grande impression.

Pierre Fournel a relevé son premier défi : toucher les Français, susciter un élan de sympathie qui peut être déterminant à la veille d'échéances électorales. Il s'est placé près de la porte et prend des poses pour les photographes. Dès qu'un micro s'approche, il sait trouver les phrases-chocs donnant au mouvement qu'il a initié une portée qui dépasse le contexte local :

— Les vieux de ce pays, les individus les plus fragiles se battent pour préserver un patrimoine naturel dont profiteront les générations futures ! lance-t-il à qui veut l'entendre.

Le préfet, les responsables de la communauté de communes de Saint-Geniez se rassemblent au siège du conseil général, et Belmas les rejoint à cette réunion décidée en catastrophe face à la tournure que prennent les événements.

— Avec des emmerdeurs pareils, on n'est pas au bout de nos peines ! lance-t-il, agacé.

— Ça, je veux bien vous croire, rétorque un représentant du préfet. Mais l'affaire prend une très mauvaise tournure. Et si la contestation parvient à toucher l'opinion à l'échelle nationale, elle revêtira très vite une tournure politique qui nous décrédibilisera complètement.

— Quand on pense qu'à l'origine de tout ça il y a Pierre Fournel ! s'emporte Franck Leyrel. Un Parisien implanté à Saint-Geniez depuis 1998 seulement ! On croit rêver. Et puis, comme ce n'est pas un homme du pays, à mon avis, l'écologie, il s'en fout royalement. Tout ce qu'il veut, c'est garder son tas de ruines et continuer à exploiter le centre hippique avec sa fille.

Le représentant du conseil général porte une main à son menton en un geste de réflexion.

— Il reçoit des subventions pour son école d'équitation, dit-il. On pourrait peut-être exercer une certaine pression…

— Je n'en suis pas certain, intervient Franck Leyrel. C'est une grande gueule, et il aime se montrer. Il tient là l'occasion rêvée de se faire de la pub. Toute sa vie, il a été un journaliste de second plan, un écrivain raté, alors, là, il ne laissera pas passer la moindre opportunité.

— Il faut voir ce qu'on peut faire, déclare le préfet en se tournant vers Belmas. En attendant, les travaux continuent. Vous savez, l'opinion publique change facilement, et peut s'inverser en un rien de temps. J'ai ma petite idée.

— Certes, lui répond un adjoint du maire de Tulle. Mais là, nous avons affaire à des vieux, et les vieux ne se laissent pas manipuler si facilement. Et puis, ils bénéficient d'un grand capital de sympathie.

Fabienne est encore à la maison quand Valentin et Louise partent pour l'école. Alors que le garçon s'étonne de l'absence de son grand-père, Marie lui répond qu'il est parti avec les gens du village et ne tardera pas à revenir. Louise a un petit sourire en coin, afin de bien montrer qu'elle n'est pas dupe.

Les deux enfants rejoignent leurs camarades sur la place, où l'on ne parle que de la grève de la faim. Valentin apprend que son grand-père et les autres ont cessé de manger et qu'ils vont beaucoup maigrir, pour finir par n'être plus que des squelettes. Horrifié, le gamin cache sa figure dans ses mains. Comme les autres se moquent de lui, il se met à bouder. Lorsqu'il monte dans le car, il ne peut s'empêcher de penser que son papy a pris ce même véhicule pour se rendre à la « grève de la faim ». Il en oublie de réviser sa dictée.

Fabienne visite ses premiers patients sans passer par le centre médical. Sur la route, elle remarque qu'au chantier le travail a repris normalement. Les grévistes de la faim ont donc été délogés, ce qui rassure la jeune femme. Elle ralentit, pensant que François doit être là, à moins qu'il ne soit encore dans la chambre d'hôtel avec la belle jeune femme qui l'accompagnait hier. Depuis la veille, un feu persistant ronge l'intérieur de son corps. Une douleur à hurler, qui ne la quitte plus.

Comme une automate, elle va de maison en maison, où des personnes souvent très seules l'attendent, comme elles attendent le facteur et le boulanger. C'est pour elles l'occasion d'échanger quelques mots, de parler du temps et de la saison, de banalités qui leur apportent un peu de chaleur. Ce matin, ces menus échanges réchauffent aussi le cœur de Fabienne, qui s'attarde chez Maria, une très vieille dame de plus de quatre-vingt-dix ans. Accrochée à sa maison, à son petit intérieur, à ses photos qui trônent sur une commode, la vieille femme peut encore se déplacer et s'habiller seule. Une voiture de la cuisine centrale de Tulle lui apporte ses repas. Fabienne s'assoit en face de Maria et écoute patiemment son monologue.

— Vous comprenez, dit-elle à l'infirmière. Ce qui me tracasse, avec cette histoire de cimetière, ce n'est pas tant qu'on le change de place ; cela n'a pas d'importance, non. Ce qui me fait peur, c'est qu'une fois qu'ils auront déterré tout le monde, ils se trompent dans les restes et les enterrent n'importe comment. Moi, je veux être inhumée avec mon mari, pas avec des gens que je ne connais pas !

— Mais non, Maria, ne vous inquiétez pas. Ils s'organiseront bien. Ils referont le cimetière à l'identique et ils déplaceront les morts les uns après les autres, pas tous en même temps !

— C'est ce qu'ils disent, mais moi je ne leur fais pas confiance. Pour eux, des morts, c'est des morts ; ça n'a pas de nom et ça ne peut pas protester !

La vieille femme a coutume d'attacher ses cheveux blancs en une sorte de chignon qui devient chaque jour plus maladroit. Ce matin, des mèches s'en échappent, et glissent le long de son crâne dégarni. Son visage rond n'est pas très ridé, mais sa peau a pris la couleur cireuse du vieux cuir tanné. Lorsqu'elle parle, elle agite beaucoup ses mains noueuses aux doigts déformés. On dit qu'autrefois elle était belle, et qu'elle n'avait pas froid aux yeux. Désormais, légère comme une feuille d'automne, elle va au fil des jours, transparente ; une ombre.

Avant de s'asseoir sur sa chaise, elle propose un café à Fabienne, qui accepte. Maria va chercher les tasses dans le placard, pose sur la table une boîte en fer décorée d'une Alsacienne. L'infirmière ne peut refuser un de ces gâteaux rances, imprégnés de toutes les odeurs de vieux bois et d'humidité. La vieille femme sert le café d'une main qui ne tremble pas.

Fabienne n'est pas pressée. La compagnie de Maria lui permet de retrouver sa propre place dans ce monde qui est le sien, tout en lui permettant d'oublier un moment son désespoir. Elle envie la vieille dame de n'être plus qu'une chandelle à la flamme vacillante, de n'éprouver que de vieux sentiments lustrés par le temps comme les galets de la Corrèze. Maria n'a besoin de rien : respirer suffit à son bonheur. Laisser passer les jours sans se soucier des lendemains incertains lui donne la sérénité d'une plante qui échapperait aux saisons.

Après le café, Fabienne embrasse la vieille femme sur les deux joues et quitte le petit hameau de quatre maisons. Son prochain patient se trouve à l'ancien moulin du Ritort, un petit affluent de la Corrèze. Près du ruisseau que la route longe sur quelques centaines de mètres, ses forces abandonnent la jeune femme. Elle gare sa voiture sur le bas-côté et va marcher sur un chemin creux qui se perd sous les taillis. Du plomb alourdit ses jambes. Jamais plus elle ne pourra retrouver sa joie de vivre sans cet amour qui lui est soudain devenu indispensable pour respirer !

En remontant dans son véhicule, elle se dit qu'il ne lui reste plus qu'à redevenir celle qu'elle était avant Belmas ; à ne plus penser qu'à son métier, à ses patients, à Maria qui attend avec impatience ses visites quotidiennes. Mais François lui a ouvert les yeux sur une autre vie, une vie nouvelle dont elle ne veut plus se passer.

Son téléphone sonne et son cœur bondit. Elle porte l'appareil à son oreille sans consulter le numéro de l'appel. La voix, la seule qui ait de l'importance emplit sa tête et son corps tout entier. Elle manque mordre le bas-côté.

— C'est François. On peut se voir ?

— Il n'en est pas question.

Elle a répondu du tac au tac et le regrette. Heureusement, l'ingénieur insiste. Un grand bonheur coule en elle, chaud et doux comme du caramel fondu.

— Mais enfin, qu'est-ce qui t'arrive ? C'est à cause de l'autre soir ? Pardonne-moi de ne pas t'avoir rappelée depuis, j'avais un tas de choses à régler !

Fabienne secoue la tête. Malgré son cœur qui bat à éclater, malgré l'envie folle de rejoindre François, elle a la force de répliquer :

— Un tas de choses ? Tu veux dire plutôt une belle conquête !

— De quoi tu parles ? Je ne comprends pas.

— Moi je me comprends.

— Écoute, il faut que je te voie. Cet après-midi, je serai sur la route qui va de Vimbelle à Saint-Salvadour. Il n'y a jamais personne. Je t'y attendrai à quatre heures.

Il raccroche, laissant Fabienne perdue dans cette campagne grise d'hiver. L'occasion de se détacher de cet amour vénéneux lui est offerte, elle ne doit pas céder. La réalité est criante : François veut encore profiter d'elle. Entre deux autres bagatelles, il veut s'offrir la belle veuve au tempérament de feu. C'est certain, elle n'ira pas au rendez-vous.

Elle rentre au centre médical, où Nathalie Lebrun se plaint encore des frasques de son fils. Virginie Varselès lui lance un regard excédé. Fabienne consulte son emploi du temps et les appels des patients qui demandent sa visite. Ils sont nombreux, la jeune femme a plus de succès que ses deux collègues parce qu'elle est du pays, et surtout parce que sa situation de veuve exemplaire apitoie les gens. S'ils savaient !

Elle a aussi rendez-vous à l'agence immobilière pour signer le bail de location et hésite. Vivre seule avec ses enfants lui semble très compliqué. N'a-t-elle pas pris sa décision un peu trop vite ? Elle craint sa part d'ombre, cette partie de son être que Belmas a mise en avant et qu'elle ne maîtrise pas.

En fin de matinée, elle passe au Chandou, où les grévistes du troisième âge ont été parqués dans la vaste salle servant d'ordinaire aux petits spectacles offerts aux malades. Elle connaît l'infirmière en chef et lui demande des nouvelles de son père.

— Tout le monde va bien, mais je redoute les jours prochains. Ils vont s'affaiblir et, s'ils continuent à refuser de manger, on peut avoir de sérieux problèmes.

Fabienne trouve son père, un peu perdu, allongé sur le dos et qui regarde le plafond. Lorsque le vieil homme l'aperçoit, un léger mouvement de la tête agite ses cheveux, il cligne des yeux.

— Ah, c'est toi ! dit-il d'une voix tremblante.

— Écoute, papa, tu vas te rendre malade. À ton âge, ce n'est pas sérieux de faire des choses pareilles. Cette histoire se finira mal, c'est certain !

— Bien sûr qu'elle se finira mal. Elle ne peut pas se finir autrement. Alors laisse-moi.

Jean n'apprécie pas que sa fille reste auprès de lui. Les autres, eux, sont seuls. À côté, il paraît un petit garçon à qui on vient faire la leçon.

— Au fait, j'ai signé le bail de l'appartement, lui dit Fabienne à court d'arguments.

Jean pense à ses petits-enfants. Il aimerait les garder à Saint-Geniez, mais il sait bien que Fabienne n'est pas à sa place chez ses parents, et que Louise et Valentin doivent côtoyer davantage d'enfants de leur âge. Mais il va beaucoup s'ennuyer. Il laisse tomber sa tête sur le lit de camp et ferme les yeux afin de clore la discussion. Il ne veut plus parler. La jeune femme s'éloigne.

En sortant de la pièce, elle passe près de Pierre Fournel, qui lit les journaux. Sa détermination semble coupable aux yeux de l'infirmière. Cet homme d'une soixantaine d'années entraîne avec lui des vieillards de plus de quatre-vingts ans. Il sera responsable de ce qui leur arrivera.

— Vous vous rendez compte que ce que vous faites est très grave ? lui dit Fabienne. Ces personnes âgées risquent leur vie à cause de vous.

— C'est la seule solution pour nous faire entendre !

L'infirmière retrouve sa collègue, qui l'attendait à la porte.

— Vous allez les laisser faire ? demande Fabienne. Vous prenez une lourde responsabilité !

— Je sais. Le Dr Bellard a dit qu'il ne voulait pas courir de risques. Ce soir, l'ingénieur en chef, M. Belmas, viendra leur parler avec le préfet et le président du conseil général. Ensuite, on sait ce qu'on a à faire.

En entendant le nom de Belmas, Fabienne frémit. Sous ses propos altruistes, sous son envie de faire renaître cette région, quelles motivations personnelles cache l'ingénieur ?

Contrairement à ses habitudes, la jeune femme passe déjeuner à Saint-Geniez. Marie s'étonne de la voir et pense tout de suite à Jean. Lui serait-il arrivé quelque chose de grave ?

— Tout va bien, la rassure sa fille. Je viens du Chandou. Ils sont dans une pièce chauffée. Une infirmière les surveille, prend leur tension et les encourage à boire.

— Tu veux dire que les médecins ne les obligent pas à manger ? Mais c'est leur mort qu'ils cherchent !

— Non. On ne peut pas forcer les gens à se nourrir s'ils ont décidé une grève de la faim. On fait seulement en sorte que cela se passe bien.

— Mais enfin, ce n'est pas de leur âge une chose pareille ! Ils vont tomber malades !

— Ne t'en fais pas. Un médecin les surveille, et aux premiers symptômes il les fera hospitaliser sans leur demander leur avis. Pour l'instant, tout va bien. Ne t'inquiète pas, ce n'est pas grave s'ils restent une ou deux journées sans manger.

Marie a été surprise par l'arrivée de sa fille. Elle avait sorti sa voiture et s'apprêtait à aller rendre visite à Jean.

— Je suis tellement à l'envers que je n'ai pas préparé à manger, s'excuse-t-elle.

— Ne te fais pas de souci, maman. Une omelette me suffira ; je m'en occupe.

Fabienne passe dans la cuisine et casse des œufs dans un grand bol. Sa mère la rejoint.

— Alors, tu es allée à l'agence immobilière ?

— Oui, j'ai signé, mais le propriétaire veut faire des travaux et je ne pourrai pas emménager avant le mois de mars.

Marie a un léger sourire. Même si elle a encouragé sa fille à partir, savoir qu'elle va rester encore quelques mois lui fait un bien immense.

— Mais tu ne m'avais pas parlé d'un stage de formation à Bordeaux en début d'année ?

— Si, mais j'ai retardé, ce sera pour le printemps. J'ai trop de travail en ce moment et je ne peux pas laisser mes patients…

Marie imagine aisément pourquoi sa fille a retardé son stage.

— Oui, les patients et le reste, dit-elle d'un air entendu en pinçant les lèvres.

Fabienne et sa mère se ressemblent trop pour pouvoir trouver une véritable entente. La plupart du temps, elles évitent soigneusement les sujets de discorde, mais depuis quelque temps Marie ne ménage pas les sous-entendus à propos des réunions imprévues du soir et de la manière dont sa fille se coiffe, choisit ses vêtements ou se parfume.

— J'espère que tu ne fais pas de bêtise ! lui dit-elle.

Fabienne retient un mouvement de mauvaise humeur. Certaines vérités prennent une tournure insupportable quand sa mère les énonce. Dans d'autres circonstances, la jeune femme aurait monté le ton, mais l'absence de son père dans cette maison dont il est l'âme silencieuse la retient. Sans un mot, elle vide les œufs battus dans la poêle. Marie s'assoit à sa place entre les chaises vides. C'est la première fois depuis fort longtemps que mère et fille mangent en tête à tête.

— Avec tout ça, on ne sait plus où on en est, concède Marie, les yeux baissés. On a tous nos complications et parfois l'impression de partir dans tous les sens !

Fabienne lui lance un regard intrigué. Jamais sa mère ne lui a parlé de la sorte. D'ordinaire, elles s'en tiennent aux petites choses du quotidien. Les véritables sujets ne sont abordés que dans les disputes, et déformés par la colère. Malgré la difficulté de parler à cœur ouvert, ce rapprochement lui fait du bien.

— Autrefois, j'en voulais au destin, au mauvais sort, continue Marie, toujours sans lever les yeux de son assiette. Et puis, avec le temps, je me rends compte que les sacrifices faits pour les autres m'apportent un certain contentement.

— J'ai trente-sept ans, lui répond Fabienne, et je suis veuve depuis cinq ans. Cinq longues années à vivre avec un mort…

— Je sais. Il ne faut pas que tu te sacrifies pour tes enfants. Après, tu le leur reprocherais d'une manière ou d'une autre. Mais ce n'est pas une raison pour faire n'importe quoi. Le risque, ce serait d'être aveugle, de tout confondre…

Le silence retombe. Fabienne s'étonne de constater avec quelle profondeur sa mère, cette femme au parler sec, envisage les choses. Elle aimerait lui ouvrir son cœur, faire d'elle une confidente, mais est-ce une bonne idée ?

— Tu sais, ma fille, quand on est vieux, tout s'estompe. La vie devient une ligne droite sans le moindre tournant. Au fond, c'est peut-être ça, la vie : éviter les accidents quand tu es jeune te permet d'atteindre un âge où rien ne te touche plus.

— Je ne sais plus où j'en suis, avoue Fabienne.

La main de Marie pose la fourchette et rampe sur la table jusqu'à se poser sur celle de la jeune femme. Dans ce contact silencieux, Marie signifie à sa fille que, malgré les apparences, ses coups de colère et ses paroles parfois excessives, elle sera toujours de son côté.

— Souvent, il faut faire mal à ceux qu'on veut sauver.

La vieille femme dévoile rarement le fond de sa pensée, même si Fabienne a compris depuis longtemps que sous cette apparence d'une seule pièce, sa mère, femme de devoir, est aussi une femme ordinaire. Ses emportements, ses paroles vexantes la protègent de ses propres contradictions. Car, malgré ce qu'elle peut en dire, le temps n'est pas parvenu à les effacer.

— Quoi qu'il en soit, conclut Marie, on se rend compte peu à peu que ce qu'on croyait essentiel n'a pas tant d'importance, même si ça fait mal sur le coup.

Fabienne range les assiettes dans le lave-vaisselle. Dès qu'elle se lève de sa chaise, Marie reprend sa place, et le charme est rompu. L'infirmière se souvient alors qu'elle doit visiter un patient du côté de Saint-Jal.

Elle part dans la campagne ; un pâle soleil révèle les couleurs ocre et grises des collines. Chez son patient, l'infirmière accepte de boire un café pour tuer le temps, et surtout pour parler, éviter de penser à ce qui la mine, la ronge, l'oppresse.

Vers trois heures de l'après-midi, elle quitte le petit village du Maugein et s'enfonce dans la vallée. Sur le chantier du barrage, les machines creusent des sillons, des camions emportent la terre. Le va-et-vient incessant des engins, les accélérations des moteurs défigurent cette partie du vallon d'ordinaire déserte. La voiture de Belmas n'est pas là. À mesure que l'heure du rendez-vous approche, Fabienne se sent fébrile. Ne pas y aller serait une façon d'affirmer sa force, sa volonté, d'indiquer à François qu'elle n'est pas aussi faible qu'il le croit, et ce serait peut-être la bonne manière de se l'attacher.

Le temps ne passe pas. Elle s'arrête au bord de la route, décide une nouvelle fois d'aller marcher dans un sous-bois. Une souris interrompue dans sa quête de nourriture se faufile dans les herbes desséchées. Fabienne se dit alors que vivre, c'est d'abord apprendre à se défendre, à échapper aux prédateurs, comme cette souris détalant dans son trou à la moindre alerte.

Encore un regard à sa montre. Elle devrait déjà être à Seilhac, où l'attend la mère Denise, une asthmatique qui n'a pas sa langue dans la poche et parle souvent à tort et à travers. Le soleil éclaire les collines d'une lumière diluée sans ombre. Fabienne se sent transparente. Belmas l'attend peut-être sur la petite route de Saint-Salvadour.

Soudain elle s'en veut d'être encore là, de traîner pour rien. Elle part en trombe jusqu'à la fameuse petite route aux nombreux virages, redoutant que, lassé, l'ingénieur toujours pressé soit déjà reparti. Elle remarque une voiture stationnée sur le bas-côté, dans un dégagement près d'un tas de gravillons. Un bonheur sirupeux l'envahit. Une voix aigre, qui ressemble un peu à celle de sa mère en colère, lui dit qu'il est encore temps de fuir, mais l'oiseau hypnotisé se précipite dans la gueule du serpent.

François la prend dans ses bras. Fabienne se donne un instant à l'ivresse de l'étreinte, puis l'image de ce même homme entrant à l'hôtel avec une autre femme lui arrache un cri. Elle le repousse d'un geste brutal.

— Qu'est-ce qui ne va pas ? lui demande-t-il en souriant.

— Tu ne crois pas que tu en fais un peu trop ? Et aux autres, tu leur racontes la même chose qu'à moi ?

— Comment ça aux autres ? Il n'y a que toi !

Cette fois, Fabienne donne libre cours à une colère qui dévoile sa faiblesse. Elle force un peu le ton pour bien montrer qu'elle n'est pas venue se livrer, mais Belmas s'en amuse.

— Celle avec qui tu es allé à l'hôtel hier, celle que tu serrais si fort contre toi, elle sait que j'existe, tout comme les autres femmes que tu vois ?

— Mais de qui tu parles ?

— Tu n'as même pas le courage de tes actes ! Tu es détestable ! Je ne veux plus te voir !

— Fabienne, je t'en prie, calme-toi. Nous n'avons pas assez de temps pour nous disputer pour des broutilles.

— Moi, j'ai tout mon temps !

Elle rentre dans sa voiture, claque la porte et s'en va. Elle roule sur quelques kilomètres, puis s'arrête : les larmes l'empêchent de voir la route.

Belmas, qui la suivait, s'arrête à côté d'elle. La jeune femme devrait partir au plus vite, ne pas laisser le serpent l'approcher. Mais elle ne bouge pas, la tête posée sur le volant, les épaules secouées de sanglots. Vaincue, une fois de plus.

François ouvre la portière, pose sa main sur les cheveux de Fabienne, et l'attire à lui. Sans résister elle se donne à cette étreinte, toute colère évanouie.

— Pour la femme d'hier, tu sais, il faut que je t'explique...

Elle lève ses yeux mouillés vers le visage de l'ingénieur. Très bruns, ses cheveux raides, un peu longs sur le haut, tombent sur ses tempes en mèches désordonnées. Les joues noircies par la barbe ajoutent à ce visage une dureté, une sorte d'insensibilité que Fabienne n'avait pas remarquée jusque-là. Et le regard de corbeau semble voir tout ce qu'on voudrait lui cacher.

— Cette femme, c'est vrai, est venue me rejoindre ici, mais je viens de rompre.

Il pousse un soupir, puis cherche les lèvres de Fabienne. Dans un ultime sursaut, elle a la force de détourner la tête.

— Tu viens de rompre ?

— Oui, depuis que je t'ai rencontrée, depuis que je t'ai serrée dans mes bras, il n'y a plus en moi aucune place pour une autre femme.

La légère pression que Fabienne exerce autour de lui avec ses bras incite l'ingénieur à poursuivre :

— C'est du passé. Je ne veux plus la voir...

L'infirmière se donne au bonheur que ces belles paroles distillent en elle. Plus rien ne compte. Pourtant, la petite voix intérieure lui crie qu'il ment, qu'elle devrait s'échapper. Mais elle cède à l'homme qui lui souffle à l'oreille :

— On se retrouve ce soir au chantier.

Il s'en va. Le bruit du moteur de son véhicule s'estompe dans la descente ; Fabienne reste un long moment à écouter la rumeur des collines sur un nuage d'une félicité fade qu'elle doit à sa faiblesse. Enfin, elle monte dans sa voiture et reprend sa tournée.

À la fin de l'après-midi, vers cinq heures, Belmas, le préfet de la Corrèze et le directeur départemental de l'Équipement arrivent à la maison de repos du Chandou. Ils sont accueillis par le Dr Bellard, qui les conduit à la salle réservée aux grévistes. La porte s'ouvre sur une douzaine de vieux allongés sur des lits de camp avec, à portée de main, des bouteilles d'eau et des gobelets.

— Ils n'ont pas mangé depuis hier midi. Ce n'est pas encore grave. Nous faisons des examens réguliers de leur tension, mais nous ne sommes pas à l'abri d'un accident.

— Il faut que cela cesse, réplique le préfet. Je vais leur parler.

— Autant parler à des pierres, lâche François Belmas.

Le préfet avance dans la pièce et marche entre les lits comme un capitaine inspecte les blessés sur un champ de bataille.

— Alors, quand est-ce qu'on va nous sortir de là ? demande l'un d'eux.

— Cela ne tient qu'à vous ! réplique le préfet.

— Ah bon ? s'emporte Pierre Fournel en se levant vivement. Cela ne tient qu'à nous ? Comment osez-vous parler ainsi ?

Le Dr Bellard avance à son tour au milieu de la salle et tend les bras pour réclamer le silence.

— S'il vous plaît. Monsieur le préfet a une communication importante à vous faire.

Les manifestants s'assoient. Les visages sont fripés, les cheveux en broussaille, les vêtements défaits. Ainsi, comme les enfants d'une colonie de vacances au lever de la sieste, les vieillards rebelles ont quelque chose de pathétique et d'attristant.

— Messieurs, je me suis déplacé jusqu'à vous pour vous parler avec franchise. Je comprends très bien vos préoccupations, et je mesure tout à fait le sacrifice que représente pour vous la perte de vos maisons, de vos terres. Mais il faut aussi penser à la situation dramatique de cette région, qui n'est plus que ruines ! Les politiques nationales cherchent à faire des économies en fermant les bureaux de poste et les écoles, et elles contribuent ainsi à la désertification. Oui, nous sommes en train de passer un cap irréversible ! C'est ce que vous voulez ?

— Ce n'est pas en faisant un barrage qu'on inversera la tendance, réplique Fournel.

— Ce barrage, ce n'est pas par hasard si on en parle depuis un siècle. Il se trouve qu'en noyant des terres peu exploitées, on favorisera d'autres activités. Pensez-y : si cette région doit définitivement renoncer à l'agriculture, car elle est peu rentable, elle possède un formidable atout pour l'avenir. Cet atout, c'est sa verdure, sa tranquillité, sa nature, où les citadins viendront se ressourcer.

Le préfet marque un temps et scrute les visages attentifs aux joues couvertes de barbe blanche. Il a effectivement l'impression de s'adresser à des pierres. Ses arguments peuvent-ils toucher ces hommes issus d'une autre époque, une époque d'avant l'informatique et l'urbanisation généralisée ? Comment leur expliquer que le monde a changé, qu'il n'est plus possible de vivre comme autrefois ? Comment leur faire comprendre que l'avenir passe par le sacrifice de leurs petits privilèges ?

— En vous opposant au barrage, poursuit-il, c'est votre région que vous condamnez, votre terre que vous rendez aux ronces. Alors, je vous en conjure, cessez cette grève de la faim qui n'a aucun sens ! Vous avez voulu attirer l'attention des médias sur votre combat ? C'est réussi, la presse nationale ne parle que de vous, mais il faut voir comment. Personne ne prend votre défense ! Le passé, c'est le passé ; il ne doit pas empêcher une région tout entière de s'ouvrir à l'avenir.

Pierre Fournel est resté debout tout le temps du discours. Lui aussi parcourt du regard les visages de ses camarades et secoue légèrement la tête afin de bien leur montrer qu'il n'est pas d'accord. Puis, enfin, il se place en face du préfet et prend la parole :

— Le barrage est une erreur écologique majeure, commence-t-il. Comme tous les barrages construits dans le monde. On n'en découvre les dégâts irréversibles qu'une fois en eau. Ici, vous allez noyer une vallée qui certes n'est pas très peuplée, mais il n'est pas honnête de votre part ni de celle des pouvoirs publics de dire qu'il s'agit là de la seule solution pour redynamiser la région. Bien sûr, l'électricité produite amènera de bons revenus. Mais pour certains seulement ! Pour les autres, c'est du vent. La réalité, c'est qu'on ne défait pas l'œuvre de la nature. Qu'au lieu de défendre des projets qui ne sont que poudre aux yeux les pouvoirs publics devraient plutôt chercher comment aménager vraiment le pays tout entier.

Notre vallée glaciaire a aussi son histoire, son âme, et vous n'avez pas le droit de la détruire !

Le préfet réfléchit ; les arguments de son adversaire ont tout pour séduire l'opinion publique.

— Le barrage n'aura pas seulement un rôle touristique, déclare-t-il en croyant avoir trouvé la parade. Il est surtout destiné à écrêter les crues de la Corrèze qui, vous le savez, sont désastreuses.

— On nous a déjà servi cet argument. Et puis, vous nous faites briller les avantages du barrage, mais vous oubliez d'en mentionner les inconvénients et les risques : si le barrage cède, à l'occasion d'une secousse sismique par exemple, ou à cause de trop fortes crues, ou encore d'une malfaçon... Vous imaginez les dégâts ? C'est déjà arrivé, vous le savez sans doute...

— Pareille éventualité est tout à fait improbable !

— Personne n'en sait rien, repartit promptement Fournel. Bien malin qui pourrait prévoir l'évolution du climat ou les sautes d'humeur de notre planète...

Ne sachant plus que répondre, le préfet se tourne vers ses collaborateurs et l'ingénieur en chef. Belmas est partisan d'une méthode radicale ; il ne supporte pas que ces hommes dont la vie s'achève décident de l'avenir des nouvelles générations.

— Ça ne sert à rien de discuter, souffle-t-il au fonctionnaire.

— Bon, reprend ce dernier sur le ton d'un maître d'internat faisant la leçon à ses lycéens. Nous allons prendre nos responsabilités. Votre mouvement expose la plupart d'entre vous à de gros risques, explique-t-il aux grévistes. Rien n'est plus mauvais pour un organisme d'un certain âge que de rester sans alimentation. Sachez que nous ne cèderons pas, et que dès que le Dr Bellard le décidera nous vous ferons hospitaliser et nourrir par perfusion de gré ou de force.

— Comment ça ? s'emporte Fournel. Mais vous n'avez pas le droit !

— Si, nous avons même le devoir de veiller sur votre santé !

Le préfet et ses accompagnateurs quittent la pièce, et la porte se referme. Les grévistes se redressent sur leurs lits de camp. Fournel se tient debout face à eux. Le père Marset, qui a conduit des trains à Brive avant de reprendre la ferme familiale à sa retraite, se sent moins concerné que beaucoup d'autres. Il les a suivis pour leur témoigner sa solidarité et aussi parce que ça l'amusait, mais il commence à penser que ça ne servira à rien. Il est le premier à se lever.

— On se fait du mal pour pas grand-chose. Leur barrage, de toute façon, ils le feront. On peut toujours crever : ils s'en foutent !

— Qu'est-ce que tu veux dire ?

— Que je rentre chez moi. Depuis que je ne mange plus, j'ai des fourmis dans les jambes et mon cœur bat de travers. Je ne veux pas crever pour quelque chose qui n'a aucune chance d'aboutir.

Le vieux Brejon et Justin Benoît se lèvent à leur tour et plient leur couverture ; la grève est terminée pour eux aussi.

— On vient avec toi, tu as raison, approuvent-ils.

Fournel les dévisage et se plante près de la porte.

— Alors vous nous laissez tomber, hein ?

— On s'est trompés, avoue Marset. Ma femme m'attend, et elle n'est pas très bien ; elle a besoin de moi.

Sans rien ajouter, il sort, suivi des deux autres. Le préfet est encore là à bavarder avec ses collaborateurs. Lorsqu'il voit les trois démissionnaires passer sans un mot et sortir, il adresse un clin d'œil à Belmas.

— Vous voyez qu'on finira par les avoir ! Il faut un peu de patience, c'est tout !

— Je vais demander qu'on les reconduise chez eux, dit le Dr Bellard. Ils n'ont sûrement pas de portables pour avertir leur famille.

Il parle d'eux comme s'ils étaient des simples d'esprit, de pauvres bougres incapables de prendre une décision d'adultes.

— Mon intervention a servi à quelque chose ! se félicite le préfet. Je reviendrai demain ; les plus coriaces seront mûrs pour démissionner à leur tour.

Il sort, accompagné de Bellard. Une voiture pile devant l'entrée. Un homme au visage rouge, visiblement en colère, se plante devant lui.

— Où sont-ils ? Je veux les voir !

— De qui parlez-vous ? demande le médecin, et qui êtes-vous ?

— Bertault, éleveur à Saint-Geniez. Je veux voir les grévistes. Je devrais être avec eux mais je ne peux pas. Je veux m'excuser.

— Laissez-les tranquilles, lui conseille Bellard. On fera la commission.

Le paysan n'insiste pas ; il n'est agressif qu'après quelques verres de vin. Il explique cependant au médecin que c'est le moment des vêlages dans son exploitation, et qu'il ne peut pas laisser ses bêtes.

— On le leur dira, lui promet Bellard sur un ton conciliant.

Lorsqu'il apprend que Bertault est passé mais n'est pas entré, Pierre Fournel est satisfait ; la présence de l'éleveur aurait pu provoquer des esclandres défavorables à sa cause. Une grève de la faim ne peut être efficace que dans le silence et la résignation.

Jean n'a pas dit un seul mot. Son voisin, Bernard Sourlat, lui adresse un regard interrogateur. Les deux hommes se connaissent depuis l'école communale et se sont toujours bien entendus, aussi se sont-ils installés l'un à côté de l'autre. Bernard a repris la propriété familiale et tiré le diable par la queue tout au long de sa vie. L'arrivée de la retraite a marqué pour lui une période plus prospère. Comme pour Jean, la seule pensée que l'eau va noyer sa maison, sa chambre à coucher, son potager, ses terres qu'il a travaillées toute son existence le met en fureur. Pourtant, à force d'y réfléchir, il se dit que, face à l'ampleur du sacrifice demandé pour un mouvement qui n'aboutira à rien, il aurait été mieux inspiré de faire comme Marset. Car ses crampes d'estomac lui deviennent vraiment insupportables.

— Je me demande ce qu'on fait là ! dit-il à Jean.

Ce dernier pense sans cesse à ses petits-enfants, et surtout à Valentin. Il n'a même pas une photo d'eux ; leur petit visage, leur sourire, leurs chamailleries lui manquent. Se priver du peu de temps qui lui reste à passer avec sa famille lui pèse. Et puis, il ne se sent pas bien. Il ne cesse de se tourner, de changer de position, mais rien n'y fait : ses douleurs sont toujours aussi vives. Il a pris ses cachets pour la tension, mais il sent que sa santé ne tient qu'à un fil prêt à se rompre.

Vers six heures, Fabienne fait irruption dans la pièce, salue les visages qui se redressent pour la regarder et se penche vers son père.

— Papa, il faut que tu te décides avant de tomber malade pour de bon. Tu devrais venir avec moi…

Il pense au potage de Marie qui lui met du velours dans l'estomac, à ses soirées paisibles dans son fauteuil, où il somnole avec la télévision allumée qu'il n'écoute pas, aux enfants qui bavardent dans leur chambre, à son chien couché près de lui. À ce petit bonheur paisible qui convient à un vieillard. Et puis le visage de Georges s'impose à lui dans toute son horreur. Alors il trouve le courage de répondre :

— Non, je ne peux pas.

— Mais tu veux mourir ? s'indigne sa fille. C'est ça que tu veux ? Tu n'as plus l'âge de faire ce genre de chose.

— Les autres, le préfet en tête, n'ont qu'à céder.

— Mais le préfet ne peut rien contre un projet décidé au niveau du ministère !

— Justement, il faut que ces gens sachent qu'on existe.

Fabienne est consciente de ne pas trouver les bons arguments pour convaincre son père ; la pensée de Belmas l'empêche de réfléchir avec efficacité.

— Bon, je reviendrai te voir demain matin.

La nuit tombe lentement. C'est un soir de décembre sans froid, figé, sans lumière et extrêmement humide. Jean préfère l'été, la fin du printemps, quand les plantes poussent si vite qu'elles changent d'aspect entre le matin et le soir. Pourtant, les petites journées d'hiver ne manquent pas de charme. Vers cinq heures, quand il rentre à la maison, il lit son journal ou un livre que Marie emprunte au bibliobus, et laisse passer les heures en attisant son feu. Ce repli sur lui n'est pas désagréable.

Vers sept heures, l'infirmière vient proposer un yaourt ou un fruit, mais personne ne répond. Elle vérifie que les bouteilles contiennent encore de l'eau puis s'en va. La longue nuit commence. Afin d'oublier ses crampes d'estomac, Jean s'allonge sur le dos, ferme les yeux et tente de se remémorer des souvenirs plaisants. Il constate alors que sa vie a été d'une platitude considérable. Pourtant, il a été heureux dans son potager, heureux au cours de ses mémorables parties de pêche, quand la Corrèze regorgeait de truites, heureux de regarder passer les nuages et les saisons. Son bonheur le plus marquant a sans doute été la naissance de Valentin. Privé de fils, Jean avait alors espéré apprendre à son petit-fils tout ce qu'il sait de la nature, comment fabriquer des leurres pour pêcher, l'emmener dans ses premières sorties de chasse au début de l'automne, lui transmettre son amour de la terre et de ce qu'elle produit. Il aurait voulu lui laisser cette sagesse ordinaire qui se contente de ce qu'elle a, cette joie de vivre à la portée du bon sens. Lui enseigner sa nature de paysan, et sa manière de regarder autour de lui tout ce que les hommes d'aujourd'hui ne savent plus voir. Mais le temps risque de lui manquer…

Près de lui, Bernard Sourlat ne cesse de bouger sur son lit de camp, de soupirer, de bâiller. Jean l'a toujours considéré comme quelqu'un de maladroit, un mauvais paysan qui n'a pas su faire ses affaires. Pourtant, c'est un brave bonhomme, sans méchanceté, un bon bricoleur qui, la retraite venue, s'est même mis à forger le fer.

— Tu arrives à dormir, toi ? demande Bernard à Jean.

— Bof. Je ne sais plus trop si je dors ou si je suis réveillé…

Sourlat se redresse sur les coudes et approche sa bouche de l'oreille de son voisin.

— Demain matin, je rentre à la maison. J'ai assez joué !

— Tu fais comme tu veux…

Le silence retombe entre les deux hommes, lourd. Fournel a recommandé de ne pas parler pour économiser l'énergie, mais Jean trouve que ce Parisien se prend vraiment pour un capitaine d'armée, et il n'aime pas recevoir des ordres. Jean est un faux doux. Pour lui, les belles paroles ne valent pas les actes simples et définitifs. Il fallait tout simplement sortir les fusils et refuser de parlementer. Le monde moderne est violent, et seuls ceux qui n'hésitent pas à frapper peuvent se faire entendre.

— Regarde les marins-pêcheurs, les ouvriers, tous n'arrivent à se faire entendre qu'en faisant du bruit et en coupant les routes. Nous qu'est-ce qu'on fait ? On se prive de manger en se cachant dans une maison de repos pour personnes âgées. C'est n'importe quoi !

— Oui, mais avant on a bien coupé les routes et ça n'a pas servi à grand-chose !

— Parce qu'on a cédé ! regrette Jean. Il aurait fallu recommencer toutes les nuits !

Il se tourne, s'efforce de ne penser à rien et attend. Le silence de la pièce est ponctué par les soupirs, les toux des hommes, leurs mouvements sur les lits de camp et leurs murmures. Ils ne peuvent pas s'empêcher de parler, de raconter n'importe quoi pour se sentir ensemble, solidaires, et se rassurer.

Tout à coup, un cri tranchant perce ce léger brouhaha. Fournel se lève d'un bond et se précipite vers celui qui hurle et se tortille sur le sol. C'est Armand Lenoy, le menuisier de Saint-Geniez. Quoiqu'il ne possède aucune terre risquant d'être engloutie, celui-ci a décidé de se joindre au mouvement pour sauver le cimetière où se trouvent tous ses ancêtres.

La porte s'ouvre et la lumière s'allume, violente pour les yeux plongés dans la semi-obscurité. Deux infirmières se précipitent vers l'homme qui a roulé par terre et fait une horrible grimace. De la bave coule de ses lèvres bleues ; il porte les mains à sa poitrine.

— Eh bien, Armand, qu'est-ce qui se passe ? lui demande Fournel.

— Ah ! J'ai mal ! crie Lenoy en ouvrant la bouche comme si le souffle lui manquait.

L'une des infirmières court avertir le médecin, puis appelle le Samu de l'hôpital.

Le Dr Bellard examine Armand, qui a perdu connaissance. Les autres hommes se sont rassemblés autour du malade, aussi penauds que des enfants pris en faute. Le médecin arrache la chemise du vieux et prépare une seringue.

— C'est un méchant infarctus. Il faut faire vite, très vite, sinon…

Les yeux révulsés, Armand respire difficilement. De sa bouche ouverte s'écoule toujours une bave épaisse qui se perd dans les plis du cou. Le Samu arrive. Les infirmiers du Samu chargent le malade sur un brancard avec des gestes sûrs et le portent jusqu'au fourgon médical. Les grévistes se retrouvent debout près de leurs lits de camp, confus face aux infirmières en blouse blanche et au médecin très remonté. Une odeur de pourri flotte dans l'air.

— Voilà ce qui se passe quand on s'obstine à vouloir faire des choses qui ne sont plus de son âge !

Les têtes blanches échangent des regards angoissés. Même Fournel ne dit rien. Il mesure combien cet accident, qui aurait pu survenir n'importe où, mine son action.

— Ce pauvre M. Lenoy est la première victime de vos conneries ! s'insurge Bellard. Il a peu de chances de s'en tirer. Maintenant, bonsoir, et à demain. En espérant qu'il n'y aura pas d'autre incident dans la nuit…

Il sort, suivi des infirmières et de la directrice de l'établissement. La porte se referme. Jean se pince les lèvres, hésitant à se recoucher, comme si la position horizontale était favorable aux accidents cardiaques… Personne ne se sent bien ; la privation de nourriture durant une journée et demie procure aux vieux organismes des sensations inhabituelles et des douleurs nouvelles qui affolent.

— Bon, dit Fournel à ses compagnons, ce pauvre Armand était fragile du cœur ; il n'a pas eu de chance. C'est arrivé ici, mais cela aurait pu se passer chez lui. L'infarctus était programmé depuis longtemps, mais il nous servira : peut-être fera-t-il réfléchir les autorités !

Bernard Sourlat se penche vers Jean et murmure :

— Moi, ça me fait réfléchir aussi.

— Pas moi, tranche Jean pour couper court aux paroles de son voisin, qui expriment un peu trop le fond de ses propres pensées.

À Saint-Geniez, Marie rouspète sans cesse ; l'absence de Jean la rend hargneuse. Sans lui, la maison ne va pas son train habituel. Les enfants sont énervés ; Fabienne revient de son travail avec une mine défaite et un regard qui n'est pas le sien, un regard tourné vers un ailleurs que la vieille femme pressent comme une menace. Le dîner se déroule en silence, chacun absorbé par ses propres préoccupations et, pendant qu'elle mange, Marie ne peut s'empêcher de penser que Jean ne mange pas et s'affaiblit. Les enfants ressentent l'absence de leur grand-père comme un poids prêt à écraser la maison. Le bruit des fourchettes exaspère Valentin, qui a envie de crier pour se libérer de cette tension si oppressante. Louise ne quitte pas sa mère du regard : Fabienne mange peu, et du bout des lèvres, visiblement préoccupée par une chose dont sa fille se sent exclue.

— Cet après-midi, je suis allée voir ton père ! lance tout à coup Marie à Fabienne.

— Moi aussi. J'y suis passée vers six heures.

— Tu sais ce qu'il m'a dit ? Il m'a dit de m'en aller, qu'il n'avait pas besoin de moi !

À la fin du repas, alors que Fabienne demande à ses enfants d'aller se brosser les dents, elle regarde par la fenêtre d'un air absent. Marie débarrasse la table en silence. Ce soir, avec sa tête enfoncée dans les épaules, on dirait qu'elle est bossue. Les enfants se déshabillent rapidement. D'ordinaire ils se chamaillent ; Valentin joue au lieu de faire sa toilette, et Louise, plus studieuse, révise ses leçons. Là, ils se couchent tous les deux et remontent la couverture sur leurs épaules sans broncher. Ils ont hâte de s'endormir. Les menaces sont moins effrayantes en plein jour.

Et puis soudain, ce que Louise redoutait se produit : Fabienne passe dans la salle de bains.

Depuis la cuisine, Marie comprend que sa fille sort de nouveau, mais ne fait aucune remarque.

Fabienne prend son manteau et son sac sur le guéridon de l'entrée. Encore une réunion, un patient à visiter ? pense la vieille femme. Ou plutôt un autre rendez-vous, difficilement avouable... Une monstruosité quand la vie de Marie s'est arrêtée avec le départ de Jean... Le bruit de la voiture s'éloigne ; dans sa chambre, Louise a envie de pleurer.

Fabienne se dirige lentement vers le chantier. Plus elle approche, plus un pincement aigu au ventre lui fait lever le pied. Elle a passé l'après-midi dans une sorte d'euphorie qui se transformait en angoisse à mesure que l'heure du rendez-vous approchait. Un horrible doute la harcèle : malgré ses beaux accents de sincérité, Belmas lui a peut-être menti.

Une lumière extérieure est allumée au-dessus de la porte du mobil-home éclairant une voiture garée à l'entrée du chantier, bien en vue, cette fois. Belmas est là. La jeune femme s'arrête au bord de la route principale, le cœur battant, le souffle court. Elle devrait faire demi-tour, ne pas céder au manège du séducteur et se placer en position de force. Mais pourquoi tant de soupçons, après tout ? Pourquoi ne pas faire confiance au seul homme qui l'intéresse ?

Pourquoi se refuser un moment de bonheur pour privilégier ses soupçons ? Malgré le retard de Fabienne, Belmas a eu la patience de l'attendre, preuve qu'il tient à elle.

La silhouette de François se détache sur l'ombre. Il s'approche de la jeune femme, lui sourit et lui tend les bras.

— Tu es en retard…

— Pardonne-moi, j'ai eu plus de travail que prévu.

— Tu es là, c'est l'essentiel.

Fabienne se presse contre lui, s'enivre de sa présence, de son odeur, de la force de ses bras qui l'enserrent enfin. Ils entrent dans le mobil-home et se couchent sur le canapé. L'infirmière est au paradis.

La sonnerie d'un portable les sépare. Prise d'un pressentiment, Fabienne se redresse, arrange ses habits froissés. Dans la poche de Belmas, la sonnerie insiste. Il sort l'appareil et observe le numéro : un éclair passe sur son visage, une expression fugitive qui n'échappe pas à Fabienne.

— Qu'est-ce que c'est ? lui demande-t-elle.

— Rien, encore un emmerdeur pour le chantier. Tu ne crois pas qu'il pourrait appeler à un autre moment ?

Fabienne fronce les sourcils et se raidit quand François tente de la serrer à nouveau dans ses bras.

— Tu mens, fait-elle en s'écartant de lui. C'est la femme d'hier qui t'attend ailleurs, n'est-ce pas ? Je suis en retard et ça chamboule ton programme !

— Mais non ! Qu'est-ce que tu racontes ? La femme d'hier n'a aucune importance, je te l'ai dit.

L'infirmière court vers la porte, reprend son manteau posé sur un meuble métallique et sort dans la nuit. Le temps que Belmas se rajuste pour la rejoindre, la voiture est déjà loin.

Fabienne roule vite, les yeux emplis de larmes. Elle fuit, mais pas vers Saint-Geniez. Dans sa précipitation, elle a pris la route de Tulle. Quand elle arrive, la lumière des lampadaires lui brûle les yeux. Elle fait demi-tour en montant sur le trottoir et repart dans l'autre sens, puis s'arrête. Pourquoi a-t-elle fui ? Par orgueil ? Pour se faire mal ? Pour échapper au plaisir pervers qu'elle éprouve avec cet homme, un plaisir total, merveilleux, qui efface son passé, lui fait mettre de côté ses enfants, sa famille ? Pourquoi avoir douté de la parole de François ? L'appel pouvait être celui d'un collaborateur, c'est vrai... Elle aimerait tant recomposer une famille ! Pourquoi les deux filles de l'ingénieur ne s'entendraient-elles pas avec Louise et Valentin ? Ce serait une formidable occasion d'oublier son passé si lourd... Or elle n'a écouté que sa jalousie. Comment demander pardon ?

Elle sèche ses larmes et repart vers le chantier, où la lumière est toujours allumée devant le mobil-home. François est-il encore là à l'attendre, ayant compris qu'elle allait revenir ? Sa voiture n'est plus à sa place. Peut-être l'a-t-il garée derrière le bâtiment, comme il le fait parfois ? Fabienne court vers la porte de tôle, mais la porte est fermée à clef. Elle frappe, fait le tour du mobil-home en marchant dans la terre : Belmas est parti en oubliant d'éteindre la lampe extérieure.

Désespérée, Fabienne se réfugie dans sa voiture. Pourquoi a-t-elle fui pour une sonnerie de téléphone ? Pourquoi s'est-elle privée d'un merveilleux moment, de ce temps si précieux avec l'homme dont elle ne peut plus se passer ? Il lui semble que François sera le dernier de sa vie, le seul qui aura compté, tellement plus présent en elle que ne l'a jamais été Julien. Et Lionel ? Pourquoi, à cet instant, pense-t-elle à cet éternel prétendant ? Parce que la noblesse des sentiments qu'il éprouve pour elle lui est inaccessible ? Parce qu'elle cherche à le déconsidérer afin de ne pas être confrontée à sa propre médiocrité ?

Elle repart lentement et prend la direction de Naves pour aller cogner à la porte de Belmas, lui demander pardon, à genoux s'il le faut. Sinon, comment trouvera-t-elle la force d'envisager les lendemains sans lui, sans l'espoir de ses étreintes ?

À Naves, elle n'a pas besoin de chercher longtemps : la voiture de Belmas n'est pas à sa place habituelle, sur le trottoir, devant la maison en face du centre médical. Peut-être l'a-t-il garée ailleurs ? Elle appuie sur la sonnette, frappe ; personne.

Elle décide alors de retourner à Tulle. Là, elle s'arrête sur le parking de la poste et sort dans la rue, sans se préoccuper de son apparence froissée, de ses cheveux en désordre ni de ses chaussures couvertes de terre, et remonte vers La Rotonde, le café où elle a aperçu François la veille. Tout en se donnant une attitude de femme pressée, elle observe attentivement les quelques personnes encore accoudées au bar, puis les couples assis à table. Son cœur s'arrête net : Belmas est là, avec la blonde de la veille. Il lui parle, lui sourit en lui tenant la main. François Belmas le menteur, l'horrible menteur ! Fabienne dépasse le bar puis s'arrête, le visage déformé par une grimace. Elle fait demi-tour. De nouveau devant le bar, elle s'imprègne tout entière de la hideuse image de Belmas se penchant vers sa compagne pour prendre ses lèvres.

C'est une femme quelconque, vulgaire, une fausse blonde en plus. Fabienne pourrait entrer en hurlant, renverser les verres et casser tout ce qui se trouve sur son passage, mais à quoi cela servirait-il ? Son être s'effondre et devient soudain aussi mou et laid qu'un fruit pourri. Ses pas la ramènent à sa voiture. Une fois la portière fermée, elle pousse un cri, se frappe le visage, puis repart en trombe.

Avant d'arriver à Saint-Geniez, elle s'arrête. Comment, dans son état, regagner sa chambre et écouter le souffle régulier de ses enfants endormis ? Comment entrer dans le silence de la maison alors qu'elle n'aspire qu'à crier ? Elle éteint les phares et se met à pleurer.

— Je le tuerai ! murmure-t-elle comme si cela pouvait suffire à lui redonner envie de vivre.

Et puis elle se dit qu'elle n'en aura jamais la force. Sa faiblesse de femme seule l'exclut du monde.

Dans son lit, Louise remonte le drap par-dessus sa tête. Le poids de l'air et la menace de l'ombre font courir sur son corps des frissons gelés. Avant de partir, sa mère est venue l'embrasser furtivement, mais elle était ailleurs. Depuis quelque temps, elle oublie de lui faire réciter ses leçons ou même de la gronder quand elle ramène une mauvaise note. De son côté, Valentin a bien senti ce changement d'attitude, mais n'en a rien dit : il attend Noël et ne veut pas risquer de contrarier les grandes personnes dont dépendent ses nombreuses commandes.

Louise n'arrive pas à trouver le sommeil. Elle entend sa grand-mère aller et venir dans la cuisine, puis passer dans sa chambre. Le bruit habituel de la porte revêt à cette heure avancée une netteté insupportable.

Rien ne bouge dans la maison. Louise a de plus en plus froid. Les membres tremblants, elle claque des dents. Mais où est donc sa mère ? Il est tard, très tard, et elle devrait être rentrée depuis longtemps. Louise ne peut s'empêcher d'imaginer un accident, une mort aussi horrible que celle de son père, au même endroit. Alors elle pense au Dieu de son catéchisme, ce Dieu de bonté ne peut pas laisser faire ça ! Puis une autre pensée chemine dans son esprit, pire que la première : sa mère est partie avec un inconnu, loin, très loin, elle abandonne ses enfants qu'elle n'aime plus.

Louise se lève sans bruit et marche en silence sur le parquet, puis entre dans la chambre de son frère. Valentin dort profondément. Elle se glisse contre son petit corps chaud et le secoue. Dans son sommeil, le garçon murmure quelque chose. Elle lui pose la main devant la bouche : mamie a l'ouïe fine, pas un bruit ne lui échappe, et elle ne se trompe jamais sur le sens de ce qu'elle entend.

Enfin, Valentin se réveille, grogne, se frotte les yeux et sursaute lorsqu'il prend conscience que quelqu'un s'est faufilé dans son lit.

— C'est moi, lui murmure Louise à l'oreille.

— Qu'est-ce que tu veux ? Maman est rentrée ?

— Non. Peut-être qu'elle ne rentrera jamais !

— Qu'est-ce que tu racontes ?

Il ne va pas plus loin. Certes, leur mère n'est plus comme avant, pourtant, il évite d'en parler : évoquer les choses insupportables pourrait les faire se réaliser.

— Écoute, fait le gamin, si c'est pour partir dans la nuit comme l'autre fois et aller jusqu'au cimetière où on a eu vraiment peur, moi, je ne suis pas d'accord.

— L'autre fois, on a eu tort d'aller au cimetière.

— Et où tu veux qu'on aille, encore ?

— J'ai rêvé que maman avait raté un virage sur la route avant Saint-Geniez, que sa voiture était tombée dans l'eau et que, s'il n'y avait personne pour ouvrir la portière, elle allait mourir noyée.

Valentin fait une grimace et se blottit contre sa sœur.

— C'était un rêve, Louise…

— Oui, mais c'est peut-être vrai. Il faut aller vérifier.

— Tu crois ?

— Habille-toi sous les couvertures pour que mamie n'entende rien et viens, on y va. J'ai ma lampe.

Louise glisse du lit et s'approche de la porte-fenêtre, redoutant de voir surgir sa grand-mère, qui a sûrement tout entendu : Valentin fait autant de bruit qu'un mammouth !

Ils sortent en marchant sur l'herbe qui borde la cour. Une fois passé le portail, Valentin explose :

— T'es complètement folle ! Pourquoi on est partis de chez nous une fois encore ? Et puis j'ai froid et j'ai peur !

Pourquoi, en effet, chaque fois qu'elle n'arrive pas à dormir, Louise éprouve-t-elle le besoin de fuir la maison ? Elle s'est déjà posé la question mais, ce soir, toute à son angoisse, elle ne peut chasser l'image de sa mère coincée dans sa voiture au fond de l'eau.

— J'en ai marre de tes histoires ! proteste Valentin. Moi, je rentre à la maison.

Louise lui prend la main et l'entraîne dans la rue principale qui descend jusqu'au panneau SAINT-GENIEZ barré d'un trait rouge en diagonale. Un seul lampadaire éclaire les façades des maisons aux volets clos. Un bruit de pas les fait se retourner. Une femme qu'ils connaissent mais dont la lumière et la nuit déforment le grand corps les rattrape.

— Mais qu'est-ce qui vous prend ? Où allez-vous ?

Le visage de Marie est tendu, durci par la lumière crue du lampadaire, et ses cheveux hirsutes ajoutent encore à la dureté de son regard.

— Allez, à la maison ! bougonne-t-elle. Et sans bruit, vous allez réveiller tout le village !

Valentin regarde tout à coup sa sœur, qui baisse la tête, et sa grand-mère, qui darde sur la Louise des yeux méchants. Il sait par expérience que Marie va se fâcher une fois dans la maison et les priver des cadeaux les plus convoités pour Noël. Alors, comme il ne veut pas que la plus belle des fêtes se passe mal, il avoue :

— Louise veut aller chercher maman, parce qu'elle dit qu'elle ne nous aime plus !

Sa sœur se raidit brusquement et lève la main sur lui. Il rentre la tête dans les épaules.

— Tu vas te taire ! lui ordonne-t-elle.

— Mais c'est la vérité ! insiste le gamin en haussant le ton.

Cette fois, c'est la grand-mère qui le secoue :

— Tais-toi. On réglera nos comptes à la maison, quand la porte sera fermée.

— Mais c'est vrai ! répète le garçon en éclatant en sanglots. Et puis, moi aussi, je voudrais aller chercher maman !

Ils rentrent par le garage, montent l'escalier sombre et arrivent dans la salle de séjour. Alors Marie ferme les portes et se fâche à haute voix.

— Heureusement que vous faites autant de bruit qu'un troupeau de sangliers ! Maintenant, asseyez-vous là, et on va s'expliquer.

— J'ai sommeil, je veux aller dormir ! murmure Louise qui n'a pas envie de se justifier.

— Tu dormiras après. Tu veux aller chercher ta mère, c'est bien ça ?

Valentin regarde sa sœur, attendant d'elle une réponse qui ne vient pas. Marie s'est assise sur une chaise près de la table, en face des deux enfants installés côte à côte sur le canapé, deux coupables cherchant leurs mots pour atténuer la sentence. Et puis, sans raison aucune, le juge oublie sa colère et sa voix se fait conciliante.

— Je sais que ce n'est pas facile pour vous, dit-elle.

Marie comprend leur angoisse qui ressemble à la sienne. Jean allongé sur un matelas au Chandou, Fabienne partie on ne sait où ; tout va mal, ce soir. Et elle n'a pas envie de jouer avec la sensibilité de Louise, qui, à douze ans, comprend tout.

— Moi aussi, je me fais du souci, avoue-t-elle en baissant les yeux. Cette maison vide est trop silencieuse. Alors, puisque vous êtes réveillés, on va aller la chercher, votre maman !

Elle prend son manteau et invite les enfants à faire de même. Ils obéissent en silence, conscients de se lancer dans quelque chose de grave, qui peut changer leur vie. Quand ils partent à la recherche de leur mère tous les deux, c'est presque un jeu. Mais si leur grand-mère les accompagne, cela devient sérieux, et ils redoutent l'affrontement entre les deux femmes.

Marie ramasse son trousseau de clefs, descend au garage et en ouvre la porte. La lumière découpe sur le gravier de la cour une langue claire. Une fois la voiture sortie, très calme, la grand-mère éteint la lumière, referme la porte et demande aux enfants de monter dans le véhicule. D'ordinaire, Louise fait valoir son privilège de grande pour monter à l'avant. Cette nuit, elle se place à l'arrière auprès de son frère, et saisit sa main. La voiture quitte la cour et se dirige vers Naves pour s'arrêter devant le centre médical où tout est éteint. Parcourant du regard les autos garées sur le parking et ne trouvant pas celle de sa fille, Marie décide de poursuivre vers Tulle.

Quelques minutes plus tard, ils sont dans la rue qui longe la rivière. Louise roule lentement, observant tous les véhicules garés sur les petites places et sur le bord de la route.

— La voiture de maman ! s'écrie tout à coup Valentin.

— Où ça ?

— Là, au fond.

Marie se gare près du trottoir. Les enfants descendent et courent sur la petite place. Mais Louise revient bien vite vers sa grand-mère, dépitée.

— Ce n'est pas sa voiture. Il s'est trompé !

— J'ai cru..., s'excuse le gamin.

Il avait surtout besoin de parler, de dire n'importe quoi pour échapper à la tension qui lui broyait la poitrine.

La grand-mère descend jusqu'à la gare et remonte par la rive droite de la Corrèze, ralentissant chaque fois qu'elle voit une voiture ressemblant à celle de Fabienne. Ils rentrent ainsi à Saint-Geniez par la route de la rivière. Marie conduit lentement parce qu'elle ne voit pas très bien la nuit.

— La voiture de maman ! s'exclame soudain Louise.

Marie, qui n'a rien vu tant son attention est accaparée par la route, pile.

— Là, dans l'ancienne carrière, tout au fond !

La vieille femme fait une marche arrière hasardeuse. Le véhicule est bien là. Qu'est-ce que cela signifie ?

— Restez ici, ordonne Marie en sortant.

Elle redoute un drame, et les enfants l'ont bien compris. Ils se tassent sur leur siège, retenant leur respiration. Valentin ferme les yeux et tente de s'imaginer dans son lit, mais n'y parvient pas. Malgré sa peur, Louise jette un regard furtif à travers la vitre et entend la voix de sa grand-mère qui demande :

— Mais qu'est-ce que tu fais là ?

Fabienne reprend contact avec la réalité. L'irruption de sa mère dans sa vie parallèle la ramène de plein fouet à cette nuit fraîche et humide.

— Les petits n'arrivaient pas à dormir. Alors on est partis à ta recherche. Ils t'attendent dans ma voiture.

Sans un mot, Fabienne démarre et allume ses phares tandis que sa mère regagne son véhicule.

De retour à Saint-Geniez, les deux voitures se garent côte à côte dans la cour. Valentin sort le premier et se jette dans les bras de sa maman, puis Louise, plus retenue, comme sur ses gardes, s'approche à son tour.

— Mes petits chéris !

Ils sentent les larmes sur les joues de leur mère, mais ne lui font aucune remarque.

— Il faut aller dormir, maintenant, intervient Marie. Demain, vous avez école et vous allez être fatigués.

Les deux enfants ne se font pas prier pour remonter dans leur chambre, où ils se déshabillent sans un mot. Enfin, ils se glissent dans leur lit, conscients qu'ils vont bien dormir à présent que leur mère est rentrée.

Fabienne vient les embrasser et éteint la lumière. Une fois les portes refermées, elle retourne dans la salle de séjour où sa mère, assise dans le fauteuil de Jean, l'attend. La vieille femme ne dit pas un mot quand sa fille s'assoit sur le canapé. Le silence entre elles pèse aussi lourd que leurs pensées.

— Il faut aller se coucher, finit par dire Marie en se levant. Demain est un autre jour.

Elle se dirige vers sa chambre, ferme la porte. Fabienne demeure encore un long moment dans la pièce silencieuse. Puis elle va s'allonger sur son lit.

Le lendemain matin, vers sept heures, plusieurs voitures dont un petit car de l'administration pénitentiaire et deux fourgons de gendarmerie s'arrêtent sur le parking du Chandou. Le Dr Bellard arrive à son tour, les cheveux en bataille, de très mauvaise humeur. Le commandant de gendarmerie a exigé la présence de cet insomniaque qui ne parvient à s'endormir qu'aux premières heures du matin. Les résidents du centre de repos sont réveillés par des éclats de voix dans les couloirs, des pas rapides, des portes qui claquent.

Les grévistes n'ont pas beaucoup dormi. L'accident cardiaque de l'un des leurs les a traumatisés. Pierre Fournel a beau répéter que c'est un hasard, qu'Armand Lenoy aurait fait son infarctus chez lui de la même manière, ils n'en sont pas convaincus et guettent en eux les moindres palpitations, auxquelles ils donnent volontiers un sens tragique. Les portes s'ouvrent, la lumière s'allume ; le préfet en personne fait quelques pas dans la pièce, où flottent de mauvaises odeurs de corps sales et de vêtements imprégnés de sueur.

— Messieurs, commence-t-il, il n'est pas raisonnable de poursuivre votre protestation de cette manière. L'accident cardiaque d'hier au soir doit vous éclairer sur le danger que vous courez. Aussi, j'ai décidé, en accord avec les autorités médicales, de suspendre votre mouvement. Vous devez reprendre une alimentation normale. Ceux qui refuseront seront nourris par perfusion, qu'ils le veuillent ou non.

— Vous n'avez pas le droit ! objecte Fournel en tenant tête au préfet.

— Je prends mes responsabilités, monsieur. Je ne veux pas être accusé de non-assistance à personnes en danger. Ce n'est plus le moment de jouer. Vous pourrez reprendre votre action d'une autre façon, qui ne représentera aucun danger pour votre santé et celle de vos acolytes.

— Vous cassez une grève ? Nous pouvons porter plainte !

Le préfet n'est pas là pour parlementer. Sa décision est prise.

— Messieurs, ajoute-t-il à la cantonade, je vous demande de sortir de la pièce et de monter dans le fourgon qui vous conduira à l'hôpital, où un médecin vous examinera. Ceux qui accepteront de recommencer à se nourrir resteront une partie de la journée en observation. Puis, si tout va bien, ils pourront rentrer chez eux dès ce soir.

Les gendarmes avancent entre les lits de camp ; les grévistes se lèvent en rouspétant. La plupart sont fort aises que prenne fin un mouvement dont ils commençaient à douter, mais ne peuvent accepter que les forces de l'ordre les poussent dehors comme de vulgaires malfaiteurs.

Ils quittent la pièce en protestant et s'entassent dans le hall, troupeau tremblant attendant les ordres, tandis que les infirmières ouvrent en grand les fenêtres. Le manque de nourriture les a affaiblis plus qu'ils ne voudraient le montrer ; ils marchent avec difficulté. Ils sont pitoyables, ces papys aux cheveux en broussaille, à la mine défaite et aux vêtements fripés ! Leurs profondes rides marquent sur leur visage une souffrance qu'ils voudraient cacher. Et Jean prend conscience du naufrage de la vieillesse, de l'abîme de ses soixante-dix-huit ans. Le mur qui le sépare des autres, de ces jeunes infirmiers, lui semble infranchissable. Son âge le retient au bord de la vie, là où personne ne veut aller.

— Mais c'est le panier à salade ! s'exclame l'un des grévistes alors qu'un gendarme ouvre les portes grillagées d'un fourgon. Je n'ai jamais fait de mal à personne ! J'ai toujours payé mes impôts ! Je mérite d'être considéré autrement !

— On monte sans faire de manières, réplique un gendarme tout en poussant l'attroupement vers le véhicule.

Jean obéit, conscient que sa place n'est pas là. Les grévistes grimpent lentement dans le fourgon. Les infirmiers doivent aider ceux dont les articulations sont rouillées après deux nuits et un jour passés allongé. Les portes se ferment ; un bruit métallique de portes de prison.

— Si on les écoutait, le monde arrêterait de tourner pour rester comme ils l'ont connu dans leurs belles années. Les vieux, c'est le contraire du progrès, s'exclame un infirmier en observant les gendarmes restés sur le côté, mal à l'aise dans cette opération à laquelle ils n'ont pas demandé de participer.

La presse a largement parlé de la grève de la faim. Beaucoup de téléspectateurs se sentent solidaires de ces pauvres vieux qui se battent pour garder leur maison. Au conseil général de la Corrèze, tout comme à la préfecture, ce qu'on redoutait se produit : les politiciens trouvent là l'occasion de toucher les électeurs et en profitent. Les écologistes font valoir des arguments maintes fois ressassés, mais qui portent : *Vallée de la Corrèze : un fleuron que l'on est prêt à détruire au nom de la sacro-sainte énergie*, titre Jérôme Lecamp dans *La Montagne. Ce n'est pas raisonnable*, écrit-il ensuite. *N'oublions pas que des espèces animales et végétales rares vivent dans cette vallée, et que leur territoire décroît d'année en année. Nous devons aussi penser aux poissons migrateurs qui seront arrêtés dans leur retour vers les frayères. Ainsi, l'opération Saumon de la Dordogne, qui a coûté des millions d'euros aux contribuables, sera-t-elle stoppée net ? Des analyses récentes montrent, en effet, que les eaux de la Corrèze sont particulièrement favorables au développement des tacons. Le barrage va anéantir des kilomètres de frayères potentielles. Ne faut-il pas se poser la question de la conservation de sites naturels tant qu'il en reste encore ?*

Tous ces bavardages énervent Belmas, qui voudrait avancer mais ne peut rien faire tant que les cordons de la bourse ne se délient pas.

— Tout ça pour une poignée de vieux cons qui seront morts dans dix ans ! dit-il au préfet, qui a reçu l'ordre de modérer ses propos et ses actes après son opération coup de poing contre les grévistes de la faim.

Malgré cela, les travaux de repérage se poursuivent. Les ingénieurs tracent des plans, des courbes de niveau, déterminent avec exactitude la hauteur de la digue, son implantation en forant le sol pour en déceler les failles et étudier la nature des roches qui vont porter l'ouvrage. Ces travaux préliminaires doivent durer plusieurs mois, le temps de reloger les personnes à déplacer. On sait déjà que les maisons ne seront pas reconstruites à temps, mais on trouvera le moyen de faire patienter les gens. Les financements promis par l'Europe se font attendre et, dans sa situation, l'État ne peut pas se permettre d'avancer l'argent d'un projet démesuré. Après les élections de 2012, les choses seront plus claires et on pourra probablement aller un peu plus vite, mais pour l'instant les politiciens restent sur leurs gardes et ne se hasardent pas à découvert.

Pendant que Jean part pour l'hôpital dans un fourgon pour détenus, à Saint-Geniez, Valentin et Louise se lèvent, la tête lourde, hantés par ce qu'ils ont vécu la nuit. Ils redoutent de paraître devant leur mère, de retrouver en pleine lumière la femme perdue dans la carrière abandonnée. Pourtant, tout se passe bien. Marie est à sa place, dans la cuisine, et leur sert leur jus d'orange et leurs tartines. Fabienne sort de la salle de bains avec sa tête ordinaire, coiffée, le visage lisse. Peut-être a-t-elle un peu forcé sur le fond de teint pour cacher ses traits creusés, mais les deux enfants ne remarquent aucune différence dans sa manière de les embrasser. Après le petit déjeuner, ils prennent leur cartable et sortent. Le jour n'est pas encore levé. Ils traversent la cour pour rejoindre leurs camarades sur la place. Le car arrive.

Restées seules, Marie et Fabienne gardent le silence. La mère range les bols dans le lave-vaisselle, la fille, assise à la table de la cuisine, feuillette son agenda et tente d'organiser son itinéraire.

— Ce soir, dit la vieille femme, il va falloir faire travailler Louise. Elle n'est pas au point pour son contrôle de maths.

— Je vais m'arranger pour rentrer plus tôt, décide Fabienne.

Elles n'ajoutent rien. Quand l'infirmière saisit son manteau pour sortir, sa mère lui demande si elle pourra prendre des nouvelles de son père.

— Je vais passer au Chandou. J'ai appris par une collègue que le préfet ne voulait pas prendre de risques et que la grève s'arrêterait aujourd'hui. C'est très bien comme ça.

— Tu me téléphoneras pour me dire... je suis tellement inquiète !

Fabienne fait oui de la tête et sort. Une fois au volant de sa voiture, tandis qu'elle roule vers Naves, une terrible douleur la mord au plus sensible de son être. Elle voudrait ne plus jamais penser à Belmas, pourtant il n'a jamais été aussi présent. Et s'il surgissait devant elle ? Fabienne saurait-elle le repousser ? Probablement pas !

Elle passe au centre médical, bavarde un instant avec Nathalie Lebrun, qui arrive toujours la première, puis part pour son premier rendez-vous. Malgré elle, ses yeux se portent sur la maison de l'ingénieur. La porte en chêne foncé est fermée, les volets sont clos, ce qui ne signifie pas grand-chose, car il passe très peu de temps chez lui. Pourtant, Fabienne a la certitude qu'il n'a pas dormi là, mais à

Tulle, probablement à l'hôtel, dans les bras de la blonde.

Elle quitte le bourg, plombée par un malaise insoutenable, se disant que ce n'est rien, que tout cela est moins grave qu'un cancer, et que tout ira mieux dans quelques jours. Elle se dirige vers Tintignac, un village perché sur une colline, réputé pour ses vestiges gallo-romains. Elle est un peu en avance : Mme Ventuet, qu'elle doit vacciner contre la grippe, a l'habitude de se lever tard. Alors Fabienne prend la direction de Tulle. Une fois dans la rue principale qui longe la rivière, elle cherche une place pour se garer, puis sort marcher sur le trottoir. Elle passe plusieurs fois devant le café, explorant la salle, mais une partie demeure dans l'ombre. Elle entre donc, s'assoit à une table au fond et commande un café. Ayant observé tous les clients les uns après les autres, elle peut se rendre à l'évidence : Belmas n'est pas là, ce qui la rassure. Un tremblement incontrôlable agite ses membres. Elle a du mal à respirer, une sueur froide perle à son front. Elle avale son café brûlant et sort. Plusieurs fois, elle passe devant l'hôtel où Belmas et l'inconnue sont entrés l'autre soir, mais n'ose pas franchir la porte. Elle revient donc vers sa voiture avec le sentiment de perdre son temps, mais ne parvient pas à se décider à partir chez Mme Ventuet. La pensée d'aller travailler la rebute.

Finalement, elle prend la route qui mène au chantier, ralentit pour observer les machines qui s'activent, les hommes portant des casques jaunes et criant des ordres à des conducteurs qui manœuvrent entre les tas de terre. L'un d'eux retient son attention : c'est peut-être Belmas, mais elle se rend compte qu'elle n'a aucun souvenir de sa silhouette. Elle ne l'a vu que de près et connaît mieux le grain de sa peau que la forme de ses épaules. Pourtant, l'amour pour cet homme s'est planté en elle comme une épine qu'elle n'a pas la force de retirer. Le quitter, penser à quelqu'un d'autre, aller vers une nouvelle rencontre serait la meilleure manière de se tirer d'affaire, mais comment imaginer l'avenir sans lui ? Fabienne se sent comme une droguée, une alcoolique attachée à ce qui la détruit. Pourtant, elle se dit que sa constance, la sincérité de ses sentiments sont ses meilleures armes, et que François finira par l'aimer.

Elle appelle de son portable la secrétaire du centre médical.

— Sophie ? Oui, c'est Fabienne. J'ai une terrible migraine, est-ce que tu peux décaler mes rendez-vous de la matinée et t'arranger avec Nathalie pour mes urgences ?

— Qu'est-ce qui se passe ? Tout à l'heure tu semblais en pleine forme !

— J'avais déjà un peu mal, mais là, c'est vraiment l'horreur, je ne voudrais pas faire des bêtises.

— Tu veux que j'en parle au docteur ?

— Non, ce n'est pas la peine, ça va passer, j'ai l'habitude.

Lorsqu'elle raccroche, Fabienne se demande pourquoi elle a annulé ses rendez-vous. Cette longue matinée d'inactivité la mettra face à ses préoccupations, sans le répit du travail, et sans personne à qui parler. Elle stoppe sa voiture à l'orée d'un bois et part se promener. La terre mouillée, l'humidité et le froid lui font rebrousser chemin. Elle décide alors de se rendre à l'hôpital pour prendre des nouvelles de son père.

Elle apprend que Jean a accepté de recommencer à s'alimenter, comme la plupart des grévistes. Tous pourront rentrer chez eux dans l'après-midi. Seul Pierre Fournel s'obstine, il a signé une décharge et prend sur lui la responsabilité de son acte.

La décision de son père soulage Fabienne, mais elle a la tête ailleurs. Après avoir appelé sa mère pour la tranquilliser, elle repart en se disant que cette longue journée ne pourra pas se passer sans qu'elle voie François. Au fond, c'est pour cette raison qu'elle a annulé ses rendez-vous. Revenant vers le barrage, elle compose son numéro.

— Je suis libre pour la matinée, lui avoue-t-elle. Et j'ai envie de te voir.

— Le temps de donner quelques consignes et je te rejoins, s'empresse de répondre Belmas.

Fabienne pose son téléphone, le cœur battant. Elle sourit, prête à crier sa joie. François va arriver d'un instant à l'autre, et le monde redeviendra vivable. Avec lui, elle peut tout supporter, tout admettre. C'est vrai, elle l'a vu hier avec une autre femme, mais il va s'expliquer, elle est prête à entendre toutes ses bonnes raisons. La vie est belle !

Quelques minutes plus tard, une voiture se gare près de la sienne, et soudain Belmas se tient devant elle, lui sourit et lui tend ses bras, où elle se précipite, oubliant la petite voix aigre qui résonne comme un avertissement. Une fois encore, l'oiseau se jette dans la gueule du serpent, mais c'est si bon ! À cet instant, ses griefs n'ont plus aucun sens. Elle renaît.

— Enfin, je te retrouve, murmure l'ingénieur.

Fabienne chasse de son esprit l'image obsédante de François tenant la main de la femme blonde. Elle ne veut penser qu'à l'instant, se donner à son bonheur total.

— Ce n'est pas bien de se retrouver au mobil-home du chantier, lui dit-il.

— Qu'est-ce que ça peut faire ?

— Ce n'est pas confortable. Notre amour mérite une véritable chambre, un véritable lit ! Viens.

Il ouvre la portière de sa voiture.

— Monte.

— On va où ?

— J'ai loué un studio à Tulle. La maison de Naves est trop grande pour moi seul et loin de tout.

— Et ma voiture ?

— Je te ramènerai.

Ils partent. Fabienne est au paradis. Son portable sonne, elle l'arrête d'un geste sec, sans penser que ça peut être sa mère ou ses enfants. Elle n'est plus dans le monde gris des vieux, elle oublie les maisons à l'odeur de renfermé et aux objets sans âge. Fabienne voit seulement François qui conduit, le profil de son visage qu'elle n'avait pas pris le temps de regarder, la forme volontaire de son menton, son nez court et fin, les premiers cheveux gris à la base des tempes. Elle voudrait prendre sa main posée sur le volant, la serrer à se faire mal. Tout est lumière et soleil. Elle s'en veut de l'avoir jugé puis condamné, de l'avoir soupçonné de mauvaises intentions. Fabienne rayonne ; elle est à lui pour toujours.

Le véhicule se gare devant un immeuble dans une rue en pente du Trech. Ils montent un escalier couvert d'un tapis rouge, éclairé par des appliques dorées. Sur le palier, Belmas sort son trousseau de clefs et ouvre une porte. Deux valises sont posées à l'entrée.

— Je déménage, explique-t-il, et puis je n'ai pas beaucoup de temps pour ranger.

— Tu as des nouvelles des grévistes de la faim ? Tu sais qu'ils ont arrêté ?

— Oui. Je sais que Pierre Fournel s'obstine. Il n'est pas comme les autres, celui-là, mais il finira bien par céder.

— Et les écologistes ? Il paraît qu'ils prévoient une manifestation dimanche prochain...

— Des emmerdeurs ! dit Belmas d'une voix aigre que Fabienne n'aime pas. On va les mettre au pas, eux aussi. Si on écoutait tout le monde, on ne ferait jamais rien.

Il prend la jeune femme dans ses bras et l'entraîne sur le lit où il la renverse. Fabienne croit déceler une précipitation, une hâte qui lui déplaît, mais elle l'oublie vite. Elle fait l'amour avec l'homme qu'elle aime, elle n'existe plus, elle n'est qu'un corps qui cherche à rattraper le temps perdu.

Jamais elle n'a éprouvé une telle volupté, un bonheur aussi intense. Les battements de son cœur reprennent un rythme normal à mesure qu'elle se laisse aller à une douce torpeur. Près d'elle, Belmas semble dormir, un léger sourire sur les lèvres. Fabienne regarde le visage en apparence dur de cet homme obstiné, et à cet instant elle croit y déceler une douceur presque juvénile. À quoi pense-t-il, les yeux clos, les bras le long de son corps nu ? Fabienne passe l'index sur ses lèvres qui sourient.

Un téléphone sonne. L'ingénieur sursaute, se redresse et cherche parmi ses habits en boule sur la moquette la poche de son pantalon, trouve enfin l'appareil, qu'il porte à son oreille. « Allô, François ? » L'infirmière entend la voix d'une femme, d'une maîtresse, sûrement celle de la veille. Elle se raidit et regarde Belmas couper la communication sans parler.

— C'est rien..., dit-il.

Fabienne saute du lit et récupère ses vêtements, qu'elle enfile rapidement.

— Qu'est-ce qui te prend ? lui demande François. Où vas-tu encore ?

Elle ne répond pas, s'habille avec des gestes brusques, ne réussit pas à boutonner son chemisier.

— Fabienne, pourquoi tu t'en vas comme ça ? demande Belmas en tentant de l'attirer à lui.

— J'ai entendu, c'est elle ! crie Fabienne en prenant son manteau et en courant vers la porte.

— Mais non, je t'assure, c'est la secrétaire du président du conseil général !

L'infirmière dévale l'escalier, court dans la rue ; une folle avec ses cheveux en désordre et ses vêtements fripés. La jalousie lui dévore les entrailles. Sa voiture est garée à cinq kilomètres, il lui faut prendre un taxi, mais pour cela elle doit descendre jusqu'à la gare. « Je le tuerai », répète-t-elle pour elle-même, consciente que seule la disparition de Belmas peut la libérer d'une relation destructrice et sans partage. Elle traverse la Corrèze par le pont de la Barrière, bouscule une vieille dame et poursuit sa route sans s'excuser. Mourir serait une délivrance, mais elle n'a pas la force d'enjamber le parapet et de se jeter dans la rivière. Une voiture jaune de la poste s'arrête à sa hauteur.

— Fabienne ? Où vas-tu comme ça ?

Encore et toujours Lionel ! Il passe son temps à la surveiller, celui-là ! Ça l'horripile ! Pourtant elle s'arrête.

— Monte, je vais te déposer.

Elle n'a pas la force de refuser. Elle monte dans la voiture, qui repart dans la circulation.

— Ça ne va pas, hein ? remarque Lionel en la regardant un instant. Où veux-tu que je t'emmène ?

— À ma voiture, sur la route de Naves.

Sans un mot, il sort de la ville et part dans la campagne. À côté de lui, Fabienne se recroqueville sur elle-même et pleure.

— Tu as compris, ça y est ? demande Lionel sans quitter la route des yeux.

— Qu'est-ce que je devrais avoir compris ? Et toi, qu'est-ce que tu faisais à Tulle à cette heure ? Tu me surveilles ?

— Non, j'ai apporté le courrier comme tous les jours à cette heure. Et je t'ai vue courir. Fabienne, tu es en train de te faire du mal pour rien.

— Ramène-moi à ma voiture, je n'ai besoin de personne.

Ils y arrivent, Fabienne s'échappe sans un merci, sans le moindre mot. Le facteur attend qu'elle soit partie pour se garer un peu mieux et arrêter le moteur. Il a dépassé le stade de la simple jalousie, et aussi de la colère. Depuis la mort de Julien, il espère retrouver cette femme, pour cela, il est prêt à tout accepter, mais il sait aussi que le chemin qui les conduit l'un vers l'autre est encore long, semé d'embûches. L'arrivée de Belmas a contrarié ses projets. Lionel a espionné l'ingénieur et découvert l'homme aux multiples aventures qui pousse Fabienne vers l'enfer. Or Fabienne est orgueilleuse, mais aussi fragile, ce qui la rend capable des pires bêtises.

Dans la soirée, après avoir déposé les élèves, le car scolaire du garagiste-taxi-ambulancier Dubout part pour l'hôpital, afin de ramener les manifestants. Lorsque le véhicule arrive à Saint-Geniez, la nuit est tombée. Les grévistes de la faim en descendent, sous les regards curieux des villageois qui sont venus les accueillir. Marie a l'impression de retrouver un Jean vieilli de dix ans. Elle est si contente qu'elle voudrait l'embrasser, mais n'ose pas le faire devant tout le monde. Son mari passe devant elle et marche avec peine, courbé, la tête basse, comme honteux après une fugue.

— Tu as une mine de déterré, lui dit Marie.

Pierre Fournel est le dernier à sortir du petit car. Le visage blême, ses longs cheveux blancs en broussaille, l'homme a fini par se rendre à la raison du médecin. Il ne cède pourtant pas tout à fait.

— On n'a pas dit notre dernier mot ! déclare-t-il à la cantonade.

Olympe l'attend. Grande comme lui, vêtue sans soin, mal coiffée, elle l'embrasse sur les deux joues.

— Ce n'est pas fini, je vous le garantis ! insiste-t-il.

Sa fille lui donne le bras, mais il n'est pas pressé de regagner sa maison trop grande pour lui. Il parcourt des yeux la place, comme s'il cherchait quelqu'un. Une voiture s'arrête : c'est le maire qui vient saluer les grévistes et les féliciter d'avoir eu le bon sens d'arrêter leur action insensée.

— Ne croyez pas pour autant que vous avez gagné la partie, lui glisse au passage le Parisien.

Franck Leyrel passe sa main dans ses cheveux très courts. L'heure n'est pas à la polémique. Les vieux grévistes de la faim ont l'opinion publique pour eux. Le maire espérait que les journalistes en montreraient le ridicule, ils ont insisté sur la noble action des seniors qui cherchent à préserver une vallée, non pas pour eux, mais pour les générations à venir.

— Monsieur Leyrel, ajoute Fournel sur un ton hautain, la France entière est de notre côté.

L'élu monte dans sa voiture comme s'il n'avait rien entendu. Fournel est un homme avisé qu'il ne veut pas affronter. Sa culture, son sens de la repartie en font un adversaire redoutable.

Dès qu'il l'aperçoit, Valentin court embrasser son grand-père, heureux de constater qu'il n'est pas devenu un horrible squelette. Le gamin est tellement content qu'il raconte n'importe quoi :

— Tu sais, papy, à l'école, on dit que le lac sera aussi grand qu'une mer.

— C'est presque vrai, confirme Jean qui, éreinté, gagne directement son fauteuil.

Marie passe à la cuisine et revient avec un bol de soupe fumant.

— Tu vas boire ça pour te réchauffer. Après ces deux jours, je comprends que tu sois fatigué ! Si encore ça avait servi à quelque chose…

Sans un mot, il porte le bol à ses lèvres et aspire bruyamment le liquide chauffé à la bonne température. Jean prend conscience de la chance qu'il a de boire un bouillon des bons légumes de son potager. Un remède à tous ses maux et à toutes ses douleurs. En retrouvant son chez-lui, il redevient lui-même, indépendant et libre. Là-bas, sous la tente puis dans la pièce du Chandou, il n'était qu'un visage parmi tant d'autres, dépossédé de son âme, soumis à une volonté collective. Heureux, Valentin ne cesse de taquiner sa sœur au lieu de réviser ses leçons pendant que Marie s'active dans la cuisine. Le vieil homme retrouve les bruits du soir qui annoncent le calme de la nuit. Si rien de mauvais ne peut lui arriver dans cet espace qui lui ressemble, il ne se sent toutefois pas très fier de lui : la certitude que son action n'a servi à rien lui évoque la mort inutile de Georges. Son ami a fui un monde qui n'est plus fait pour eux. Alors pourquoi s'obstiner ?

Fabienne arrive, embrasse son père sans un mot et va vérifier les devoirs des enfants. Avec ses yeux sans fard, ses joues sans fond de teint, elle paraît plus vieille que d'habitude. Son visage pâle montre une profonde contrariété. Jean l'entend s'en prendre à Louise qui n'a pas appris sa dictée, puis à Valentin qui ne sait toujours pas faire les soustractions avec retenue. Cette attitude naturelle le rassure un peu.

Fabienne revient dans la cuisine puis met le couvert dans la salle à manger. La brusquerie de ses gestes, le bruit des assiettes et couverts qu'elle jette au lieu de les poser délicatement, n'échappent pas à sa mère. Marie aimerait pouvoir lui parler, lui ouvrir son cœur et ses souvenirs pour la mettre en confiance, mais ce n'est pas possible ; la présence de Jean exclut certaines confidences.

Excédée, l'estomac retourné, fébrile, l'infirmière a attendu tout l'après-midi un appel de Belmas, et le silence de cette soirée la place face à un désespoir sans fond. Le temps ne passe pas, chaque heure dure des siècles. Elle voudrait pleurer, se vider de sa peine, mais auprès de son père et de ses enfants elle présente un masque rigide qui n'échappe à personne.

Marie parle pour meubler le silence, évoque les premiers gels sans conséquence, l'humidité, regrettant les hivers d'autrefois, plus rudes, certes, mais avec de la neige, cet engrais naturel qui débarrassait les potagers de leurs parasites. Jean mange sa soupe sans un mot, puis décide d'aller se coucher. La télévision éteinte maintient un silence angoissant.

Les enfants passent dans leur chambre sans se faire prier, pressés de se réfugier dans le sommeil. Marie prépare une tisane pour Jean pendant que Fabienne range la vaisselle. Puis la jeune femme monte se coucher à son tour, sous le regard préoccupé de sa mère.

Une fois la porte fermée, elle pose son portable sur sa table de nuit, s'allonge sur son lit sans se déshabiller, espérant toujours cet appel qui ne vient pas. François est donc avec la femme blonde, il ne pense pas à elle. Vers onze heures, l'envie d'aller l'épier, de parcourir les rues de Tulle, de fouiller du regard tous les bistrots la fait s'asseoir sur ses couvertures, mais la force lui manque pour sortir. Ses membres ont la dureté de la pierre, et il lui semble que la présence de son père lui impose une retenue de petite fille. Elle s'allonge de nouveau, un pieu planté dans la poitrine.

Au petit matin, elle est la première levée. Elle passe dans la cuisine, où sa mère la rejoint. Ensemble, les deux femmes préparent le café.

— Qu'est-ce qui se passe ? demande Marie.

— J'ai un patient à aller voir avant sept heures et c'est à Vigeois.

Marie s'abstient de le dire, mais lorsque sa fille habitera seule avec ses enfants, elle ne pourra plus partir ainsi à n'importe quelle heure du jour ou de la nuit.

— Je m'arrangerai avec les collègues, lui dit Fabienne, qui a compris le silence de sa mère. Sois tranquille, je ne laisserai jamais les enfants seuls !

Elle s'en va dans la nuit. Il a gelé ; l'air pique et l'herbe scintille de cristaux de glace. Fabienne prend la route de Tulle et s'arrête devant le chantier du barrage. Elle n'a pas de rendez-vous de si bon matin, mais elle voulait éviter de voir ses enfants, surtout Louise, qui comprend beaucoup de choses et devant qui elle se sent indigne. L'absence de Belmas la rend incapable de se concentrer sur son travail. Elle roule ainsi jusqu'au lever d'un soleil rouge et froid dans un ciel sans nuages. Après avoir traversé Tulle plusieurs fois, elle s'arrête en retrait de l'immeuble où Belmas a loué son studio. Où est-il ? Cette question l'obsède une partie de la matinée. À partir de neuf heures, son portable se met à sonner sans arrêt. Chaque fois, elle sursaute, espérant la délivrance, mais ce ne sont que des patients. Un seul appel l'intéresse, et il ne vient pas.

Vers dix heures, elle remonte la route en direction du chantier. Les ouvriers travaillent déjà avec les métreurs, les géomètres, les ingénieurs géologues et les hydrologues. Mais Belmas n'est pas là. Alors elle passe au centre médical, où Nathalie Lebrun la regarde attentivement.

— Dis donc, tu en fais une tête ! lui dit-elle. Ça ne va pas ? Tu es malade ?

— Non, ça va, ne t'en fais pas.

— Tout le monde te réclame, on se faisait du souci !

— Je suis fatiguée, c'est tout. Je vais appeler mes patients pour m'excuser.

Ce matin, François Belmas quitte son appartement plus tôt que d'habitude. Les opposants au barrage marquent des points : les vieux ont su toucher l'opinion, et leur sacrifice silencieux a rallié à leur cause un grand nombre d'indifférents. Le public s'indigne à l'idée qu'on déplace des personnes âgées, car cela revient à les tuer. Un élan de solidarité relayé par la presse pousse les politiciens à revoir leurs choix, car ce qui était jusque-là un détail local pourrait les priver des voix dont ils ont tant besoin.

L'ingénieur sait combien les élus peuvent être versatiles. Ils trouvent toujours, au nom de grands principes, la manière de retourner leur veste. En période électorale, il faut faire attention à ce qu'on dit ; la langue de bois dissimule bien des lâchetés, et le refus de prendre position ouvertement permet de suivre le sens du vent quand il tourne.

Belmas se rend au pied des piliers de l'autoroute qui surplombe la vallée. Ils ont été construits sur de la roche solide mais, redoutant l'action de l'eau, les géologues ont décidé de les renforcer par un enrochement artificiel.

L'ingénieur en chef est attendu par l'équipe de spécialistes. Tous ont totalement confiance en lui. Ils connaissent sa vie mouvementée, mais aux yeux de chacun il reste la personne le plus fiable pour les travaux d'hydrologie et la construction d'ouvrages d'envergure. Belmas a fait ses premières armes en Ukraine, où il a conçu et mis en place des barrages immenses. Il a également cédé au charme des Ukrainiennes, frôlant par deux fois le scandale, qu'il a su étouffer à temps. De retour en France, décidé à se ranger, il a épousé en 1998 Katy Demange, une magnifique Parisienne, fille d'un riche importateur de tissus d'Orient dont l'insertion dans la bonne société de la capitale a servi l'ingénieur ambitieux et talentueux. Puis ses frasques l'ont mené à un divorce affligeant, après quoi son beau-père n'a pas manqué de le plomber auprès des administrations et de faire rayer son nom des grands travaux de l'État. Il s'est alors emparé du projet de barrage sur la Corrèze. Il a su en démontrer l'importance et les retombées économiques pour cette région, qui a vraiment besoin d'évoluer, portée par un élu de premier plan, François Hollande.

La plupart des politiciens et décideurs ne s'attendaient pas à une opposition aussi radicale de la part d'une population âgée et peu influente. Plutôt réservés au début, les écologistes se sont placés du côté des manifestants lorsque la presse en a fait ses unes. Les candidats aux futures élections législatives, de droite comme de gauche, sont désormais obligés de se prononcer en tenant compte du mouvement populaire et se renvoient la responsabilité de décisions prises à la hâte.

Belmas doit évoluer dans cette atmosphère de suspicion générale où il est fort difficile d'obtenir une signature pour débloquer les crédits déjà votés. Au viaduc, il retrouve Luc Lerrit, son adjoint. Autour du pilier ouest, une pelleteuse creuse une cavité pendant qu'une excavatrice extrait des carottes de roche que les géologues examineront avant de faire des prélèvements pour les analyser en laboratoire. François salue tout le monde.

— Alors, qu'est-ce que vous en pensez ?

— Il nous semble qu'un enrochement ordinaire serait largement suffisant, déclare un géologue. Mais la couche inférieure est poreuse. Donc par mesure de précaution nous allons devoir injecter du ciment sur plusieurs mètres de profondeur. On pourrait sûrement s'en passer, mais mieux vaut être prudents pour rassurer tout le monde et éviter de donner des arguments supplémentaires à nos adversaires.

— Très bien, approuve Belmas. Cela dit, ça va coûter cher, et les enveloppes ont plutôt tendance à rétrécir au fil des semaines…

Des cris venus du bosquet l'arrêtent dans sa phrase. Il voit un homme traverser la route, sauter en contrebas et courir vers le groupe d'ouvriers. C'est Boncelli, un vieux des collines qui n'a pas pu participer à la grève de la faim à cause de son cancer du côlon. Sa maison n'est pas menacée, mais ce grand pêcheur de truites ne supporte pas qu'on transforme sa belle rivière en mare à gardons. Il gesticule et profère des menaces tout en agitant son fusil.

— Bande de salauds ! hurle-t-il. Déjà il a fallu qu'ils plantent ce piquet dans mon domaine pour faire passer les voitures dans les nuages, et maintenant vous voulez tout noyer ? Salopards !

Belmas s'approche pour calmer le vieil homme, mais celui-ci pointe son fusil.

— Le premier qui bouge, je le flingue comme un lapin !

Les ouvriers se sont approchés, prêts à intervenir pour maîtriser le forcené. L'un d'eux avertit les gendarmes avec son portable.

— Monsieur, je vous en prie, tente Belmas.

L'arme tonne. L'ingénieur pousse un cri et s'effondre. Les autres se précipitent vers lui. Boncelli prend conscience de son acte fou, jette son arme et se précipite vers le blessé, qui grimace de douleur.

— Qu'est-ce que j'ai fait ? Bon Dieu, qu'est-ce que j'ai fait ?

Le vieil homme tente d'aider Belmas à se relever. Il n'a jamais fait de mal à personne. Comment a-t-il pu en venir à une pareille extrémité ? Les gendarmes arrivent en même temps que les pompiers, accompagnés du Dr Marchelin, qui examine immédiatement la plaie. Rien de très grave, mais il faut conduire le blessé à l'hôpital. Boncelli pleure à chaudes larmes.

— Mais qu'est-ce que j'ai fait ? gémit-il. Voilà que je deviens fou !

— Surtout, je ne veux pas d'histoire, dit l'ingénieur aux gendarmes pendant qu'on l'emporte vers l'ambulance. Ne dites rien à personne de cet incident. Je ne porte pas plainte contre ce pauvre homme. Laissez-le rentrer chez lui.

Malgré les consignes de la victime, la nouvelle se répand comme une traînée de poudre. Le

Dr Marchelin annonce la nouvelle dès qu'il arrive au centre médical de Naves. C'est lui, ce petit homme d'une cinquantaine d'années, qui a créé l'établissement. Il y a exercé seul plusieurs années puis, n'en pouvant plus car jour et nuit il était sur les routes, il a fait venir un jeune médecin qu'il avait eu comme stagiaire à l'hôpital pour le décharger un peu de l'énorme masse de travail dans la population clairsemée.

— Je viens d'être appelé pour une urgence, explique-t-il aux infirmières après les avoir saluées. Ce barrage n'a pas fini de faire des victimes !

— Pourquoi ? Qu'est-ce qui se passe ?

— Vous n'êtes pas au courant ? Le vieux Boncelli a pété les plombs. Il a tiré sur M. Belmas, l'ingénieur en chef.

— Quoi ? s'écrie Fabienne.

Elle n'a pas pu maîtriser son inquiétude, et chacun comprend que l'événement la touche tout particulièrement. Le médecin la regarde avec curiosité.

— C'est vrai que tu le connaissais un peu, fait remarquer Nathalie Lebrun. Vraiment, on se demande ce qui passe par la tête des gens ! Ce barrage les rend fous !

Fabienne s'assoit lourdement sans poser son manteau et met ses mains devant son visage pour cacher ses larmes.

— Où est-il ? demande-t-elle au Dr Marchelin.

— Il est à l'hôpital à Tulle, mais ce n'est pas grave, il a eu de la chance. Qu'est-ce qui vous arrive ?

La jeune femme sort précipitamment. Nathalie la voit courir jusqu'à sa voiture et démarrer en trombe. L'infirmière traverse le village à toute vitesse, puis s'engage dans la longue descente vers Tulle. Elle roule sans penser, l'esprit vide. Elle qui cherchait Belmas dans son bar habituel, qui l'attendait à la sortie de l'hôtel, était loin de s'imaginer qu'il était menacé, qu'il devait être prudent afin d'éviter les coups de ses adversaires ! Elle s'en veut de l'avoir maudit et trouve là l'explication à son silence. Voilà qu'elle reprend espoir. Cette fois, c'est décidé, elle est pour le barrage ! En noyant la maison de ses parents, les routes, les chemins de son enfance, l'eau va faire d'elle une femme nouvelle, ouverte sur l'avenir et délestée du boulet du passé.

Une fois à l'hôpital, elle court aux urgences, où elle connaît pas mal de monde. Une infirmière de sa promotion s'étonne de la voir si affolée. Fabienne lui demande des nouvelles de Belmas.

— Il est au bloc, lui répond sa collègue. Mais rien de grave. Il devrait se remettre assez vite. Tu le connais ?

Fabienne baisse les yeux.

— Oui, un peu.

— Si tu as le temps de rester, je vais aller voir. Il est peut-être sorti du bloc. Mais je te rassure, ce n'est pas grave.

Fabienne prend place dans la salle d'attente. Plusieurs personnes y sont installées, dont une blonde qu'elle croit reconnaître. N'est-ce pas celle avec qui François était au café, celle avec qui il est entré à l'hôtel ? Ce nez un peu retroussé, ces yeux clairs, cette fausse attitude de Marilyn, cette veste… Le visage de Fabienne se déforme en un rictus alors qu'elle s'assoit en face de la jeune femme qui feuillette un magazine pour se donner une contenance. Lorsque l'infirmière arrive, tous les visages se tournent vers elle, la blonde se redresse. Mais la soignante s'adresse à Fabienne :

— Tu viens ?

Elles sortent. À l'écart de la porte, sa collègue la rassure :

— Il va bien, pas de problème. Dans moins d'une semaine il sera sur pied.

— Je pourrai le voir dans la journée ?

— Il va sortir de la salle de réveil dans une heure ou deux, tu pourras le voir ce soir, c'est Ségolène qui sera de service, tu connais Ségolène Boisseau ?

— Oui, je passerai.

Elles se dirigent vers la sortie, mais l'infirmière semble embarrassée.

— Dis-moi, lui demande Fabienne, il n'y avait pas quelqu'un d'autre pour lui dans la salle d'attente ?

— Je ne voulais pas te le dire, mais si. Une certaine Sandra Gélin, qui s'est présentée comme sa compagne.

— Sa compagne ? Mais elle ment ! s'indigne Fabienne.

— Écoute, je ne veux pas entrer dans vos histoires. Je te dis ce que je sais, mais tu te débrouilles, d'accord ?

— C'est ça, je vais me débrouiller.

— Tu sais, ajoute l'infirmière, ça ne me regarde pas, mais je serais à ta place, je me méfierais...

Fabienne rejoint sa voiture. L'envie d'aller trouver cette Sandra la taraude, mais provoquer un scandale dans un lieu où la plupart des employés la connaissent ne lui semble pas être une bonne idée...

En ville, c'est l'effervescence. L'agression de l'ingénieur en chef est au cœur de toutes les conversations.

Le pauvre Boncelli a été arrêté, mis en garde à vue, et il sera probablement incarcéré, mais les gens ont du mal à accepter que l'ancien ouvrier d'une jardinerie de Seilhac soit traité comme un vulgaire criminel. Tous se rallient à ce qu'il a fait, à son accès de colère. Jean-Charles Lemonet, responsable écologiste départemental, s'en frotte les mains : sa manifestation de samedi sera un succès.

Le soir, Fabienne retrouve à l'hôpital Ségolène Boisseau, avec qui elle a fait sa formation à l'école de Clermont-Ferrand. Les deux femmes bavardent un instant, mais Ségolène semble gênée lorsqu'elle parle de Belmas.

— Dis-moi la vérité, insiste Fabienne, pourquoi fais-tu tant de mystères ?

— L'ingénieur est très demandé, répond Ségolène. Les femmes, surtout, s'inquiètent beaucoup pour sa santé...

— Ah ?

Sans rien ajouter, Fabienne tourne les talons.

— Tu ne veux plus le voir, finalement ?

— Non, il faut qu'il se repose, je passerai demain.

Fabienne quitte l'hôpital et court à sa voiture. Elle n'a pas envie de rentrer tout de suite, de retrouver ses enfants et surtout les regards inquisiteurs de sa mère. Elle revient vers Tulle puis, sans réfléchir, gare son auto près de la gare et compose un numéro de téléphone.

— Allô ? Lionel ? Tu es libre ce soir ?

Le facteur s'étonne de cet appel qu'il n'espérait plus depuis longtemps. Fabienne doit être au plus mal pour penser à lui.

— Fabienne ? Que veux-tu ?

— J'ai besoin de te parler.

— D'accord. Où veux-tu que je te retrouve ?

— Je suis à la gare. Tu peux me rejoindre ? On ira manger dans une brasserie du coin.

— J'arrive.

Dès qu'elle range son téléphone dans son sac, Fabienne regrette son initiative. Pourquoi avoir appelé Lionel alors qu'elle éprouve le besoin d'être seule, de ne parler à personne ? Pour s'en prendre à lui une fois de plus ? Pour lui dire qu'elle ne l'aime plus ? Être méchante, déverser sa rage contre lui afin d'oublier sa propre douleur ?

Lionel arrive un quart d'heure plus tard. Il arrête sa voiture derrière celle de la jeune femme dans le parking devant la gare. Il hésite un moment avant de sortir de son véhicule et d'ouvrir la portière de Fabienne.

— Monte, dit-elle. On va aller manger ailleurs.

— Tu ne préfères pas qu'on y aille avec ma voiture ?

— Comme tu veux.

Fabienne prend son sac à main, ferme son véhicule et s'assoit à côté de Lionel, qui démarre. Dans la lumière des lampadaires, elle regarde le visage du jeune homme. Il a peu changé depuis leurs amours d'adolescents. Ses épaules ont pris de la largeur, sa silhouette s'est à peine épaissie. Sportif de bon niveau, il a abandonné le rugby depuis quelques années mais continue de pratiquer la course à pied. Il s'est cassé le nez, ce qui renforce son aspect volontaire.

— Qu'est-ce qui ne va pas, Fabienne ? C'est à cause de ce qui est arrivé ?

— Oui et non.

La jeune femme a envie de se confier, de parler sans retenue, de montrer ses blessures. Et, comme elle n'a pas de véritable amie, quelqu'un qui pourrait l'écouter sans la condamner, elle a pensé spontanément à Lionel.

— Oui, il n'est pas toujours facile de voir clair en soi…, lâche le facteur, que ce constat plonge au fond de lui-même.

Au départ, Lionel avait l'intention de créer son entreprise après sa formation de paysagiste. Mais, après sa rupture avec Fabienne, il a abandonné tout espoir d'être heureux un jour et est parti s'installer à Objat, où il travaillait dans une jardinerie. Puis il a passé le concours de la poste, ce qui était déjà pour lui une manière d'abdiquer. Reçu, il a accepté une place de préposé à Tulle.

— J'en sais quelque chose, répond Fabienne, elle-même perdue dans ses pensées.

— Je ne suis pas un être normal, reprend Lionel comme pour lui-même, en passant sa main dans ses cheveux très courts. Tu peux m'en vouloir. Je comprends que tu n'aimes pas que je me mêle de tes affaires. Pourtant, je te le jure, ce n'est pas pour moi, mais pour te protéger comme… comme un grand frère.

En d'autres circonstances, Fabienne aurait réagi et se serait mise en colère. Ce soir, elle se contente d'opiner.

— C'est pour moi que tu as quitté Gaëlle après la mort de Julien ?

— Non. Je l'ai quittée parce qu'on ne s'entendait plus.

Ils se taisent. Lionel pense à la compagne qu'il a eue pendant trois années. Elle travaille à la banque postale. Une gentille fille aux ambitions ordinaires. Lionel l'a quittée parce qu'elle voulait se marier et avoir un enfant.

— Au fait, qu'est-ce que tu penses du barrage ? lui demande Fabienne.

— Je devrais être contre parce que je hais Belmas qui représente tout ce que je déteste : la légèreté, le manque de respect, l'égoïsme... Pourtant, je pense que c'est une bonne chose pour la région.

François est-il vraiment aussi haïssable que le dit Lionel ? Il va d'une femme à l'autre parce qu'il est seul et attend celle qui le retiendra. Ce pourrait être Fabienne. Elle sourit à cette pensée.

— Tout le monde hait Belmas ! murmure la jeune femme.

— Il fait tout pour. Il veut être le meilleur en tout. Ses succès féminins ne sont pour lui que le moyen de briller auprès des autres. Les femmes l'aident à prendre confiance en lui, car au fond je suis sûr qu'il n'est pas si solide.

— Existe-t-il une seule personne vraiment solide sur cette terre ?

— Je ne sais pas, répond Lionel. Moi, sur les terrains de rugby, j'ai appris que l'adversaire s'affronte de face et qu'aux coups qu'il donne il faut répondre par des coups plus forts.

La force et l'honnêteté de Lionel touchent l'infirmière. Pourtant elle le trouve inflexible et regrette tout à coup d'être face à lui.

— Alors, ta mère m'a dit que tu allais habiter à Tulle ? Tu as loué un appartement ? demande-t-il.

— Oui. Valentin et Louise pourront faire des activités et n'auront pas à prendre le car tous les matins à l'aube… C'est mieux.

— Comment feras-tu quand tu auras des réunions, quand tu partiras en stage ?

— Ma mère viendra. Ou ils iront chez elle, enfin je me débrouillerai.

Après avoir mangé dans une brasserie, au moment de se séparer, Lionel s'approche de Fabienne, si près qu'un frisson gelé parcourt le dos de la jeune femme.

— Moi, je suis l'homme d'un seul amour, lui dit-il, c'est ainsi.

Fabienne monte dans sa voiture et s'en va très vite, fuyant son malaise. Toute la soirée, elle n'a pensé qu'à Belmas. Si aucune femme n'a trouvé jusque-là le chemin de son cœur, Fabienne a toutes ses chances… Demain, elle passera le voir.

À Saint-Geniez, sa mère l'attend, un livre sur les genoux. Marie lève un instant les yeux sur sa fille, puis reprend sa lecture sans un mot. Fabienne passe dans sa chambre, l'esprit brouillé par des pensées contradictoires. Elle était allée chercher un peu de calme auprès de Lionel, et n'a trouvé que des questions comme autant de murs dressés sur son chemin. Des questions de bons sens, qu'elle aimerait occulter, mais qui vont la tarauder toute la nuit. Pour quelle raison est-elle tombée amoureuse de Belmas ? Qu'est-ce qui l'a poussée à se donner ainsi à un inconnu dans le mobil-home du chantier ? Et pourquoi ce qui aurait pu n'être qu'un abandon honteux, qu'une aventure sans lendemain, commande-t-il à présent toute sa vie ? François occupe son esprit du matin au soir,

François est tapi derrière chacun de ses gestes, François commande ses actes les plus importants comme les plus futiles. L'envie qu'elle a de lui ouvre en elle un vide béant, un manque si grand qu'elle se sent prête à faire n'importe quelle bêtise.

L'heure de se lever arrive enfin, une libération. Fabienne enfile sa robe de chambre et prépare le petit déjeuner de Louise et Valentin pendant que Marie nettoie les plats de la veille laissés dans l'évier parce qu'ils n'entrent pas dans le lave-vaisselle. Les deux femmes n'ont échangé qu'un bonjour du bout des lèvres. Lorsque Fabienne a réveillé ses enfants, Marie, s'étonnant de la voir prendre son temps, lui demande si elle a des patients à voir ce matin.

— Le premier est à dix heures, lui répond Fabienne.

Après son petit déjeuner, Jean part faire sa promenade avec son chien. Malgré des douleurs persistantes au bas du dos, il a bien récupéré et profite de la douceur exceptionnelle pour faire un grand tour.

Le samedi matin, Fabienne se lève aussi tôt que d'habitude. Les enfants restent à la maison, et elle doit s'occuper de leurs devoirs. C'est le jour où doit avoir lieu la manifestation, et Jean s'obstine à vouloir y aller. Aussi Marie ne cesse-t-elle de le disputer.

— Tu veux te ramasser un mauvais coup pour rien ? Tu crois que les autres vont y aller ? Moi, ça m'étonnerait !

Son époux ne répond pas, et rejoint ses camarades sur la place.

— Quelle tête de mule ! s'emporte la vieille femme.

Hier, Fabienne a eu la force de résister à l'envie d'aller voir Belmas. Se montrer dépendante ne peut qu'attirer le mépris du séducteur. Elle doit, au contraire, afficher une certaine indifférence.

Par chance, c'est la fin de l'année, Louise et Valentin n'ont pas beaucoup de travail. Vers dix heures, leur mère annonce qu'elle doit aller faire les soins de la vieille Martine Lebroc, opérée récemment d'une tumeur à la vessie. Louise voit sa mère passer dans la salle de bains et en ressortir parfumée. La gamine comprend que ce n'est pas pour aller voir la vieille Lebroc mais ne fait aucune remarque. La nuit dernière, un sinistre projet s'est élaboré dans sa tête.

Fabienne s'éloigne de Saint-Geniez avec le sentiment de renaître. Fiévreuse et angoissée, elle se rend à l'hôpital de Tulle. Qui va-t-elle trouver au chevet de Belmas ? Sandra, la belle blonde ? Une autre ?

Après avoir demandé la chambre de M. Belmas, la jeune femme monte par l'ascenseur au troisième étage, puis cherche le numéro tout le long d'un couloir arpenté par des convalescents en peignoir. Enfin, elle frappe, le cœur battant. Une voix qu'elle connaît lui répond. Pourvu qu'il soit seul !

Elle entrouvre la porte : Belmas est assis sur son lit, en train de consulter des dossiers. Il lève la tête vers Fabienne, le visage éclairé par un sourire. Elle se précipite vers lui et le serre contre sa poitrine. L'ingénieur fait une grimace et pousse un petit cri de douleur.

— Pardonne-moi, lui dit Fabienne, riant et pleurant à la fois.

Puis elle s'agenouille près du lit et contemple cet homme, se repaît de son image, de sa présence.

— Il a bien failli me tuer ! dit François en souriant. Mais ce n'était pas mon heure. Je sors dans deux jours. Franchement, ils sont coriaces ces vieux !

— Il faut les comprendre.

— Ils ne pensent qu'à eux ! Ils ont réussi à mettre le bazar et à compliquer ce qui était simple. Quand les politiciens se mêlent de quelque chose, on peut être sûr que ça va foirer !

Fabienne ne répond pas. Les propos de l'ingénieur ne l'intéressent pas, elle ne veut pas rompre le charme de l'instant, ce bonheur d'être seule avec cet homme si courtisé. Elle pose sa main sur la sienne. Comme elle aimerait lui dire les mots qui lui viennent à l'esprit !

Mais elle se retient. Belmas parcourt des yeux son dossier.

— Qu'est-ce que tu vas faire ? lui demande-t-elle.

— Je ne céderai pas devant cette armée d'éclopés.

Des propos aussi durs pour caractériser des gens somme toute bien inoffensifs heurtent Fabienne.

— Comment tu peux parler d'eux en ces termes ?

— Il n'y a plus de place pour les sentiments. Quand on n'avance pas, on se fait vite bouffer. Les vieux sont d'un autre temps. Les écouter, c'est condamner les nouvelles générations.

— Peut-être, réplique Fabienne, mais on doit les ménager.

Elle sait de quoi elle parle : la plupart de ses patients ont plus de soixante-dix ans, et le droit de finir leur vie comme ils le souhaitent. Le barrage peut attendre.

— Non, réplique sèchement l'ingénieur, les choses doivent se faire quand c'est le moment. Après l'heure, ce n'est plus l'heure…

Comme si ce contact le gênait soudain, il retire sa main de celle de la jeune femme, puis tourne les pages de son dossier. Fabienne rêve de se serrer contre François, de l'étouffer dans son étreinte. Une force irrésistible l'attire vers ce corps et éveille en elle un désir d'amour et de volupté inconnu jusqu'alors. Mais, cette fois encore, le mobile de Belmas sonne.

— Vraiment, tu es très demandé ! lui fait-elle remarquer sur un ton aigre, alors qu'il vient de regarder qui lui téléphonait. Les femmes qui attendent avec impatience que tu sois de nouveau sur pied se bousculent au portillon !

Il jette à Fabienne un regard si froid et si méprisant qu'elle en sent peser sur elle tout le poids.

— Qu'est-ce que tu crois ? Que j'ai attendu d'être en Corrèze pour vivre ?

— Je ne crois rien. Je suis persuadée que tu es un homme malheureux.

Il sourit brièvement et reprend la main que Fabienne a laissée offerte sur la couverture.

— Avec toi, je pourrais peut-être devenir heureux ? Depuis que je t'ai rencontrée, je ne pense plus de la même manière.

Le cœur de la jeune femme s'emballe. Ses yeux se mouillent de larmes d'émotion. Elle ne désire rien tant que tenir contre elle cette tête aux cheveux courts, ce visage aux joues noircies par la barbe.

— Je t'aime, dit-elle, je t'aime au-delà de tout. Tu n'as qu'à dire un mot et je partirai avec toi où tu voudras.

— Alors, ce mot, je le dis : je serai en convalescence pour une semaine ou dix jours à Libourne. Pendant ce temps, mon adjoint s'occupera des travaux. Je serais heureux que tu viennes avec moi.

— D'accord. Je m'arrangerai. J'ai des vacances à prendre. Et puis, pour ma famille, je m'inventerai un stage de formation. Oui, je vais partir avec toi !

Elle dépose un baiser sur les lèvres de François, puis s'en va. Quelques jours entiers avec lui ! C'est plus qu'un aveu d'amour ! C'est lui montrer à quel point les autres ont peu d'importance, et qu'avec elle il veut aller plus loin. Elle quitte l'hôpital en chantonnant.

De nouveau seul, Belmas regarde la ville par la fenêtre. Son assassin maladroit l'a servi : cloué à l'hôpital, considéré comme une victime, François va rester en dehors de la manifestation. En plus, Fabienne, la veuve volcanique et un peu puérile dont l'inexpérience et la naïveté l'amusent va agrémenter sa convalescence pendant deux ou trois jours... Pas plus, car Belmas doit se partager, et la seconde partie de son séjour sera consacrée à Sandra. Et puis, avec un peu de chance, il pourra faire une autre conquête là-bas ! François Belmas ne s'accroche à personne ; il ne sait aimer que dans l'instant. Séduire est un jeu dont il ne se lasse pas.

Son pouvoir sur les femmes le rassure, le place à un niveau que tous les hommes lui envient. Il ne s'est jamais trouvé beau et n'aime pas se regarder dans la glace. Son narcissisme s'exprime autrement, par l'accumulation des maîtresses. « Au fond, pense-t-il, je suis un peu archaïque. Dans la nature, les mâles se battent pour dominer le troupeau des femelles, il reste dans l'homme moderne que je suis quelque chose de ce passé, de ces instincts et comportements qu'il est inutile de nier ! »

Il sourit encore en passant en revue ses « femmes » les plus marquantes. Un beau palmarès dont ses copains sont jaloux, et qui le place au-dessus des plus prétentieux. Même s'il pressent qu'avec les années cette frénésie séductrice s'émoussera et qu'il risque de finir seul et rejeté par ses filles dont il ne s'est pas beaucoup occupé, il veut vivre intensément ce qui lui reste de jeunesse. Il verra plus tard ; il gagne très bien sa vie et saura se décider au dernier moment, choisir celle avec qui il passera ses vieux jours, car il n'aime pas être seul.

Il a grandi dans un vaste appartement du sixième arrondissement de Paris. Son père et sa mère ne s'entendaient pas ; son père, ingénieur, était absent presque tout le temps ; sa mère, altiste dans l'orchestre de l'Opéra, était toujours en tournée. François a d'abord été gardé par sa grand-mère maternelle, puis, à partir de douze ans, il a pris l'habitude de vivre seul. « Tu ne guériras jamais de ton passé ! » lui disait souvent la mère de ses filles. Il secoue la tête : sa vie lui convient parfaitement ainsi. « Je suis un boulimique d'amour ! » pense-t-il avec ravissement.

Un boulimique d'amour ! Cette phrase tourne dans sa tête. Par la fenêtre, il voit les ouvriers qui ramassent les dernières feuilles mortes sur la pelouse et se rappelle quel avenir lui prédisait son père : « Tu seras juste bon à balayer les fossés au bord des routes ! » s'écriait André Belmas lorsqu'il ramenait une mauvaise note. Le jeune François avait pourtant des rêves de grandeur. Déjà, il voulait devenir ingénieur, construire des routes, des ponts, des barrages, et surpasser son père. Un voyage en Égypte avec ses grands-parents lui avait confirmé sa vocation de bâtisseur. Les pyramides le fascinent toujours par leur démesure par laquelle l'homme se rapproche de son créateur.

De cette enfance dont il a souhaité très vite se débarrasser, Belmas n'a pas oublié le souvenir des brimades à l'école. Il était le plus petit de sa classe, et plutôt gros. Même les filles, dont il aurait aimé obtenir l'amitié, lui disaient des méchancetés. Depuis, il s'est bien rattrapé. « L'enfance n'est qu'un mauvais moment à passer, se dit-il en soupirant. La vie offre souvent des compensations inattendues. »

La cohue à Tulle. Des files de voitures convergent vers la gare, la rue principale et les rues adjacentes sont encombrées. Les jours de marché, les places pour se garer sont rares, mais, ce samedi 17 décembre, on ne circule plus du tout. Les gens s'énervent, crient, klaxonnent à tout rompre ; les agents de la circulation ne savent plus où donner de la tête.

Le parking de la gare est plein. Les gens se rassemblent sur le rond-point, au croisement de la route de Brive. Un haut-parleur leur demande de converger vers le haut de l'avenue Victor-Hugo. Les organisateurs découvrent avec bonheur que les jeunes sont aussi nombreux que les vieux. Les manifestants arrivent de partout, de Brive, de Périgueux, et même de Limoges ! L'information diffusée par les médias locaux a été relayée par les partis politiques, qui ont intérêt à se montrer où il le faut. Et, dans cette cacophonie, on assiste au mariage de la grenouille et du lapin : des gens de la section locale de l'UMP, des centristes qui au départ étaient favorables au barrage font désormais cause commune avec les écolos, qui à leur tour s'opposent à leurs alliés naturels, les socialistes détenteurs de Tulle, de Brive et du conseil général. « Joli imbroglio ! » s'exclame un commentateur de France 3 Brive. Tous ces gens prêts à en découdre à la première occasion se retrouvent au coude à coude pour occuper l'artère principale de la ville. Pour l'occasion, et parce que l'approche des élections présidentielle et législatives rend essentiel chaque détail de la vie locale, les radios et télévisions parisiennes ont dépêché des équipes qui donnent de l'ampleur à l'événement et accroissent la confusion générale.

À Saint-Geniez, Jean rejoint les autres sur la place, où Fournel donne ses dernières consignes. Comme il n'y a pas assez de sièges dans le car de ramassage scolaire de Juste Dubout, le Parisien invite ceux qui le peuvent à prendre leur voiture, ce que fait Jean : il sera ainsi libre de rentrer quand il se sentira fatigué.

De retour chez lui, le vieil homme cherche pendant dix minutes les clefs de sa voiture, qui ne sont jamais à leur place alors qu'il serait si simple de les suspendre au petit tableau derrière la porte. Marie les retrouve dans son sac à main, où elle les oublie souvent. Le visage lisse et la moustache blanche parfaitement taillée, le grand-père peut enfin partir.

— Prends mon portable, lui conseille sa femme. Si ça ne va pas, tu appelles Fabienne, elle viendra te chercher.

Ce téléphone, Marie l'a acheté par pure coquetterie. Une irrésistible envie d'enfant. Ce petit appareil la fascine. Elle n'a pas osé s'acheter un modèle trop compliqué, mais a choisi un téléphone ordinaire qui fonctionne bien, et dont elle ne se sert jamais. Pourtant, le sortir négligemment de son sac à main lorsqu'elle marche dans les rues de Tulle ou d'ailleurs semble lui donner une place dans cette société qui va trop vite pour elle et serait prête à la laisser au bord du chemin.

— Qu'est-ce que tu veux que je fasse de ça ? maugrée Jean.

Pour lui, portables, ordinateurs et Internet sont autant de gadgets inutiles.

— D'ailleurs, je sais même pas m'en servir, ajoute-t-il.

Il monte dans sa voiture et démarre sous le regard inquiet de son épouse. Pour les enfants, la maison redevient alors telle qu'ils l'aiment, sans le silence et les regards soutenus de leur grand-père qui les oblige à se surveiller. Avec Marie, ils peuvent se laisser aller. Elle crie beaucoup, peut les menacer des pires sanctions, mais ne les punit jamais.

À Tulle, Jean contourne la ville afin de ne pas avoir à la traverser, et arrive par la route de Brive. Comprenant qu'il ne trouvera pas à se garer, il abandonne sa voiture dans un chemin en retrait et poursuit à pied. Sur la place, il se mêle à la cohue tout en cherchant ses camarades de Saint-Geniez. La tête chevelue du grand Fournel dépassant des autres lui indique bien vite la direction à prendre.

— C'est un grand succès ! lui annonce celui-ci. Les pouvoirs publics devront bien constater qu'on n'est pas seulement une poignée de vieux mécontents.

Le cortège se met en marche vers dix heures ; les premiers slogans détonnent comme des bombes dans la ville encaissée : « Pas de barrage ! » Répétée par des centaines, peut-être un millier de voix, cette volonté s'amplifie pour devenir celle d'un peuple tout entier, une vague irréfragable.

Autour des manifestants, police nationale, gendarmerie et police municipale s'activent pour maintenir l'ordre. Des responsables de partis leur prêtent main-forte. Ils ont remarqué dans cette foule hétéroclite des groupes de jeunes particulièrement excités. Au début, tout se passe bien : le cortège progresse lentement vers le haut de la ville et, à mesure qu'il avance, il s'épaissit, devient imposant. Les slogans donnent la cadence.

À la préfecture, des responsables de la municipalité, du conseil général et de la police parlementent. Le préfet explique qu'on ne peut plus traiter l'affaire à la légère, comme on l'a fait jusque-là, le vice-président du conseil général mesure l'ampleur de l'enjeu.

— Nous ne sommes pas un département comme les autres. Nous avons ici *le* candidat principal à l'élection présidentielle. Ce sera très serré, nous le savons, alors il ne faut pas faire d'impair.

— Peut-être, répond le préfet, mais il faut aussi analyser les raisons qui rassemblent tous ces gens. Il y a au départ le prétexte du barrage, mais la manifestation témoigne surtout du mécontentement général envers l'administration et le manque de transparence de ses décisions. C'est un ras-le-bol, car la situation est difficile et ne s'arrange pas. Et, ça, ça s'adresse à tous les bords et tous les partis : les gens ne croient plus au miracle, au sauveteur qui va tout arranger d'un coup de baguette magique…

— C'est vrai. Mais justement, parce que la protestation ne se limite pas à la seule contestation du barrage, il ne faut pas réagir n'importe comment.

Le cortège remonte des deux côtés de la rivière, comme pour la protéger, au son d'un seul et même slogan : « Pas de barrage ! » Les premiers écarts ont lieu au milieu de l'avenue Victor-Hugo où un groupe de casseurs s'en prend aux vitrines. Des manifestants s'interposent et parviennent à les maîtriser ; les exactions cessent.

Jean reste auprès de ses amis. Toute la population des alentours est là, solidaire. La grève de la faim lui a fait prendre conscience des dégâts irréversibles causés par le barrage. Pour une fois, Jean est d'accord avec les écolos, et se félicite même que Fournel, en tête de la manifestation, tienne le bras de Genet, un responsable des Verts.

Mais Jean a déjà mal aux jambes. Il aime marcher à sa vitesse, en s'arrêtant de temps en temps pour regarder le sens des nuages ; ici, pressé par la foule, bousculé, son vieux corps est plein de douleurs. Pourtant, il marche en se disant que le plus difficile sera de revenir à sa voiture garée très loin de là. Marie avait peut-être raison de lui proposer son portable, il aurait pu appeler Fabienne.

Depuis sa fenêtre à l'hôpital, François Belmas entend sans la voir la marée humaine qui remonte les rues de chaque côté de la Corrèze, puis converge vers la préfecture, dont il aperçoit les jardins. La colère bout en lui. La supercherie lui donne envie de crier, de hurler à l'imposture. Les politiciens salissent tout ce qu'ils approchent. Que ne feraient-ils pas pour quelques voix ? Belmas a su les convaincre de l'utilité du barrage, et voilà qu'ils changent de camp au premier coup de semonce !

Les jardins de la préfecture sont envahis d'un flot hurlant. Les services d'ordre surveillent les plus excités afin d'éviter les jets de projectiles dans les fenêtres. Les massifs sont piétinés ; la foule scande son slogan face à un balcon vide.

« Non au barrage ! »

Une porte-fenêtre s'ouvre. Le préfet se montre en compagnie du vice-président du conseil général, du maire de Tulle et des responsables du projet. Une immense protestation les accueille. Des poings se lèvent. Le préfet tend les bras pour demander le silence, qui se fait rapidement.

— Mes amis, déclare-t-il après s'être raclé la gorge. Face à l'énorme mobilisation contre ce maudit barrage, j'ai demandé un rapport circonstancié aux promoteurs du projet, et un autre aux opposants. Une commission examinera les données de chacun de ces documents et proposera une solution au ministre, qui tranchera. Pour l'instant, les travaux entrepris au bord de la rivière sont destinés à l'étude du sol, de la dureté et de la porosité des roches en profondeur, et à un relevé précis de la topographie. En aucun cas les machines que vous voyez travailler quotidiennement ne préparent les fondations de l'ouvrage. Vous pouvez donc rentrer chez vous rassurés !

— Nous ne sommes pas dupes, s'écrie Fournel de sa belle voix qui porte. Quoi que vous en disiez, ces travaux sont le point de départ de la construction. Les expropriations sont prononcées, les capitaux d'indemnisation débloqués, ce n'est pas pour rien !

— Nous nous conformerons aux conclusions de la commission d'enquête, répète le préfet. Ensuite, le ministre décidera lui-même.

— Le ministre n'a pas à décider pour nous du destin de nos terres ! crie Fournel, que la foule acclame aussitôt. Ce que nous voulons, c'est l'abandon pur et simple du projet ! Il faut que les prospecteurs abandonnent le chantier, et que l'administration s'engage à ne pas toucher à notre vallée. Alors, et alors seulement, nous serons satisfaits. Un mort et un blessé, cela ne vous suffit pas ? Il vous faut d'autres morts pour alourdir votre conscience ? Nous refusons d'être déplacés comme des bovins ! Nous refusons que nos tombes soient rouvertes et nos morts troublés dans leur sommeil ! Nous refusons de laisser l'eau envahir nos souvenirs et cette vallée glaciaire façonnée par les âges géologiques. Sinon, nous nous enchaînerons aux rochers s'il le faut, et c'est notre mort à tous que vous aurez sur la conscience !

Un tonnerre d'applaudissements éclate. Les manifestants admirent la faconde de Fournel, qui ponctue ses propos de brusques mouvements de la nuque animant sa tignasse blanche.

— Nous partirons d'ici dès que nous aurons la certitude que le projet va être abandonné.

Le préfet tourne vers ses voisins un regard interrogateur. Qu'on lui souffle une bonne idée, un argument définitif ! Immobiles, semblables à des statues de sel, les fonctionnaires ne bronchent pas.

— Laissons-les faire, lui murmure finalement le vice-président du conseil général. Ils se lasseront d'eux-mêmes.

Le préfet et ses acolytes rentrent, la porte-fenêtre se referme, sous les huées. Voilà qu'on les méprise, qu'on refuse le dialogue ? Des pierres volent vers le balcon. Les policiers ordonnent aux manifestants de quitter le parc, personne n'obéit.

Dans les bureaux de la préfecture, les fonctionnaires assiégés appellent les secours, et le préfet demande un escadron de CRS. Appelé au téléphone, le président du conseil général en déplacement dans l'est de la France est fort embarrassé. Refuser de négocier serait risquer de mettre l'accent sur un incident qu'il préférerait laisser dans l'ombre. Il demande alors que l'on trouve un moyen de gagner du temps.

— Avez-vous fait un sondage ? Il est important de connaître exactement ce que souhaite la majorité des gens dans les cantons concernés.

Le sondage est en cours, répond le préfet, mais il n'a pas encore les résultats. Selon lui, cela ne fait aucun doute : depuis que les vieux de Fournel s'agitent, la plupart des gens sont contre le barrage.

— Je veux des chiffres, insiste le président du conseil général. Ensuite, nous prendrons une décision. En attendant, faites-les se tenir tranquilles. Cette agitation n'est pas favorable aux débats, nous sommes en période de campagne présidentielle, ne l'oublions pas.

La brigade de CRS commandée arrive de Limoges à la tombée de la nuit. Vaincus par le froid qui s'intensifie et la fatigue qui marque leur visage, les manifestants quittent la préfecture par petits groupes discrets. Les policiers n'ont plus aucun mal à déloger les retardataires. Parmi les derniers, Fournel crie une dernière fois son défi :

— Nous n'abandonnerons jamais ! Ne l'oubliez pas !

À la tombée de la nuit, Fabienne se glisse dans la foule pour le chercher. Exténué, Jean ne se fait pas prier pour la suivre. Ses articulations craquent et ses jambes peinent à le porter. Ayant pu garer sa voiture à proximité, l'infirmière reconduit le contestataire jusqu'à son propre véhicule stationné sur la route de Brive. Elle ne lui demande pas comment cette journée s'est passée ; une seule chose compte pour elle, le grand bonheur qui l'attend, ces quelques jours avec Belmas dans la région de Libourne. Elle demande enfin :

— Ça ira ? Tu pourras conduire ou tu préfères que je te ramène ?

— Ça ira.

Jean descend de la voiture de sa fille et se dirige lentement vers la sienne. Fabienne le regarde, soulagée qu'il la laisse seule. Elle respire mieux. La présence de son père la contraignait à maîtriser son exaltation.

L'envie de François lui fait prendre la direction de l'hôpital.

Dans le hall, elle ne répond pas au salut de l'hôtesse qui sourit en la voyant courir vers l'ascenseur. À l'étage, Fabienne hésite. Doit-elle pousser cette porte derrière laquelle elle entend des voix ? Elle inspire profondément et frappe, puis entre sans attendre la réponse. François marque sa surprise et sourit. La voix de femme vient de la télévision. Fabienne est si heureuse qu'elle se précipite vers le blessé, et serre sa tête contre sa poitrine.

— Je sors lundi, mardi je pars pour Libourne…, lui dit-il.

— Nous irons ensemble. Je m'arrangerai.

— Ce n'est pas obligé, tu me rejoindras mercredi !

Fabienne s'écarte. Comment François peut-il ne pas être pressé de l'avoir auprès de lui ?

— Pourquoi as-tu choisi d'aller à Libourne ? lui demande-t-elle.

— Parce que j'ai besoin de faire le point. De réfléchir. Ma mère a une maison là-bas.

— Elle sera avec toi ?

Il sourit, de ce sourire délicieux qui creuse une fossette au coin droit de ses lèvres. Ses yeux noirs se plissent en prenant un air mutin.

— Non. Je n'ai pas besoin d'elle.

— Tu ne m'en as jamais parlé…

Il pousse un soupir, baisse les yeux sur le drap blanc. La jeune femme s'en veut d'avoir envie de s'allonger près de cet homme et de faire l'amour là, dans cet hôpital qu'elle connaît bien.

— Mon père passait tout à ma sœur et ne cessait de me faire des remontrances. Moi, je ne travaillais pas assez bien à l'école, et puis ma mère était rarement à la maison ; toujours en tournée avec son orchestre.

— Elle était aussi dure avec toi que ton père ?

— Non, elle me cajolait, mais c'était rare. Mon père l'a quittée pour une femme qui avait l'âge de ma sœur. Depuis, je ne le vois plus.

— Ta mère est toujours dans un orchestre ?

— Non, elle donne des leçons d'alto et garde mes filles quand je dois m'absenter. Je pense qu'elle viendra me rejoindre à Libourne la seconde partie de la semaine.

Le portable de François se met à sonner. Fabienne voit passer un éclair dans son regard sombre alors qu'il coupe la communication. Elle n'ose pas lui demander qui vient de l'appeler, car elle redoute de connaître la vérité.

— Bon, dit Belmas sur un ton qui n'est plus celui de la confidence, il faut que je me repose un peu, je dors mal la nuit. Et puis le médecin va passer dans quelques minutes.

— C'est ça, dit Fabienne, vexée, tu me mets à la porte !

Le téléphone sonne de nouveau. D'un mouvement brusque, l'infirmière se relève, sort vivement. Une fois dans le couloir désert, elle reste un moment derrière la porte. François parle au téléphone, et ce qu'elle entend la glace d'effroi : « Mais non, je te promets, j'ai fait une mauvaise manip. Oui, je pars lundi ; tu viendras me rejoindre le week-end prochain. Oui. Il faut que je me repose un peu... »

Fabienne détale dans le couloir, dévale l'escalier et court jusqu'à sa voiture. La portière refermée, elle respire profondément. La réalité lui apparaît dans toute son horreur. Des envies de meurtre traversent ses pensées. Puis elle sombre dans les larmes, vaincue malgré elle. Elle n'est qu'une victime, une pauvre fille perdue. À quoi bon continuer ? Alors, elle pense à Valentin et à sa façon de l'étreindre, de la serrer très fort dans ses petits bras, ce Valentin qui ne sait pas lui mentir ! Et puis aussi à Louise, plus réservée et tellement perspicace. Fabienne ne se sent pas le droit d'être faible devant ses enfants.

Marie, dans tous ses états, peste sans retenue contre Jean, qui grimace assis dans son fauteuil.

— À ton âge, lui assène-t-elle pour la énième fois tout en préparant le bouillon chaud, remède à toutes les fatigues et toutes les douleurs, tu veux attraper la mort à rester une journée entière debout dans le froid et l'humidité ?

Sur le canapé en face de la télévision, Valentin et Louise se chamaillent pour avoir la télécommande. Fabienne pose son manteau et va les embrasser.

— Tu en as une mine ! s'exclame Marie. Parfois, je me dis qu'on marche sur la tête dans cette maison !

L'infirmière se dirige sans un mot vers sa chambre. Louise abandonne la télécommande à son frère et va mettre le couvert, ayant compris qu'une mauvaise soirée se préparait et qu'il ne fallait pas en rajouter. Une fois le repas prêt, Marie va frapper à la porte de sa fille.

— Qu'est-ce que tu fais ? lui demande-t-elle. Tu ne viens pas manger ?

— Je n'ai pas faim.

Le repas se déroule dans le silence qu'impose la chaise vide de Fabienne. Valentin retient ses larmes et ne se fait pas prier pour avaler son bouillon trop chaud. Louise réfléchit au terrible projet qu'elle n'a pas encore osé mettre en œuvre. Pourtant, ce soir, le silence de la maison, ponctué par le bruit des cuillers sur le fond des assiettes, les yeux baissés et les visages fermés auraient tendance à l'y inciter.

À la fin du dîner, les enfants regagnent leur chambre sans un mot et se déshabillent, puis se brossent les dents sans demander leur reste avant d'aller se coucher. Jean est le premier à venir leur souhaiter bonne nuit. Il se penche lentement au-dessus des lits, fait une bise rapide et s'en va. Marie les embrasse à son tour et éteint la lumière. Quand la porte du couloir se referme, Fabienne quitte sa chambre pour entrer dans celle de Valentin. Lorsqu'elle se penche vers lui, il la serre dans ses petits bras et sent ses joues mouillées.

— Tu pleures, maman ? lui demande-t-il.

Louise, qui a entendu sa mère marcher dans le corridor, les rejoint.

— Ce n'est rien ! Ça arrive !

Louise sait que sa mère minimise et lui ment. Elle se détourne pour imaginer sa vie dans quelque temps, sans répondre au « Bonne nuit ma chérie » de sa mère.

Le lendemain matin, Fabienne est habillée et prête à partir quand elle vient réveiller ses enfants. Valentin dort encore, mais Louise saute vivement de son lit. En un regard elle voit le visage bouffi de sa mère, et cela lui est absolument insupportable.

— Maman est malheureuse, souffle-t-elle à l'oreille de Valentin lorsqu'il la rejoint dans la salle de bains. C'est à cause de nous !

— Qu'est-ce que tu racontes ? Tu es complètement folle !

— Non. Elle a décidé de partir.

— Mais où ça ?

— Très loin, parce qu'elle ne nous aime plus et qu'elle n'aime plus papa non plus, ajoute-t-elle avant de regagner sa chambre.

Marie, prête à se fâcher parce que les deux petits traînent trop longuement dans la salle de bains, arrive et trouve son petit Valentin en train de pleurnicher assis sur le rebord de la baignoire.

— Dépêche-toi, tu vas encore être en retard, s'agace la grand-mère en poussant son petit-fils vers la porte.

Ses enfants partis pour l'école, Fabienne s'en va à son tour, comme chaque matin à cette heure, après avoir consulté son agenda. Depuis la veille, elle n'a pas échangé un seul mot avec Marie, qui s'est retirée dans sa cuisine, dont elle a fermé la porte afin de signifier qu'elle ne souhaitait parler à personne. Au milieu de la cour, Jean hésite à partir pour sa promenade matinale. Son chien s'est assis devant lui et attend. Fabienne s'isole dans sa voiture pour fuir la lourde atmosphère de la maison, les reproches muets de sa mère et la douleur profonde qui la terrasse depuis la veille.

Elle passe devant le chantier sans ralentir car Belmas est encore à l'hôpital. À Tulle, sur la place de la poste, elle reste longtemps assise au volant, au bord des larmes, vidée de toute volonté. Elle allume son téléphone, regarde ses messages dans un ultime espoir, mais François n'a pas appelé. Alors, au fond du gouffre, Fabienne se décide à lancer un appel au secours et à appeler le seul homme à qui elle puisse parler avec franchise, qui l'aime sans rien lui demander en retour, le premier homme qu'elle ait connu, à dix-sept ans, son ami d'enfance, son ami de toujours, cet homme qu'elle rejette et dont le rejet même ouvre en elle un océan de doutes.

— Allô, Lionel ?

— Fabienne ? Qu'est-ce qui se passe, tu pleures ? Où es-tu ?

— Je peux passer chez toi ? J'ai besoin de te voir.

— C'est que… Bon, d'accord.

Il travaille, Lionel. Il a sa tournée à faire, et les retraités ne manqueront pas de s'étonner s'il arrive en retard au rendez-vous quotidien qui pour beaucoup est le seul de la journée. Mais Fabienne l'appelle, et il ne peut pas lui refuser de la voir ; le courrier attendra. Si on lui fait une réflexion, il trouvera bien un prétexte, une crevaison ou autre incident mécanique…

Lorsqu'il arrive, Fabienne est dans sa voiture, blême, le regard perdu. Il ouvre la portière et lui prend la main.

— Viens, lui dit-il doucement. Montons chez moi.

Elle se laisse emmener comme un automate dans l'appartement ordonné, si différent de celui de Belmas avec ses valises ouvertes et son linge en boule. Elle s'assoit lentement dans le fauteuil que le facteur lui présente.

— Qu'est-ce qui se passe ? lui demande-t-il en s'agenouillant devant elle pour mieux observer son visage.

— Je n'en peux plus !

Il lui prend la main, qu'elle lui abandonne. Lionel comprend sans que Fabienne ait besoin d'en dire davantage. Belmas est encore là-dessous, mais mieux vaut biaiser.

— Je vais te préparer un café.

— Ce n'est pas la peine, répond-elle, reste près de moi.

Elle l'étreint. Il ne s'attendait pas à cet élan soudain mais en mesure toute la portée. Les larmes de Fabienne roulent sur sa joue à lui, ce qui le rend à la fois heureux et inquiet. Puis il s'écarte d'elle et la regarde droit dans les yeux. Elle baisse la tête, honteuse face à ce garçon si droit.

— Je voudrais mourir, lui souffle-t-elle à l'oreille.

— Tu penses à tes enfants ? s'insurge-t-il. Tu penses à Louise ? À Valentin ? Ils ont besoin de toi, d'une mère épanouie, pas d'une femme qui ne sait plus quel chemin prendre !

— C'est facile à dire.

Elle pousse un gros soupir, s'essuie les yeux. Alors, Lionel décide d'attaquer de front.

— Cet homme ne pourra que te faire souffrir. Il était temps que tu le comprennes !

Fabienne lance un regard désespéré à Lionel, qui l'attire à lui.

— Je suis une pauvre fille, dit-elle.

— Arrête de chercher à te faire plaindre !

Il retient un mouvement d'humeur, car il se sent coupable lui aussi : s'il avait été un peu moins faible à son égard, peut-être n'en seraient-ils pas là.

— Écoute, Fabienne, tu t'accroches à un homme peu recommandable et, plus il t'échappe, plus tu cherches à le retenir. Tu ne penses qu'à toi !

— Qu'est-ce que tu veux dire ?

Fabienne reçoit le silence de Lionel comme le pire des reproches, pourtant ses propos s'incrustent en elle et la mordent au plus sensible de son être. À quoi pense-t-elle, en effet, lorsqu'elle s'invente des réunions pour rejoindre Belmas dans le mobil-home ou aller l'espionner dans les bars de Tulle ?

— On n'a peut-être pas la même notion de l'amour, toi et moi, poursuit Lionel. Pour moi, il s'agit d'un chemin que l'on fait à deux, en traversant beaucoup de difficultés, de contradictions ; une pierre que l'on ajoute chaque jour à l'édifice commun. Mais ce n'est sûrement pas un feu de paille qui s'éteint aussi vite qu'il s'est allumé.

Fabienne lève les yeux sur le jeune homme, qui n'a même pas pris le temps de poser sa veste de la poste. La lumière de la fenêtre dessine le profil de son visage, son front, son nez cassé, son menton assez large, fendu en son milieu d'une fossette, tellement semblable à celui de François. Lionel soutient son regard. Ses yeux sont d'un gris clair, changeant avec la lumière. Quand ils étaient adolescents, elle lui demandait souvent de se positionner par rapport au soleil afin de s'étonner de ses regards comme s'il avait plusieurs âmes, plusieurs pensées…

— Bon, il faut que j'aille voir mes patients.

— Et moi les miens ! Car les gens à qui j'apporte le courrier ou même rien du tout mais chez qui je m'arrête chaque matin ont tout autant besoin de moi que de leur infirmière…

Ils sortent sans rien ajouter. Une fois de plus, ils se séparent sans aller au bout de ce qu'ils voulaient se dire, presque fâchés. Fabienne ne peut détacher son esprit de François et de ce qu'il disait hier au téléphone. À mesure que le temps passe, elle retrouve un peu d'espoir : après tout, il pouvait tout à fait parler à sa mère… Encore une fois, elle s'est monté la tête pour rien.

Elle compose son numéro sur le portable. Tant pis si le monde s'écroule ; le doute n'est plus supportable. Belmas décroche à la première sonnerie. Attendait-il son appel ? Fabienne veut le croire, et elle en est si heureuse qu'elle bredouille. Mais François ne cherche pas à comprendre ce qu'elle dit.

— Je pars pour Libourne mardi après-midi. Tu pourras me rejoindre mercredi matin. Ça te va ? lui propose-t-il.

Bien sûr que ça lui va ! La vie recommence ! La voilà légère comme un papillon. Et heureuse ! Ses doutes s'évaporent comme une rosée au soleil du printemps. Elle peut aller travailler...

Fabienne arrive à Saint-Geniez vers cinq heures de l'après-midi, en même temps que Louise et Valentin, qui descendent du car et viennent l'embrasser. Pourtant, si Valentin se colle contre elle avec toujours la même ferveur, s'il lui prend la main le plus naturellement du monde, Louise se contente d'un baiser du bout des lèvres, puis marche devant, son sac sur le dos.

À la maison, comme chaque soir, Marie leur a préparé leur goûter : deux bols de lait tiède et des tartines de pain grillé sont disposés sur la table de la cuisine. À cette heure, Jean bricole encore dans son atelier, ou travaille dans son grand potager.

Les enfants s'assoient à table, et Valentin parle de sa journée. Il a tant de choses à raconter, et personne ne l'écoute ! Il insiste sur ses bonnes notes, oublie les mauvaises. Louise le fait taire en le traitant de bébé. Ce qu'elle a à dire est beaucoup plus important : sa voisine à la cantine, Caroline, n'avait pas fait ses devoirs parce qu'elle était sortie la veille avec ses copines ; Adam, lui, sentait le tabac à plein nez, et il s'est caché dans les vestiaires pour regarder les filles qui s'habillaient avant d'aller au sport... Marie met fin à ces potins de cour de récréation, car déjà il est l'heure d'aller faire les devoirs. Valentin regagne sa chambre, s'assoit à son bureau et se met à rêver tandis que Louise ouvre son cahier de textes.

Ce soir, Fabienne est apparemment plus disponible que d'habitude. Ce petit changement n'échappe pas à Marie, qui lui jette des regards furtifs. L'infirmière s'occupe d'abord de son fils, qui n'a pas grand-chose à faire. Quand elle en a fini avec le petit garçon, elle entre dans la chambre de Louise, affairée sur son cahier. La fillette a bien travaillé et sa mère la félicite. Cela étonne Valentin, qui s'attendait à une belle dispute. La jeune femme est impressionnée par le sérieux de cette gamine de douze ans. Louise referme son cahier, mais au lieu de courir regarder la télévision, elle pose sa tête sur son bureau et se met à sangloter. Sa mère se penche sur elle, lui caresse les cheveux.

— Qu'est-ce qui t'arrive, ma chérie ?

Effaré, Valentin regarde la scène de la porte.

— Tu ne nous aimes plus ! dit Louise entre deux pleurs.

Fabienne reçoit cette affirmation comme un coup de fouet, une gifle en plein visage qui lui fait très mal.

— Qu'est-ce que tu dis ? Pourquoi je ne vous aimerais plus ?

— Parce que tu t'ennuies avec nous. Je le vois à ta manière de regarder par la fenêtre. Et puis tu n'es jamais là.

— Mais il faut bien que j'aille travailler ! Les malades ont besoin de moi !

Louise renifle, se mouche bruyamment. Valentin se dit que sa sœur fait encore son intéressante et repart dans sa chambre jouer avec sa Nintendo.

— Et puis tu vas partir mardi…

L'infirmière se souvient qu'elle a annoncé son départ en stage ce soir pendant que les enfants goûtaient.

— C'est pour mon travail. Je serai absente seulement trois jours !

— Et quand on sera dans notre appartement, comment on fera avec Valentin quand tu partiras pour ton travail ?

Fabienne entrevoit la monstruosité de son mensonge, pourtant elle n'a pas envie de renoncer à ces trois jours de paradis, de bonheur intense.

— Trois jours, Louise, c'est très court ! Ensuite, je te promets que je ne partirai plus pendant un bon moment. Allez, ne te tracasse pas, quand on sera dans l'appartement, mamie viendra vous garder si je dois partir ! Je ne vous laisserai pas tout seuls !

Fabienne embrasse très fort sa fille qui se mouche de nouveau et sèche ses larmes, puis la jeune femme rejoint sa mère dans la cuisine pour l'aider à préparer le dîner tandis que Jean regarde *Questions pour un champion*.

— Avec ce qui vient de se passer, ce n'est pas bon que tu partes, lui dit Marie sans lever les yeux du bol qu'elle essuie. Les enfants ont l'impression que tout le monde les abandonne !

Au même moment, au siège du conseil général à Tulle, se tient une réunion à laquelle participent le maire, deux de ses adjoints, le responsable de la communauté de communes, le préfet et son chef de cabinet. Malgré la campagne électorale qui le retient souvent hors de son département, le président du conseil général est là. La gravité de la situation justifie sa présence, car il est un fin politicien et n'ignore pas que les détails jugés futiles par les hautes autorités peuvent être essentiels. Or la question du barrage prend des proportions inquiétantes : les écologistes ont porté l'affaire devant les instances nationales. Les financiers se sont emparés du dossier et ne comprennent pas qu'en période de récession, et surtout avec des caisses vides, on trouve de l'argent pour ce projet pharaonique dont rien ne garantit les retombées économiques. Et puis, il y a le sondage commandé discrètement auprès des populations concernées.

— Bon, dit le responsable de l'agence Public qui a interrogé deux mille personnes de tous les âges, nous avons les résultats de l'enquête effectuée sur deux tranches de la population, les plus de cinquante-cinq ans et les jeunes. Ce qui est édifiant, c'est qu'ils se rejoignent. Au départ, nous pensions que les jeunes seraient favorables au barrage. Mais plus de soixante pour cent d'entre eux ne sont pas convaincus qu'il créera des emplois dans la région. Chez les plus âgés, l'opposition est écrasante, à plus de quatre-vingt-dix pour cent. Bref, ce qui a été présenté aux gens comme un progrès leur apparaît surtout comme une atteinte à la région. Les gens interrogés ne comprennent pas qu'on détruise une vallée qui pourrait être mise en valeur autrement. Finalement, le bruit fait par l'association Vallées de Corrèze a été entendu et relayé par les mouvements écologistes, qui cherchent à piéger les élus socialistes sur ce point particulier.

— Bien, répond le président du conseil général en se tournant vers le maire de Tulle, qu'est-ce que vous proposez ?

— Souvent, il faut faire violence aux gens afin de les forcer à sortir de l'immobilisme. Pour ne citer qu'un exemple, le plus célèbre et le plus lourd de conséquences, à la fin du XIXe siècle, quand il a été question de construire la ligne de chemin de fer Paris-Toulouse, les gens de Tulle n'ont pas voulu en entendre parler, laissant ce cadeau empoisonné à Brive. Or on sait aujourd'hui quelle importance cette voie ferrée a eue dans l'expansion de cette ville... Et que le fait de se trouver dans un cul-de-sac ferroviaire a marqué pour la nôtre le début de l'agonie !

— C'est vrai, admet le président du conseil général, il ne faut donc pas commettre les mêmes erreurs que par le passé. Nous avons voulu précipiter les choses, aller vite avant la période électorale, et nous avons eu tort. Il faut laisser aux gens un peu de temps. Rien ne sert de brusquer les mentalités.

— Alors, qu'est-ce qu'on fait ? demande le chef de cabinet du préfet.

— On ajourne. Ce barrage doit se faire depuis près de cent ans. Quatre ou cinq ans de plus ne changeront pas grand-chose. Quand les vieux seront beaucoup plus vieux, et par conséquent moins nombreux, moins actifs, tout sera plus facile.

Ludovic Lerrit, l'adjoint de Belmas, est furieux.

— Les travaux de faisabilité sont presque terminés ! s'insurge-t-il. Deux millions d'euros ont été engloutis pour rien ! Tout le monde sait que le barrage est indispensable pour réguler les débits du torrent à Tulle et à Brive. Le réchauffement climatique nous expose de plus en plus à des pluies torrentielles et...

Ses arguments n'ont aucun poids pour les politiciens.

— Nous sommes d'accord avec vous, réplique vivement le président du conseil général. Mais quelques années ne changeront rien à la valeur de votre raisonnement, et ce laps de temps accordé rassurera les personnes âgées, auxquelles nous devons protection et sérénité.

C'est le mot de la fin. La réunion se disperse. Une voiture attend le président du conseil général pour l'emmener à Bourges, où il doit présider un dîner-débat sur la crise économique et les solutions qu'il propose pour y remédier.

Le lendemain, la nouvelle de l'ajournement fait la une des journaux, et les radios en parlent abondamment. Pierre Fournel embrasse Olympe avec effusion.

— On a gagné ! se réjouit-il.

Il se rend aussitôt sur la place du village, attache son cheval à un montant de la fontaine et rejoint les autres qui se sont rassemblés devant le bistrot pour commenter la volte-face historique du conseil général. Au milieu de ses copains, Jean se dit que Georges est mort et que le retrait de l'administration ne le ramènera pas. Pourtant, il sait que le sacrifice de son ami a pesé lourd dans la décision finale…

— C'est formidable ! déclare le Parisien. Notre association va enfin pouvoir proposer d'autres solutions que le barrage ! D'ailleurs, pour cela, je ne manque pas d'idées. J'ai aussi à Paris quelques connaissances qui pourront nous aider !

Maurice Magnan sort de son bistrot avec une bouteille de mousseux, sa femme apporte des verres en plastique. Tous vont trinquer à leur réussite, même si chacun sait que les partisans du barrage, les industriels, les promoteurs de centres de vacances reviendront à l'attaque.

— On a eu de la chance que l'élection soit proche, précise Fournel. Personne ne veut de remous en cette période où une voix est une voix, mais ce n'est que partie remise. Je dois vous dire, au moment même de boire à la victoire, que je ne suis pas très optimiste. Le barrage finira par se faire.

— Pourquoi se ferait-il si la majorité des gens n'en veulent pas ?

— Parce que les hommes ne reculent jamais devant l'occasion de faire une bêtise. Et puis parce que cela va dans le sens de l'évolution...

Malgré ces propos pessimistes, ils trinquent. Lorsque le projet reviendra, ils se battront à nouveau, à moins qu'ils ne soient déjà ailleurs, dans cet autre monde où les barrages n'ont plus la moindre importance.

— Une victoire, c'est toujours relatif ! conclut Fournel en levant son verre.

Mercredi matin, enfin. Fabienne n'a pas dormi de la nuit. Des rêves de volupté succédaient à des cauchemars atroces. Elle se lève fatiguée, passe dans la chambre des enfants et constate que Louise a pleuré : ses paupières sont boursouflées par les larmes séchées.

— Qu'est-ce qui ne va pas, ma chérie ?

— Rien, ça va très bien, répond la gamine en prenant ses habits et en se dirigeant vers la salle de bains.

Dans la cuisine, Marie a disposé les deux bols sur la table. Jean a bu son café sans s'asseoir, comme tous les matins. Il embrasse ses deux petits-enfants avant de sortir avec son chien qui l'attend près de la porte.

Aujourd'hui, l'atmosphère est lourde. Valentin observe les adultes les uns après les autres et, à voir leur visage fermé, se dit qu'il sera bien mieux à l'école. Il en oublie d'ailleurs de se chamailler avec sa sœur. Marie n'a pas besoin de rappeler l'heure aux enfants ; ils mangent rapidement leur tartine, boivent leur lait et vont vite préparer leur sac. Fabienne est dans sa chambre, où elle entasse des vêtements dans sa valise. Louise se plante sur le seuil et la regarde longuement : sa mère n'est déjà plus là.

— Eh bien, Louise, dépêche-toi ! lui dit Fabienne. Tu as vu l'heure ?

— Je ne veux pas que tu partes !

Sa mère lève les yeux sur elle ; Louise reste grave.

— Mais tu sais bien que je dois aller à ce stage ! Je serai revenue samedi ! Trois jours ce n'est pas si long !

Qu'a-t-elle compris, Louise, pour faire une tête pareille et lui dire tout à coup ces mots ?

— Je ne sais pas où tu vas, maman, mais je sais que tu ne vas pas au stage !

— Qu'est-ce que tu racontes ? Allez, dépêche-toi !

L'infirmière met l'angoisse de sa fille sur le compte du souvenir de l'accident. Julien est ainsi parti un matin, deux heures plus tard, on annonçait sa mort quelque part sur la route de Brive, l'une des plus dangereuses du département.

— Je serai très prudente, promet Fabienne à Louise en lui posant un baiser sur le front. N'aie pas peur, je penserai très fort à toi et à Valentin.

— Je t'aime, maman ! lui dit la gamine en la serrant très fort, les joues baignées de larmes.

Fabienne pousse un gros soupir. Quel démon, quel monstre l'habite donc pour la pousser à mentir à une innocente afin de rejoindre un homme dont elle soupçonne depuis longtemps la duplicité ?

Elle accompagne Louise et Valentin jusqu'au car. Comme ce n'est pas dans ses habitudes, le garçon serre très fort la main de sa mère. Puis, au moment de se séparer d'elle, il dépose sur sa joue un gros baiser qui lui laisse un goût de fond de teint parfumé.

Fabienne retourne chercher sa valise dans sa chambre. Au moment de sortir, elle embrasse d'abord son père, puis sa mère.

— J'espère que tu sais ce que tu fais…, lui dit cette dernière sur un ton péremptoire.

Marie a-t-elle compris ? A-t-elle surpris une conversation téléphonique ? Il est vrai que Fabienne annonce d'ordinaire ses stages un mois à l'avance. Là, elle n'en a parlé que samedi, trois jours avant de partir. Elle a justifié cette précipitation en prétextant qu'une place s'était libérée et qu'elle avait saisi l'opportunité. Or Marie connaît trop bien la vie pour ne pas avoir de soupçons.

Fabienne monte dans sa voiture. Devant la porte, son père la regarde manœuvrer, et sa présence gêne tant la jeune femme qu'elle manque accrocher la portière. Elle quitte Saint-Geniez avec le sentiment d'échapper à une prison, mais elle se sent coupable.

Sur la route de Tulle, elle reconnaît la voiture de la poste de Lionel. Le facteur lui fait de grands signes. Ne souhaitant pas s'arrêter, elle appuie d'abord sur l'accélérateur, puis change d'avis et se gare brutalement près du véhicule jaune. Lionel se penche à la fenêtre.

— Qu'est-ce que tu veux ? lui demande-t-elle, sur la défensive.

Il remarque qu'elle a forcé sur le maquillage.

— Tu pars en stage ? Si quelque chose ne va pas, n'hésite pas à m'appeler.

— Mais tout ira bien, ne te fais pas de souci !

Fabienne repart, se disant que chaque minute perdue avec Lionel est une minute de moins en compagnie de François. Elle a regardé son itinéraire sur Internet et l'a appris par cœur afin de ne pas devoir l'imprimer et laisser des preuves de son mensonge. Officiellement, elle est en stage à Bordeaux, pas à Libourne !

La radio à fond, elle roule toute la matinée. La musique lui évite de penser, de se poser les questions qui la taraudent. Loin de Louise et Valentin qui oublieront bien vite son escapade, elle change de vie. Ces trois jours sont pour elle une revanche sur le mauvais sort, sur ce destin qui l'a privée d'une vie. En route vers Libourne, la veuve redevient une femme libre et s'ouvre au plaisir.

Vers midi elle arrive enfin et trouve facilement la villa où François l'attend. Il a préparé le repas, une bonne odeur de viande rôtie flotte dans l'air. Fabienne se jette dans les bras de Belmas, qui grimace : sa blessure, quoique superficielle, le fait encore souffrir. Ils mangent rapidement, presque sans parler ; puis l'ingénieur doit faire la sieste, Fabienne l'accompagne.

Ils font l'amour mais, probablement à cause de sa blessure, l'homme met moins d'empressement dans ses étreintes. Fabienne ne lui en fait aucun reproche, elle est comblée. Vers quatre heures, ils décident d'aller se promener. La jeune femme passe dans la salle de bains. Une odeur sur sa peau, cette même odeur restée sur ses vêtements le soir de leur première rencontre, prend à cette heure une note irritante. Fabienne se douche longuement pour la chasser.

Puis, main dans la main, ils sortent musarder. Parlant peu, ils profitent de la caresse de l'air marin sur leur visage. François a éteint son téléphone ; ils sont seuls au monde.

— Ce soir, nous irons au restaurant, lui dit-il.

L'infirmière ne le trouve pas comme d'habitude.

— Qu'est-ce qui ne va pas ? Tu te sens fatigué ? lui demande-t-elle.

— Non, c'est l'échec du barrage qui me tracasse. J'en veux aux politiciens de faire du clientélisme, j'en veux aux lâches, à tous ceux qui ont reculé devant quelques vieillards qui n'ont pas compris que le temps est venu pour eux de laisser la place !

— Comment tu peux parler ainsi des vieux ? s'emporte Fabienne. Autrefois, ils étaient considérés comme des sages, c'est pourquoi ils commandaient la société. Aujourd'hui encore, leur expérience nous serait bien utile !

— Non, le monde a tellement changé en si peu de temps que les vieux sont dépassés ! Le barrage, c'était la chance de leur région, et ils ne l'ont pas compris.

— C'était surtout une chance pour toi, non ?

Le silence retombe autour de leur désaccord. Fabienne sent toujours sur sa peau cette odeur tenace qu'elle n'a pu effacer. Les larmes de Louise brûlent encore sa joue.

Le soir, au restaurant, ils prennent une table donnant sur l'Océan, invisible dans la nuit, mais dont le grondement arrive jusqu'à eux. Fabienne ne se sent pas à l'aise dans ce décor 1930 aux vieux meubles cirés et aux nappes trop blanches. Le sourire allusif du serveur la met toute la soirée face à sa faute. Et puis François boit beaucoup. Beaucoup trop. La belle assurance du maître de chantier s'est évanouie, il vide verre sur verre comme pour oublier ses failles, ses manques, pour échapper à une peur profonde. Il évoque son enfance de gros garçon dont tout le monde se moquait, et surtout le regard des filles qui lui faisait si mal. Il parle de son père, de sa mère, de sa sœur. Le fier conquérant n'est plus qu'un homme ordinaire. Fabienne parle elle aussi, lui raconte l'accident de Julien, le traumatisme de Louise, restée une enfant fragile, puis sa vie insipide chez ses parents et ses craintes face à l'avenir. Elle pense à Lionel mais n'en dit rien, bien sûr ; il n'a pas sa place ici, face à Belmas qui a posé sa grosse main sur la sienne.

Ils font ensuite un petit tour sur la jetée, puis rentrent se coucher. Mais Fabienne ne retrouve pas dans leur étreinte le feu espéré. Quelque chose vient de se briser en elle, à nouveau il lui semble que son inaptitude à être heureuse a repris le dessus.

Louise n'a pas bien travaillé à l'école. Plusieurs fois, son professeur de français l'a surprise les yeux perdus dans le vague, à regarder le ciel par la fenêtre, et a dû la rappeler à l'ordre. D'habitude studieuse, la fillette s'est montrée distraite, et ne savait que répondre quand on l'interrogeait. Ce soir, elle rentre à la maison sans attendre Valentin, qui discute avec son copain Raphaël, et passe directement dans sa chambre. Marie s'étonne qu'elle ne vienne pas goûter.

— Je n'ai pas faim ! lui dit la gamine en tournant vers elle ses yeux rougis. Je vais faire mes devoirs.

Sa grand-mère comprend immédiatement ce qui la tracasse. Chaque fois que Fabienne doit s'absenter plusieurs jours, Louise multiplie les colères et pleure pour un rien. Ce soir, son mutisme intrigue particulièrement Marie, qui préférerait l'entendre crier et s'insurger. Aussi la rejoint-elle dans sa chambre pendant que, dans la cuisine, Valentin chantonne en trempant ses tartines dans le café au lait tiède.

— Louise, ma chérie, je vois bien que tu es malheureuse. Tu sais, ta mère ne peut pas rester tout le temps auprès de toi. Tu le comprends ? Elle doit travailler ; ses stages de formation sont obligatoires…

La fillette renifle, s'essuie les lèvres et les yeux avec un mouchoir en papier.

— Maman n'est pas partie en stage.

— Qu'est-ce que tu racontes ? Où est-elle partie, d'après toi ?

— Elle est partie avec le monsieur du barrage. Je le sais, je l'ai entendue en parler avec lui au téléphone.

Marie lève les yeux au plafond. Les affirmations de Louise confirment ses soupçons, mais elle ne peut le lui dire.

— Tu te trompes, affirme-t-elle. Et puis maman t'aime. Elle sera là samedi.

La gamine se renfrogne. Un sanglot soulève ses épaules, les larmes se mettent alors à rouler sur ses joues. La vieille femme l'attire contre elle et lui souffle à l'oreille des mots gentils :

— Tout le monde t'aime beaucoup, ma chérie. Ne crains rien. Maman va revenir. Fais tes devoirs, ensuite, tu pourras regarder la télévision. Je vais te préparer ton plat préféré, du poulet et de la purée. D'accord ? Allez, fais-moi un sourire… Louise…

Valentin entre dans la chambre et pose son regard espiègle sur sa sœur.

— Faut toujours qu'elle fasse l'intéressante ! dit-il à sa grand-mère sur un ton moqueur.

— Laisse-la. Va dans ta chambre et travaille, j'arrive pour te faire réviser tes leçons.

— Mais tu ne vois pas qu'elle pleure juste pour se faire plaindre ?

Lorsque Jean rentre de son atelier, un courant d'air frais répand une odeur de feuilles mortes et de boue. Il a beaucoup plu ces derniers jours. Une fois de plus, l'hiver va se passer sans grand froid, humide et gris.

— Le vent est toujours à l'ouest, dit-il à sa femme.

Cette année, Noël sera doux. Jean aimerait de la neige, beaucoup de neige, une neige qui tiendrait au sol et fondrait très lentement. Pour remplir les nappes souterraines, assurer du débit aux rivières l'été prochain, et donner à la terre un élan de vie. Mais le temps est détraqué. Jean sait que le réchauffement climatique sera une catastrophe pour la nature, mais il ne sera plus là en 2050 quand la température aura encore grimpé de plusieurs degrés. En même temps, il se dit que le climat de la Terre n'a jamais été constant, qu'il a toujours changé et que, encore une fois, seules les espèces animales et végétales capables de s'adapter survivront. Ce qui est une catastrophe pour les hommes actuels, habitués à vivre d'une certaine manière, n'est qu'un événement ordinaire pour la planète, qui poursuivra sa course comme elle le fait depuis la nuit des temps.

— La petite me donne beaucoup de souci, dit Marie à son époux. Elle est vraiment malheureuse !

Jean saisit son livre posé sur le rebord de la cheminée. Depuis qu'il est à la retraite, l'hiver, dans la cuisine, et l'été sous son tilleul, dans la cour, il aime passer une heure ou deux avec un livre. Cela lui procure un plaisir ignoré jusque-là.

— Ça s'arrangera avec le temps, dit-il, optimiste. Elle a enduré des choses graves pour une gamine, c'est normal qu'elle soit anxieuse…

Il plonge le nez dans son roman, mais lui aussi est tracassé ; l'attitude de Fabienne ne lui dit rien qui vaille, pourtant il ne sait pas comment le dire. Sans juger sa fille unique, il doit trouver les mots pour lui parler, et il y réfléchit depuis plusieurs jours.

Le dîner se passe en silence. Entre les deux enfants, la chaise vide de leur mère attire tous les regards. Il arrive souvent que l'infirmière ne soit pas là à l'heure des repas, mais lorsqu'on sait qu'elle va rentrer c'est différent. Valentin ne pense même pas à raconter sa journée ni les bêtises de ses camarades qui habituellement font fleurir sur son visage rond un sourire coquin. Louise reste le nez dans son assiette et mange peu.

Après le dessert, les grands-parents débarrassent la table pendant que les enfants vont se déshabiller, suivant le rite immuable du soir. Puis Valentin joue avec sa Nintendo alors que Louise entreprend de se lancer en cachette dans la lecture interdite d'un roman « pour adultes » prêté par une copine. Pourtant, ce soir, Louise a beau faire, elle n'a pas envie de lire.

Quand Marie vient lui dire bonne nuit, la gamine est couchée, la couverture remontée jusqu'au menton. Dès que sa grand-mère puis son grand-père l'ont embrassée, dès que la lumière est éteinte et la porte refermée, Louise s'assoit sur son lit et écoute avec attention les bruits de la maison : la porte de la cuisine que papy claque pour sortir appeler son chien, le bruit du lave-vaisselle et le chuintement de la télévision dont mamie a baissé le son… Puis le grand-père va se coucher alors que mamie reste encore un peu pour lire dans un silence où on l'entend tourner les pages. Ce soir, Louise n'a pas sommeil.

La nuit dernière, elle a fait un rêve étrange qui l'a hantée toute la journée : elle était avec son père sur le bord de la Corrèze, ils marchaient en silence. Elle a oublié ses propres paroles et ce qu'il lui a répondu, mais garde l'empreinte d'un immense désespoir.

Lorsque le ronflement régulier du grand-père se fait entendre, Louise allume sa lampe de chevet. Elle a longuement hésité à mettre son frère dans la confidence, puis a renoncé ; Valentin ne sait pas tenir sa langue.

L'heure est enfin venue de passer à l'acte. La gamine a tout prévu jusque dans les moindres détails : un verre d'eau est déjà posé sur sa table de nuit. Elle sort de sous son oreiller une boule de papier qu'elle déplie, les pilules que son papy prend pour sa tension roulent dans le creux de sa main. Maman a toujours dit que c'était très dangereux, que deux suffiraient pour tuer un enfant ; Louise en a volé quatre.

Rien ne peut plus la faire changer d'avis ; elle ne saurait dire pourquoi puisqu'elle ignore ce qui va lui arriver, mais c'est un ordre qui vient du fond d'elle-même et ne se discute pas. La volonté de son père. Oui, Louise a ainsi des pulsions dont elle ne comprend ni le sens ni la portée.

Elle regarde la porte avec insistance, comme si mamie pouvait surgir subitement et la surprendre dans ce qu'elle-même considère comme une grosse bêtise. Puis, ne voyant rien bouger, la fillette saisit le verre et, d'un geste rapide, porte sa main à sa bouche, dépose les quatre comprimés sur sa langue, les avale en buvant d'une traite le verre d'eau. C'est fait ! Elle se couche en attendant de partir pour ce long voyage vers les nuages. Elle a lu des tas de livres sur la mort et cherché des tas d'articles sur Internet quand sa mère ne la surveillait pas. La mort, c'est un voyage vers une autre vie, un paradis caché. Ceux qui en sont revenus parlent d'une merveilleuse lumière, d'une sublime musique où les gens se retrouvent dans un bonheur infini. C'est à cet endroit sans retour que son père l'attend.

Pourtant Louise prend bien vite conscience de la gravité de son acte, et la peur s'empare d'elle à mesure que son cœur commence à battre très fort. Une intense douleur comprime sa poitrine et gêne sa respiration. Elle ouvre la bouche, inspire profondément ; des squelettes défilent devant ses yeux. Elle saute alors de son lit, en proie à un curieux vertige. Titubant, elle court dans la chambre de son frère et allume la lumière. Valentin endormi se tourne de l'autre côté. Elle le secoue ; il grogne.

— Mais qu'est-ce qui te prend ? demande-t-il tout à coup.

— Valentin, écoute, j'ai très peur !

— Je m'en fous, éteins la lumière !

— Écoute, je te dis !

Marie arrive dans la chambre en rouspétant. Que fait Louise pieds nus sur le parquet, en chemise de nuit, dans la chambre de son frère ? La fillette éclate en sanglots.

— Elle dit qu'elle a peur, mamie !

Louise claque des dents. Son front est anormalement froid. Sa grand-mère la prend dans ses bras.

— Qu'est-ce que tu as fait, encore ?

— J'ai peur de mourir ! répond Louise à travers un rideau de larmes.

— Quoi ?

Marie a crié. Jean s'est levé à son tour et arrive, dans son pyjama blanc rayé de bleu, les cheveux en broussaille.

— Qu'est-ce que tu as fait ? hurle la grand-mère, sentant contre elle les tremblements profonds qui agitent le corps de sa petite-fille.

— J'ai pris des cachets de papy !

— Mon Dieu ! crie Marie en se tournant vers Jean. Appelle le Samu ! Dépêche-toi ! Tout de suite !

Le vieil homme court dans la cuisine et cherche le numéro dans l'annuaire, mais sa femme le bouscule et appelle les pompiers, qui seront là en quelques minutes.

— Espérons qu'ils vont arriver à temps !

Elle revient vers Louise allongée sur son lit, qui tremble toujours très fort. Son front est trempé d'une sueur froide qui ruisselle sur son visage.

— Ne t'en fais pas, ma chérie, on s'occupe de toi !

Mais que font les pompiers ? Jean les guette par la fenêtre et trépigne. Dans sa chambre, Valentin, dont personne ne s'occupe, s'est mis à pleurer. Marie, elle, s'en prend au monde entier et aussi à sa fille qui n'est jamais là quand on a besoin d'elle. Si au moins elle était absente pour une bonne raison !

Les pompiers arrivent enfin, avec un bruit de sirène qui ameute tout le village. Un médecin examine Louise et ordonne qu'on l'emmène d'urgence à l'hôpital.

— C'est grave, dit-il après avoir étudié la boîte de médicaments, très grave.

— Mais elle va s'en tirer, docteur ? demande Marie d'une voix suppliante.

— Il faut l'espérer, mais tout dépend du temps qu'elle a mis à vous avertir.

Les pompiers repartent à toute vitesse en direction de l'hôpital de Tulle. Dans les maisons voisines, les lumières s'allument et des gens sortent sur le pas de leur porte.

Il faut dix minutes pour arriver au centre hospitalier. Le médecin urgentiste tient la main de la gamine, qui râle et sombre peu à peu dans l'inconscience.

— J'y vais, annonce Marie à Jean en passant dans sa chambre. Toi, tu restes avec Valentin. Je te téléphone dès que j'ai des nouvelles.

Elle s'habille rapidement, prend son sac, cherche les clefs de la voiture. La porte du garage fait un roulement de tonnerre en s'ouvrant. Jean s'assoit au bord du lit où Valentin sanglote, et pose sa grosse main hésitante sur le petit front, une caresse maladroite.

— Ne t'en fais pas, tout va s'arranger !

Il n'en est pas convaincu. Incapable de rester en place, il arpente la salle de séjour de la cheminée à la fenêtre. Son regard s'arrête alors sur le téléphone posé sur un guéridon orné d'un canevas. Autrefois, il y avait là une photo de Fabienne en robe de mariée au bras de Julien. Mais, un jour, dans une de ses colères, la jeune femme a jeté le cadre sur le carrelage de la cuisine. Le verre s'est brisé et Marie a rangé la photo dans un tiroir.

Valentin rejoint Jean dans la salle de séjour et s'allonge sur le canapé. Il tremble lui aussi, du même tremblement que sa sœur. Il ne quitte pas des yeux son grand-père, qui ne cesse de marcher et de regarder par la fenêtre. Ces maudits médicaments étaient posés sur l'étagère de la cuisine, à la vue de tous ! Pourquoi Jean n'a-t-il pas pensé à les cacher ? Jamais il ne se le pardonnera.

À côté de Fabienne, Belmas dort d'un sommeil profond. Elle le regarde à la lueur de la petite lampe de chevet restée allumée. Enfin elle a le temps d'observer ce visage abandonné... Elle découvre un homme ordinaire, différent de celui qu'elle avait pressenti. Ses lèvres fines tracent sur sa figure un rictus de contentement et de mépris. Son corps nu dévoile sans fard ses épaules, ses gros bras et ses jambes courtes, le poil sur sa poitrine, son ventre un peu proéminent et mou. Sous ses cheveux en désordre sa face froissée et son menton saillant manquent de distinction. Fabienne n'a pas appelé les enfants et le regrette. Où avait-elle la tête ? Elle s'en veut tellement qu'à trois heures du matin, ne parvenant pas à trouver le sommeil, elle quitte le lit pour aller prendre une douche.

Lorsqu'elle revient s'allonger, Belmas, qui la désire de nouveau, la serre contre lui, mais elle le repousse.

— Il faut dormir, murmure-t-elle en se tournant et en remontant la couverture sous son menton, comme pour échapper aux assauts de l'ingénieur.

Il n'insiste pas et se rendort. À son tour, Fabienne sombre dans un sommeil épais. Un cauchemar la réveille en sursaut : Louise courait dans un désert, sur du sable brûlant, vers une boule de feu qui ressemblait au soleil. Et Fabienne, les jambes lourdes, n'arrivait pas à la rattraper.

Le jour se lève. Belmas s'étonne de voir Fabienne assise dans le fauteuil devant la fenêtre fermée. Il se redresse sur les coudes en grimaçant car sa blessure le fait encore souffrir, puis se lève, rejoint la jeune femme et l'attire contre lui. Elle le repousse.

— J'ai un coup de fil à passer, lui dit-elle.

Elle cherche son téléphone dans son sac à main qu'elle vide sur le plancher au pied du lit, s'agaçant de ne pas le trouver.

— Qu'est-ce qui te prend ? lui demande l'ingénieur.

Le portable n'étant pas à sa place habituelle dans le fouillis de son sac, la jeune femme tâte fébrilement les poches de son manteau, où elle le découvre enfin. Il y a un message dans sa boîte vocale ; c'est la voix de sa mère, déformée par l'enregistrement mais parfaitement reconnaissable, et d'une gravité inaccoutumée.

— Il faut que tu rentres, c'est urgent !

Un drame vient de se produire ! Fabienne compose immédiatement le numéro de ses parents, mais la sonnerie résonne dans une maison vide. Pourtant, à cette heure, Marie devrait être en train de préparer le petit déjeuner des enfants…

Fabienne lance un regard atterré à l'ingénieur, qui s'approche, mais elle le bouscule et se précipite dans la salle de bains, où de nouveau on entend gicler l'eau de la douche. Au comble de l'inquiétude, l'infirmière est très pressée de partir, mais ne peut le faire avant de s'être débarrassée totalement des vestiges de sa nuit. François entrouvre la porte alors qu'elle termine de se sécher et commence déjà à s'habiller.

— Qu'est-ce qui se passe, tu vas me le dire ?

— Je m'en vais.

Elle peigne en trois coups brefs ses cheveux mouillés et sort.

— Tu as vu ta tête ?

— Je m'en fous de ma tête ! rétorque-t-elle en enfilant son manteau tandis que Belmas passe un peignoir pour la suivre jusqu'à sa voiture.

— Mais enfin, tu vas m'expliquer ?

— Il n'y a rien à expliquer. Je ne veux plus te voir, jamais, c'est fini !

La portière claque, la voiture s'en va à vive allure.

À l'hôpital, c'est l'affolement général. Louise a sombré dans un coma profond. Les médecins urgentistes ont réveillé le cardiologue, qui arrive, ébouriffé, conscient qu'une minute perdue peut coûter la vie à cette malheureuse petite fille. Il l'examine rapidement, puis jette au médecin de garde et aux infirmières un regard triste.

— Il faut faire vite ! Nous avons très peu de chances !

Marie a dû rester dans la salle d'attente, ruminant sa furie et pestant contre les médecins qui ne lui disent rien. Le silence de l'hôpital à cette heure tardive est égal à celui d'une morgue. Elle sort dans le couloir, croise une infirmière et la presse de questions.

— On s'occupe d'elle ! répond celle-ci en s'éloignant.

La vieille femme trépigne d'impatience. C'est alors qu'elle prend son portable pour appeler Fabienne.

Mais sa fille dort. Elle lui laisse toutefois un message, en espérant qu'elle le trouvera au plus vite.

Les heures passent. Marie, qui n'en peut plus, arpente sans cesse le long couloir. Une porte est ouverte sur un bureau allumé ; elle y entre sans frapper. Un infirmier de garde lui demande ce qu'elle veut.

— Des nouvelles de ma petite Louise ! dit vivement la grand-mère.

— Ne vous faites pas de souci, tout va bien se passer, elle est entre de bonnes mains !

Julien aussi était entre de bonnes mains quand on l'a amené ici, dans ce même service des urgences, après son accident. Il est mort quelques minutes plus tard. Marie se dit que, si Louise était morte, on l'aurait avertie. Elle s'accroche donc à cet ultime espoir.

Pourtant, la nuit passe sans que personne ne se préoccupe de la grand-mère. À Saint-Geniez, Valentin s'est enfin endormi sur le canapé. Son grand-père a étalé une couverture sur son petit corps si fragile, et continue à tourner en rond, à regarder apparaître les premières lueurs de l'aube. Et, comme le jour blanchit, il n'y tient plus. Marie n'a pas appelé, preuve que ça ne va pas mieux ou qu'elle n'a pas de nouvelles. Il passe rapidement dans la salle de bains, s'habille et réveille Valentin. D'ordinaire, le gamin rechigne à se lever, mais là il est sur pied dès que Jean pose la main sur son épaule.

— Louise est revenue ? demande l'enfant.

— Non, on va la voir à l'hôpital. Dépêche-toi de t'habiller, je te prépare ton petit déjeuner.

— Je n'ai pas faim. On peut y aller tout de suite.

— Mamie a pris la voiture, je vais demander à Dubout de nous conduire.

Main dans la main, le grand-père et son petit-fils descendent la rue en direction du garage quand la voiture de la poste s'arrête à leur hauteur.

— Qu'est-ce qui se passe ? leur demande Lionel. Fabienne vient de me téléphoner.

— Il se passe que la petite est aux urgences. Elle a avalé mes cachets pour la tension. Est-ce que tu pourrais nous emmener à l'hôpital ?

— On y va, fait Lionel sans rien ajouter.

Au centre hospitalier, ils trouvent Marie effondrée dans la salle d'attente. Personne ne lui a donné le moindre espoir. Les médecins s'occupent de Louise depuis plusieurs heures, mais son état est extrêmement grave et il faudra beaucoup de chance pour que son cœur tienne le coup. La vieille dame éclate en sanglots tandis que Jean reste debout, au milieu de la pièce, et que Valentin se serre contre Lionel, qui lui caresse les cheveux.

— Ne t'en fais pas, bonhomme, lui dit le facteur. Ça va aller !

Son portable sonne. La poste le cherche ; il doit retourner travailler. Il s'excuse auprès de Marie et Jean et se sent coupable de laisser Valentin seul entre ses grands-parents si angoissés. Il sort. Un nouvel appel : c'est Fabienne.

— Qu'est-ce qui se passe ? demande-t-elle.

Lionel décide de ne pas lui dire la vérité afin qu'elle ne prenne pas de risques sur la route.

— Louise a une gastro carabinée, lui explique-t-il. Elle est à l'hôpital. Sois prudente sur la route.

Il coupe la communication au plus vite, car Fabienne téléphone en conduisant, et part à la poste, où il s'arrange pour qu'un de ses collègues se charge des plis urgents de sa tournée. Le reste attendra demain. Puis il avertit son chef de service, qui se montre compréhensif : Lionel est un bon élément, irréprochable et toujours disponible.

Une heure plus tard, il revient à l'hôpital et y entre en même temps que Fabienne, qui est sortie comme une folle de son véhicule pour se jeter dans ses bras.

— Sois courageuse, lui dit-il. Ta petite va s'en tirer, j'en suis certain.

Fabienne apprend enfin la vérité et s'effondre : Louise est en train de lutter contre la mort parce que sa mère a choisi d'aller à un rendez-vous où en plus le plaisir était absent. Elle pleure longuement sur l'épaule de Lionel pendant que Marie lui envoie des regards assassins. Jean baisse les yeux, tout à son désespoir. Valentin va manquer l'école, mais personne ne s'en soucie. Le gamin s'est recroquevillé sur sa chaise et ne bouge plus : pour une fois, il préférerait être en classe.

Voyant les yeux rouges du garçon, Lionel propose de le ramener à Saint-Geniez. Sa mère s'en occupera. Tant pis pour l'école.

Une heure plus tard, il est de retour. Sa mère est d'accord pour s'occuper du petit tout le temps qu'il faudra. Elle le fera manger et, ensuite, pour le distraire, elle l'emmènera se promener dans les Monédières. L'air de l'altitude lui fera du bien et lui changera les idées ; il ne va pas si souvent à la montagne.

Les heures passent, pleines des bruits de l'hôpital qui exacerbent l'angoisse. Marie n'en peut plus et s'en prend à la première infirmière qui passe. Pourquoi ne leur donne-t-on pas de nouvelles ? C'est inadmissible ! Pour qui les prend-on ? Pour des misérables ? N'ont-ils pas droit à un minimum de considération ? Jean lui demande de garder son calme, alors elle le martèle de ses petits poings secs. C'est tout Jean, ça ! Faible et lâche ! Toujours à se mettre du côté du plus fort ! Lionel intervient à son tour, Marie lui tombe dans les bras, en larmes.

Enfin, un médecin entre dans la salle d'attente. À voir son visage fermé, Lionel se dit qu'il n'apporte sûrement pas une bonne nouvelle et serre Fabienne contre lui.

— C'est très grave, dit-il. Mais elle a bien supporté les premières heures. Il faut garder espoir.

Marie se dresse comme un diable hors de sa boîte, se précipite sur le médecin, qui ne s'attendait pas à cette charge.

— Qu'est-ce que vous voulez dire ? demande-t-elle d'une voix railleuse. Parlez net, on a la force de supporter la vérité !

— Je veux dire qu'avec un peu de chance elle va s'en tirer.

— Avec un peu de chance ! répète Marie en se laissant tomber de nouveau sur sa chaise. C'est comme si vous ne nous aviez rien dit !

Le temps ne passe pas. À midi, une femme de service vient leur proposer un plateau-repas, mais personne n'a faim. Lionel décline son offre d'un mouvement de la tête ; parler avec tant de plomb dans le corps lui est trop difficile.

Vers quatre heures de l'après-midi, enfin, le médecin revient avec un léger sourire. Cette fois, la vieille dame voit dans son regard que l'espoir lui est rendu.

— Elle est sortie d'affaire ! dit l'homme en blouse blanche. Elle a vraiment frôlé la mort, mais soyez rassurés, le cœur a tenu bon et elle va s'en tirer.

La fatigue de cette interminable attente les accable tout à coup. Jean sent ses jambes flageoler et s'assoit sans un mot tandis que les larmes coulent de ses yeux restés secs jusque-là. Marie sourit et demande au médecin de l'excuser. Fabienne n'a aucune réaction. Des forces contraires s'affrontent en elle, la laissant exsangue, incapable de prononcer le moindre mot ou de faire le moindre geste. Elle s'appuie contre l'épaule de Lionel, le seul à avoir encore assez de présence d'esprit pour remercier le médecin et toute son équipe.

— Merci, monsieur, nous ne vous serons jamais assez reconnaissants de ce que vous avez fait pour nous ! dit-il comme si Louise était sa propre fille.

— Nous avons fait notre devoir, vous savez, mais parfois ça ne suffit pas ! Là, nous avons eu de la chance, et tant mieux.

De la chance ! Le facteur voit là un signe du destin.

— On pourra la voir bientôt ? demande Fabienne.

— Ce soir, sûrement. Pour l'instant, elle dort, et il faut la laisser se reposer.

Marie s'est approchée de sa fille et renifle cette horrible odeur qu'elle a déjà sentie ces derniers jours, celle de l'ingénieur du barrage. La colère durcit son visage, mais elle préfère retourner s'asseoir et regarder par terre afin de ne pas montrer les pensées incendiaires qui traversent son esprit. Jean renifle, se mouche bruyamment et décide d'aller prendre l'air. Fabienne l'embrasse au passage, puis se dirige vers sa mère, qui a toujours les yeux baissés.

Le téléphone de la jeune femme sonne. Elle sursaute, regarde Marie, puis Lionel. La sonnerie insiste, elle rejette l'appel.

— Ben quoi ? Tu ne réponds pas ? lui demande sa mère sur un ton agressif.

Une infirmière tout sourire entre dans la pièce. Fabienne la connaît : elles ont fait plusieurs stages de formation ensemble.

— Tu peux venir voir ta fille, lui dit-elle.

Sans un mot, Fabienne suit sa collègue jusqu'à une chambre encombrée de machines tout autour d'un lit où Louise tourne vers sa mère un visage aux joues pâles et aux lèvres blanches. Suspendue à une potence, une petite bouteille est reliée au bras de la fillette par un tuyau transparent. Sur un cadran, une lumière verte clignote à chaque battement du cœur. Louise sourit lentement à sa mère, qui aimerait s'approcher pour l'embrasser.

— Il faut la laisser se reposer, précise sa collègue. Elle nous a fait très peur mais, tu vois, elle est tirée d'affaire. Demain, elle pourra te parler.

— Je te remercie ! murmure Fabienne avant d'adresser un petit signe à sa fille et de rejoindre ses parents, qui l'interrogent du regard.

Elle leur sourit pour leur faire comprendre que tout va bien, puis se tourne vers Lionel, dont elle prend les mains.

— Merci pour tout ce que tu fais pour moi.

Il ne répond pas.

— Viens, lui dit-elle en l'entraînant vers l'extérieur. Il faut que je te parle.

Maintenant qu'il sait sa petite-fille hors de danger, Jean s'ennuie dans cet établissement à l'odeur de pharmacie. Il pense à son chien, qui n'a pas mangé ; Marie se fait du souci pour sa maison qu'elle a laissée sens dessus dessous. La fatigue commence à se faire sentir, le besoin de retrouver leur train-train rassurant les pousse à rentrer chez eux.

Fabienne et Lionel marchent sur ce trottoir que la jeune femme arpentait l'autre soir, à la recherche de François Belmas. Un haut-le-cœur lui tire une grimace. Comment a-t-elle pu ? La seule pensée de la nuit précédente lui donne la nausée. Comment a-t-elle pu se fourvoyer à ce point ? Cela dit, l'ingénieur l'a aidée à tirer un trait sur son passé. La veuve qui jusqu'alors passait chaque jour au cimetière avait besoin de cette expérience pour retrouver l'espoir et le goût de la vie. Elle se sent désormais libérée, ouverte au monde et à l'avenir.

— J'ai perdu beaucoup de temps ! dit-elle à Lionel en lui prenant la main.

Son téléphone sonne à nouveau. Cette fois, elle prend la communication. Belmas s'étonne de son départ précipité, elle coupe court et l'informe qu'ils ne se verront plus.

— C'était une erreur de ma part ! ajoute-t-elle. Ne m'appelle plus.

Elle range son portable dans son sac et prend le bras du facteur.

— Tu sais, mon appartement est tout proche du tien, lui avoue-t-elle. C'est la première chose à laquelle j'ai pensé quand je l'ai visité !

— C'est aussi à cela que j'ai pensé quand j'ai su que tu allais habiter dans le quartier, lui répond Lionel.

Il s'interrompt, n'osant aller plus loin dans son rêve éveillé.

— On pourra se voir souvent ! conclut Fabienne.

La barrière qu'elle avait érigée entre elle et Lionel pour se punir d'être encore vivante après la mort de Julien vient de s'effondrer. Tout lui semble à présent très clair.

— On pourra peut-être rependre notre histoire où on l'a laissée..., dit-elle sur un ton pensif.

— Il n'est jamais trop tard ! admet Lionel, persuadé que rien de cela n'aurait pu avoir lieu sans l'accident de Julien.

— On ne se défait jamais complètement de son premier amour..., murmure-t-elle en se serrant contre lui.

Lionel ne parvient plus à parler. Tous les projets mis de côté depuis le mariage de la jeune femme lui reviennent à l'esprit avec une telle force qu'il se sent redevenir l'homme d'avant, celui qui voulait créer son entreprise de paysagiste. Il s'est tant ennuyé à la poste toutes ces années !

— Il n'est jamais trop tard pour commencer à vivre, dit-il.

Cette fois, enfin, ils regardent tous deux dans la même direction. Lionel comprend que Belmas a sauvé Fabienne.

— Tu sais, il ne faut pas lui en vouloir, explique-t-il. Finalement, c'est la Providence qui l'a placé sur ton chemin ! Il a renversé la montagne qui t'empêchait de voir l'horizon...

— Bon, enchaîne Fabienne, on va chercher Valentin ?

Ils prennent la voiture de la jeune femme restée sur le parking de l'hôpital et rentrent à Saint-Geniez. Sur le chantier, des ouvriers continuent de travailler : le projet ajourné n'est pas abandonné pour autant ; dans quelques années, la vallée de la Corrèze sera noyée, à moins qu'une nouvelle décision ne repousse encore la réalisation de ce barrage dont on parle depuis 1911...

En attendant, la Corrèze, *la coureuse*, suit son cours tortueux entre les collines, au creux de cette vallée encaissée qui autrefois fut recouverte par un glacier. Elle continue à raconter son histoire à ceux qui savent l'écouter, comme Jean Chameyrac, comme ceux pour qui elle n'est pas seulement un torrent destiné à produire de l'électricité, mais reste le lien vivant entre les hommes de Lascaux, des Eyzies, et ceux d'aujourd'hui.

Composition et mise en pages : FACOMPO, LISIEUX

Achevé d'imprimer par N.I.I.A.G.
en janvier 2013
pour le compte de France Loisirs, Paris

N° d'éditeur : 71219
Dépôt légal : janvier 2013

Imprimé en Italie